George Eiselt

Von unten nach oben –
Eine Lebensgeschichte

© 2020

Herausgeber: Verlag tredition
Autor: George Eiselt

Verlag: tredition GmbH,
         Halenreie 40-44
         22359 Hamburg

ISBN: 978-3-347-05998-6 (Paperback)
        978-3-347-05999-3 (Hardcover)
        978-3-347-06000-5 (e-Book)

Inhaltsverzeichnis

Prolog

In den ziemlich wirren Jahren gegen Ende des zweiten Weltkrieges geboren zu werden, nämlich 1943, war sowohl für die Gebärende als auch für den Neugeborenen eine ziemliche Herausforderung. Das umso mehr, da der Erzeuger zum Zeitpunkt der Geburt des neuen Erdenbürgers kriegsbedingt in Nordfrankreich, also weitab vom Geburtsort seines Sprösslings, weilte. Er lernte mich erst kennen anlässlich eines kurzen Heimaturlaubes, der ihm im März des Jahres 1944 gewährt wurde, allerdings zu einem sehr traurigen Anlass. Als ich knapp ein Jahr alt war, erkrankte ich nämlich an Diphterie und steckte damit meine Mutter an, die im Gegensatz zu mir diese Krankheit nicht überlebte. Sie war zu diesem Zeitpunkt gerade mal knapp 28 Jahre alt und hinterließ außer mir mit meinem knapp ersten Lebensjahr außerdem noch zwei jeweils drei und ein halbes Jahr ältere Brüder von mir. Kurz darauf entfernte sich mein Vater noch weiter, er geriet nämlich in amerikanische Gefangenschaft und wurde in ein Kriegsgefangenenlager nach Amerika überführt. So dass er seinen neu erzeugten Nachwuchs erst richtig kennen lernen konnte, nachdem er aus der Gefangenschaft kam. Zu diesem Zeitpunkt war ich schon knapp drei Jahre alt und hatte während der Abwesenheit des Vaters schon Eigenheiten angenommen, die es seinerseits nun zu korrigieren galt. Es sei an dieser

Stelle erwähnt, dass mein Vater während des Krieges Hauptfeldwebel war, was man im übertragenen Sinn auch als Mutter der Kompanie bezeichnen konnte, und diese Führungsgepflogenheiten nun auch in der Erziehung seiner ihm anvertrauten Kinder anwendete.

Kindheit und Jugend

Wie eingangs bereits erwähnt, starb meine Mutter, als ich knapp ein Jahr alt war. Mein Vater ließ sie zur Beerdigung in ihre Heimat nach Großläswitz, bei Liegnitz, in Schlesien überführen, wo sie sich auch kennengelernt hatten und wo auch noch meine Großeltern wohnten. Er ging damals noch von der irrigen Annahme aus, dass Deutschland den Krieg siegreich beenden und er mitsamt der gesamten Familie dorthin zurückkehren würde, obwohl er wehrmachtsbedingt als Berufssoldat 1939 schon in Halle/Saale eine für die damalige Zeit sehr schöne Dreizimmerwohnung mit Küche und Bad, in dem sogar ein Badeofen stand, bezogen hatte.

Nach dem Tod meiner Mutter musste sich nun jemand um uns drei Kinder kümmern, da, wie bereits erwähnt, mein Vater wieder zu seiner Einheit zurückkehren musste. Nun ergab es sich, dass meine Mutter, neben etlichen anderen Geschwistern, noch eine Schwester hatte, die zwar ca. sieben Jahre jünger als sie war, aber schon immer, während ihrer reiferen Jugendzeit einen schmachtenden Blick auf meinen Vater geworfen hatte. Sie zog kurz nach dem Umzug meiner Mutter ebenfalls nach Halle und nahm eine Stellung in einem Kinderheim an. Infolge des plötzlichen Ablebens meiner Mutter löste sie kurzerhand eine zwischenzeitlich eingegangene Verlobung auf, übernahm selbstlos die

Aufsicht und Erziehung von uns drei Kindern und bewahrte uns damit auch vor dem Schicksal der Einweisung in irgendwelche Erziehungsheime. Zu diesem Zeitpunkt war sie gerade einmal knapp 20 Jahre alt. Um den Status des Erziehungsberechtigten zu erlangen, ging sie eine sogenannte Fernehe mit meinem Vater ein, der, wie bereits erwähnt, in Amerika in der Gefangenschaft war. Damit war auch gleichzeitig sichergestellt, dass sie die zum Erhalt bestimmter Grundnahrungsmittel für uns Kinder, wie z.B. Milch, Butter, Brot, notwendigen Lebensmittelmarken zugeteilt bekam. Nach der Rückkehr meines Vaters aus der Gefangenschaft wurde dann die Eheschließung richtig standesamtlich vollzogen, so dass wir nun wieder eine richtige Mutter hatten, aber das war sie für uns ohnehin schon von Anfang an.

Zwischenzeitlich mussten wir unsere Wohnung wegen immer wiederkehrender Bombenalarme verlassen und zogen in ein kleines Dorf nahe Halle, Nietleben, zu einer Cousine meiner Mutter. Als wir nach ca. 6 Wochen zurückkehrten, war tatsächlich unser linkes Nachbarhaus nur noch eine Schutthalde, während alle anderen Häuser in unserer Straße unbehelligt waren. Wahrscheinlich hatte sich eine Bombe unbeabsichtigt gelöst, denn Halle selbst war nie das Ziel gezielter Bombenangriffe, sondern wurde lediglich von den Bomberstaffeln überflogen.

Diese Ruine war für mich und die Nachbarskinder später, als ich im schulfähigen Alter war, der ideale Spielplatz. Wir bauten zum Beispiel aus den Steinen im Schutt des zerbombten Hauses kleine Bunker, in die wir je 5 Hölzchen von ungefähr fünf Zentimeter Länge aufrecht steckten und anschließend den Bunker wieder mit Ziegelsteinen verschlossen. Nunmehr ließen wir auf den gegnerischen Bunker dreimal einen Ziegelstein niedersausen. Danach wurden die Bunker vorsichtig geöffnet und derjenige, bei dem noch die meisten Hölzchen aufrecht standen, war der Sieger dieses Wettkampfes. Dieses Spiel nannten wir Bunkerschmeißen.

Anfang 1945 zogen in unsere Wohnung auch noch meine Großeltern ein, die aus Großläswitz in Schlesien flüchten mussten unter Aufgabe ihres Grundstücks sowie des gesamten Hab und Gutes. Mein Opa war zu dieser Zeit 57 und meine Oma 54 Jahre alt. Bis zur Rückkehr meines Vaters aus der Gefangenschaft lag die Erziehung von mir und meinen Brüdern somit auch teilweise in den Händen unserer Oma und unseres Opas, wobei gesagt werden muss, dass letzterer erziehungsmäßig keinen großen Einfluss auf uns ausübte, da er eine ausgesprochen gutmütige Natur war.

Kurz nach der Rückkehr meines Vaters aus der Gefangenschaft bekamen meine Großeltern ebenfalls in Halle eine eigene kleine Wohnung zugewiesen, so dass wir drei Kinder jetzt ein eigenes Kinderzimmer hatten. Die Einrichtung war entsprechend den damaligen Gegebenheiten spartanisch. An einer Wand standen zwei Betten, an der anderen Wand stand ein Bett und ein selbstgezimmertes einfaches Regal und in der Mitte ein Tisch mit vier Stühlen.

In diesem Zimmer mussten meine Brüder und ich Punkt 17:00 Uhr, das war die Zeit, wenn mein Vater täglich von der Arbeit kam, mit unseren Schulheften und natürlich den unserer Meinung nach gewissenhaft erledigten Hausaufgaben zur Kontrolle derselben am besagten Tisch sitzen. Für mich war das immer eine Tortour, denn im Gegensatz zu meinen Brüdern hatte ich es nicht so mit der Schule. Besonders meine selbst für mich schwer lesbare Schrift hatte es meinem Vater immer wieder angetan, so dass er mir laufend seine Aufzeichnungen, die er während seiner Ausbildung zum Kaufmännischen Angestellten auf der Abendschule machte, als lobenswertes Beispiel vorlegte. Er hatte nämlich jede Mitschrift zu Hause noch einmal ins Reine geschrieben und zwar in solch einer akkuraten Art und Weise, so wie die Mönche früher die einzelnen Bibelseiten abgeschrieben hatten.

Aber nicht nur, was die Schrift betraf, war mein Vater oft nicht von mir angetan, sondern meine schulischen Leistungen insgesamt wurden meistens nicht so recht von ihm gewürdigt. Zum Beispiel gab es zu unserer Zeit in der Grundschule bis zur vierten Klasse noch die sogenannten Verhaltensnoten, die da waren Betragen, Fleiß, Mitarbeit und Ordnung. Bei den ersteren drei Noten kam ich nie über ein „Genügend", das war damals eine Drei, hinaus. In jedem Zeugnis wurde mir schriftlich vorgeworfen, dass ich laufend unruhig und abgelenkt bin, dass ich immer schwatze und damit den Unterricht störe und somit bei besserer Konzentration wesentlich bessere Leistungen erzielen könnte. Der einzige Lichtblick war die Ordnungsnote, wo ich immer eine Zwei erhielt, aber der ehrlichkeitshalber muss ich zugeben, dass das wohl mehr das Verdienst meines Vaters war, da er immer sehr auf die Vollständigkeit meiner schulischen Unterlagen achtete. Ansonsten waren meine schulischen Leistungen wie man sagt „so la la", das heißt, ich hatte immer ziemlich durchschnittliche Noten auf den Zeugnissen. Einen krassen Ausrutscher gab es lediglich einmal auf einem Zwischenzeugnis in der siebenten Klasse, da erschienen plötzlich vier Vieren, aber diesmal nicht in den allgemeinen Verhaltensnoten, sondern in ziemlich wichtigen Fächern. Weil mir das nun aber doch ein bisschen zu viel der schlechten Zensuren war, hatte ich den heroischen Einfall, wenigstens eine Vier durch eine Drei zu ersetzen. Das bewerkstelligte ich, indem mir „aus Versehen" ein Tropfen aus meinem Füllfederhalter auf eine Vier fiel, den ich meiner Meinung nach geschickt mit einer Rasierklinge entfernte und an diese Stelle eine Drei schrieb. Meinem Vater konnte ich das glaubwürdig darstellen, aber nachdem ich das von ihm unterschriebene Zeugnis der Klassenlehrerin nach den Schulferien zurückgab, natürlich hatte ich die gefälschte Drei wieder in eine Vier verwandelt, flog der ganze Schwindel auf. An dem Tag der Zeugnisrückgabe war das jedoch nicht das einzige Fiasko, was mir widerfuhr. Denn in der großen Hofpause, das ist die Pause, wo das Mittagessen ausgegeben wird, veranstalteten wir, also einige Schüler, regelmäßig sogenannte Reiterkämpfe. Ich, der ich immer schon in der Körpergröße relativ kurz geraten war, saß dabei bei meinem an Wuchs größeren Partner auf der Schulter und musste nun versuchen, meinen Gegner, der ebenfalls auf der Schulter eines Schülers saß, zu Boden zu werfen. Ich möchte mich hier nicht rühmen, aber meistens ging ich als Sieger hervor, was mir, nebenbei bemerkt, höchste Sympathiewerte in der Klasse einbrachte. An diesem Tag jedoch fiel mein Gegner so unglücklich auf den Boden, dass ein Arm von ihm nicht mehr so war, wie er eigentlich sein müsste, er zog sich dabei nämlich einen Bruch zu. Wegen dieses Vorkommnisses wurde ich in der darauffolgenden Unterrichtsstunde zum Schuldirektor beordert, um dort noch einmal den genauen Sachverhalt zu schildern. Nun war es zu jener Zeit so, dass es in der großen Pause zum damals nicht gerade sehr üppigen Mittagessen immer ein trockenes Brötchen dazugab. In besagter Unterrichtsstunde war ich jedenfalls gerade dabei, dieses Brötchen zu mir zu nehmen, hatte also den Mund in dem Moment richtig mit Selbigem gefüllt, als ich zum Direktor musste. Bevor ich ihm nun Rede und Antwort stehen konnte, war ich nun gezwungen, in seinem Beisein erst einmal meinen Mundinhalt in Richtung Magen zu leeren, was bei ihm natürlich nicht gerade zur Erheiterung beitrug. Ich musste also an diesem einen Tag drei für mich negative Ereignisse verkraften, die letztendlich auch noch in einem persönlichen Schülertagebuch festgehalten wurden, welches wöchentlich von den Eltern gegengezeichnet werden musste. In dieser Woche standen demzufolge die zuvor von mir noch nie erreichte Rekordanzahl von drei Tadeln im besagten Tagebuch. Da die Klassenlehrerin mir nicht zutraute, dass ich es in unverfälschter Form meinen Eltern zur Unterschrift vorlegte, wurde es in solchen Fällen immer einer Musterschülerin mitgegeben, die den gleichen Nachhauseweg wie ich hatte. Sie übergab es immer meiner Mutter und abends folgte dann die Standpauke seitens meines Vaters, einhergehend mit der Verkündung gewisser für mich einschneidender erzieherischer Maßnahmen. In diesem Fall zum Beispiel bekam ich drei Monate Stubenarrest, durfte also nicht mehr allein raus zum Spielen, sondern nur im Auftrag meiner Eltern Einkäufe tätigen. Meine Mutter jedoch, die dieses Strafmaß ihrer Meinung nach für unangemessen hoch empfand, gewährte mir trotzdem einige Strafmaßerleichterungen, ohne, dass mein Vater davon erfuhr.

Im Großen und Ganzen kann ich aber sagen, dass ich eine relativ ausgeglichene Kindheit erleben durfte, die nur ab und wann vom scherzhaft boshaften Treiben meiner Brüder getrübt wurde. Sie trieben nämlich des Öfteren ihren Schabernack mit mir, der mich teilweise seelisch sehr belastete. Ein Beispiel möchte ich an dieser Stelle kurz ansprechen.

Da ich als das jüngste Kind immer zuerst ins Bett musste und meine Eltern auch nicht immer anwesend waren, dachten sich meine Brüder, dass es doch lustig wäre, mich mal auf gruselige Art richtig zu erschrecken. Sie steckten sich jeder eine kleine Taschenlampe in den Mund, beugten sich in dem verdunkelten Zimmer über mich und gaben dabei laute gespenstige Töne von sich. Dass ich dadurch einen tüchtigen Schreck bekam, kann wohl jeder nachvollziehen. Das hatte bei mir teilweise solche tiefgründigen Nachwirkungen, dass ich immer mit schaurig ängstlichem Gemüt in den Keller ging, wenn ich den Auftrag bekam, etwas hochzuholen.

Im Allgemeinen aber war das Zusammenleben mit meinen Brüdern schon in Ordnung und ich konnte in vielerlei Hinsicht von ihnen profitieren. Zum Beispiel hatten wir Kinder in den fünfziger Jahren aus finanziellen Gründen noch kein eigenes Radio in unserem Zimmer. Mein ältester Bruder, der den Beruf des Elektrikers absolviert hatte, bastelte für uns Kinder einen sogenannten Behelfsradioempfänger auf der Basis eines Detektors. Er bestand aus einem streichholzschachtelgroßen Gehäuse, indem ein kleiner Siliziumkristallstein befestigt war, auf den wiederum eine Feder, so groß wie die in einem Kugelschreiber, drückte. Diese Feder war außen mit einem Drehgriff verbunden, so dass man damit auf dem Kristall herumkratzen konnte. Der Kristall war außerdem noch mit einer Spule mit einem kleinen Magneten verbunden, an dem ein langer Draht befestigt war, der als Antenne fungierte. Um die Antennenwirkung noch zu vergrößern, wurde der Draht zusätzlich noch an die Spiralfedern eines Bettes angeschlossen. An der Spule schließlich war noch ein kleiner Kopfhörer angeschlossen, den man ans Ohr drücken konnte. Wenn man jetzt mittels des Drehgriffes an dem Kristall herumkratzte, so ertönte bei bestimmten Stellungen Musik von irgendwelchen undefinierbaren Sendern, die natürlich qualitätsmäßig nicht das größte Klangerlebnis darstellte, aber für uns ein großartiges Erlebnis war.

Ein Ereignis in meiner Kindheit verdient im Zusammenhang mit meinen Brüdern noch besondere Erwähnung. Am Heilig Abend wurde bei uns immer vor der Bescherung erst in der Küche Abendbrot gegessen. In den ersten Jahren nach dem Krieg, wo noch keine speisemäßige Üppigkeit herrschte, kam an diesen Abenden regelmäßig ein Gericht auf den Tisch, was aus übereinander geschichteten und in Milch eingeweichten Weißbrotscheiben bestand, jede Schicht wurde außerdem mit Zucker und Mohnsamen bestreut. Es nannte sich Schlesische Mohn-Kließla. Diese Speise wurde dann auf die Teller verteilt und mit einem Löffel gegessen. In den späteren Jahren, wo es uns finanziell schon besser ging, gab es an Stelle der erstgenannten Speise prinzipiell pro Kopf zwei Knackwürste mit Kartoffelsalat. Solchermaßen gesättigt ging es dann zur Bescherung über den Korridor ins Wohnzimmer, wobei auf diesem Weg immer zusammen ein Weihnachtslied geträllert wurde. Im Wohnzimmer bestaunten wir zuerst den von unseren Eltern in totaler Abgeschiedenheit geschmückten Weihnachtsbaum und stürzten uns dann natürlich auf unsere Geschenke. Die fielen natürlich damals nicht so üppig aus, wie es heute üblich ist, aber wir erfreuten uns auch an kleineren Sachen. Als ich schon in die Schule ging und unsere finanzielle Situation schon besser war, bekam ich einmal einen Stabil-Baukasten ganz für mich allein, vorher waren es immer Geschenke, die für alle Verwendung hatten, wie z.B. Gesellschaftsspiele, sowie irgendwelche selbstgestrickten Sachen zum Anziehen. Nebenbei gesagt, sah unser Tannenbaum auch nicht so aus, wie man es heute so gewohnt ist. Wir hatten in der DDR immer nur Fichten als Weihnachtsbaum, die meistens schon beim Schmücken so viele Nadeln verloren, dass sie regelrecht gerupft aussahen. Als wir das erste Weihnachten in der BRD feierten, kauften wir uns eine Edeltanne für 35 DM, obwohl unser finanzieller Rahmen damals noch sehr eng gestrickt war. Aber wenn man die Photographien mit denen von früher vergleicht, fällt einem der Unterschied erst so richtig ins Auge. So einen Baum, wie wir ihn früher hatten, würden sich heute noch nicht einmal die Ärmsten von den Armen in die Wohnung stellen.

An dem für mich besonderem Weihnachtsabend jedoch traute ich kaum meinen Augen, denn unter dem Weihnachtsbaum war ein kreisförmiger Schienenstrang aufgebaut mit einer elektrischen Eisenbahn einschließlich einigen Anhängern. Diese Anlage hatte mein mittlerer Bruder mit Hilfe eines kleinen Zuschusses meiner Eltern gekauft, der zu dieser Zeit schon seine Ausbildung als Fernmeldebaumonteur absolviert hatte und sein eigenes Geld verdiente.

Diese kleine Eisenbahnanlage zog eine mehrere Monate dauernde Bastelzeit nach sich, denn wir schufen aus diesen Anfängen eine Anlage, die ca. 2,00 m in der Länge sowie 1,50 m in der Tiefe maß. Die Grundlage hierfür bildete eine Spanplatte, die über das Bett unseres inzwischen aus der Wohnung ausgezogenen älteren Bruders gelegt wurde. Sämtliche Aufbauten, wie zum Beispiel Landschaft mit Gebirge und Tunnel, Straßenzüge, Bäume, Sträucher und Häuser wurden von uns selbst gebastelt. Lediglich das Bahnhofsgebäude mit Bahnsteig sowie Ampelanlagen und Schranken, die entsprechend der Notwendigkeit automatisch gesteuert wurden, hatten wir käuflich erworben. Ich war hierbei für die Aufbauten zuständig und mein Bruder für die komplette Elektrik. Auf dieser Anlage befanden sich zwei durch fünf Weichen miteinander verbundene Schienenstränge sowie ein einzelner gerader Strang für einen Sackbahnhof. Wir hatten darauf einen Personentriebwagen mit zwei

Anhängern sowie eine Dampflokomotive, natürlich in diesem Fall elektrisch betrieben, mit mehreren Anhängern im Einsatz. Gesteuert wurde das alles über ein von meinem Bruder geschaffenes Schaltpult, man konnte sogar zwei Züge gleichzeitig auf getrennten Schienensträngen gegenläufig fahren lassen.

Ich möchte ja nicht prahlen, aber mit dieser Anlage hätten wir heutzutage bei Ausstellungen bestimmt deftige Preise eingeheimst. Ca. ein halbes Jahr lang hatten wir an den Wochenenden immer viele Freunde zum Spielen bei uns, bis dann allmählich das Interesse abnahm. Die Anlage wurde dann nach einiger Zeit bei uns auf dem Dachboden in unserer Dachkammer deponiert und ich glaube, meine Eltern waren auch froh, dass an den Wochenenden wieder Ruhe bei uns einkehrte.

Während der Grundschulzeit gehörte ich einer Gruppe, man kann schon fast sagen „Gang", an, die aus vier Köpfen bestand. Einer davon lebte fast gegenüber unserer Grundschule in einem Wohnhaus auf einem großen Betriebsgelände, das Tag und Nacht von einem Pförtner in einem Pförtnerhäuschen bewacht wurde. Die anderen beiden stammten aus für die damalige Zeit relativ wohlhabenden Familien. Ich war in dieser Gruppe nicht nur der Kleinste, sondern in gewisser Hinsicht auch der Mittelloseste. Das kam besonders an den Kindergeburtstagsfeiern zum Ausdruck, bei welchen ich natürlich immer meine besten Kleidungsstücke am

Körper trug, die aber nicht so salopp aussahen, wie die Sachen meiner Schulkameraden. Das lag vor allem daran, dass ich als das drittgeborene Kind immer die nicht mehr ganz so neuen Sachen meiner Brüder tragen musste und mich speziell zu den vorgenannten Anlässen immer sehr unwohl darin fühlte. Dazu kam noch, dass mein Geschenk sich gegenüber den anderen auch als sehr mickerig ausmachte. Dass die Eltern meiner Schulfreunde darüber ganz anders dachten, begriff ich damals mit meinem kindlichen Gemüt noch nicht so richtig.

Aber das sei nur nebenbei erwähnt. Auf diesem Betriebsgelände nunmehr befand sich neben einer Wäschemangel, wo meine Mutter immer die Bettwäsche von uns mangelte, eine Metallfabrik und eine Holzverarbeitungsfabrik, zu denen jeweils ein großer Lagerplatz gehörte. In der Metallfabrik wurden unter anderem große Aluminiumtöpfe mit Deckel mit einem Durchmesser von ungefähr 80 cm hergestellt und in der Holzfabrik wurden Paletten gefertigt. Auf dem Holzlagerplatz wiederum befanden sich zwei nebeneinanderliegende Schienenstränge, die in etwa 100 m lang und auf denen einfache Eisenloren abgestellt waren, womit die Paletten transportiert wurden. Diese Loren beluden wir mit handlichen Holzklötzen und mit jeweils zwei Mann Besatzung fuhren wir jeder auf seinem Schienenstrang aufeinander zu und bewarfen uns dabei mit den Holzstücken. Als Schutzschilde dienten uns dabei die mit einem Griff versehenen

Aluminiumdeckel. Diesen Wettkampf betrieben wir in der Regel so lange, bis wir total erschöpft waren, denn das dauernde Schieben der Loren war ziemlich kraftanstrengend. Im Nachhinein wundere ich mich jetzt noch, dass wir dabei bis auf kleinere Blessuren keine schwerwiegenderen Verletzungen erlitten haben.

Anschließend erholten wir uns von den Strapazen in einem zweigeschossigen budenähnlichen Anbau, der sich mit einem separaten Eingang auf der Rückseite des Wohnhauses meines Schulfreundes befand und den er ganz allein für sich selbst nutzen durfte. Die Räume waren für unser Empfinden ziemlich komfortabel ausgestattet mit einer alten Couch, mehreren alten ausgedienten Autositzen sowie einem Tisch mit einigen Stühlen. Das Besondere an diesen Räumen war jedoch, dass wir in der oberen Etage, die nur mit einer einfachen Sprossenleiter zu erreichen war, diverse Sachen lagerten, die eigentlich noch nicht für unsere kindlichen Gemüter bestimmt waren, nämlich alkoholische Getränke verschiedenster Art sowie Zigaretten. Nun wird sich manch einer fragen, woher denn das Geld für diese Artikel stammte, denn unser sehr schmal bemessenes Taschengeld hätte dafür bei weitem nicht ausgereicht. Die Lösung dafür ist ganz einfach zu erläutern, denn wir haben diese Einkäufe bargeldlos getätigt. Bezugnehmend auf die Zeit, in der dieses hier vorliegende Werk geschrieben wurde, nämlich im Jahr 2020, kann man also getrost sagen, dass wir mit unserer bargeldlosen Zahlungsweise schon als Vorreiter des heute üblichen Geldverkehrs angesehen werden konnten.

Damals gab es noch nicht diese großen Kaufhallen wie heutzutage, sondern fast ausschließlich kleine Tante-Emma-Läden. Das waren also Läden, wo einige Regale mit den angebotenen Artikeln ringsherum an den Wänden standen und der Verkäufer hinter einer Ladentheke mit Registrierkasse stand. Unsere Vorgehensweise war im Prinzip immer die gleiche. Während zwei von uns den Verkäufer in ein Gespräch verwickelten und ihn nach irgendwelchen Artikeln befragten, die er nach unseren vorherigen Auskundschaftungen garantiert nicht im Sortiment hatte, tätigten die beiden anderen die sogenannten bargeldlosen Einkäufe. Dabei kam es natürlich öfter vor, dass der Verkäufer uns dabei erwischte, wenn wir etwas still und leise in unseren Taschen verschwinden ließen. Einmal z.B. fiel ein ca. ein Meter hoher pyramidenähnlicher Aufbau mit Süßigkeiten in sich zusammen, als wir davon etwas in unseren Taschen verschwinden lassen wollten. Bevor er aber hinter seiner Ladentheke hervorkam, um uns sozusagen dingfest zu machen, rannten wir wie die Wiesel in vier verschiedenen Richtungen aus dem Laden und trafen uns kurz darauf an einem vorher vereinbarten Ort. Danach bezogen wir wieder unsere gemütliche Bude, um unsere heroischen Erfolge mit Alkohol zu begießen und dabei natürlich auch eine oder mehrere

Zigaretten inhalierten. Mir ist bis heute noch nicht so richtig klar, wie ich das alles vor meinen Eltern verheimlichen konnte, denn irgendwie müsste ja ein gewisser Mundgeruch von unserem Tun am Abend vorhanden gewesen sein.

Im Zusammenhang mit oben genanntem Holzplatz wäre noch erwähnenswert, dass sich darauf auch ein künstlich angelegter Feuerlöschteich befand, der eine Abmessung von ca. 20 x 20 m hatte und an seiner tiefsten Stelle so ca. 4 m Tiefe aufwies. Dieser Teich fror in den damaligen Wintern regelmäßig zu, so dass wir ihn privat für uns für Eishockeywettkämpfe nutzen konnten. Die Schläger fertigten wir uns aus den Holzteilen des Holzplatzes und als Schlittschuhe hatten wir solche, die man mit einer kleinen Kurbel an den Schuhen befestigen musste. Hierbei passierte es schon manchmal, dass, wenn man mal stolperte, sich der Schlittschuh löste und dabei ein Stück Untersohle von der Hacke des Schuhes mit daran hing. Dieser Schaden konnte jedoch von meinem Vater problemlos behoben werden, denn er besaß einen sogenannten Schusterdreifuß, mittels dem er die Sohle wieder befestigte. Dies erfolgte sogar ohne jegliche Rüge, denn der Schaden war ja bei einer sinnvollen Freizeitgestaltung entstanden.

Nach Beendigung der Grundschule, also nach der achten Klasse, wollte ich die Schule verlassen und eine Lehre als Dreher beginnen in den Pumpenwerken Halle/Saale. Irgendwer muss mir diesen Beruf als sehr erstrebenswert eingeredet haben, jedoch dachte mein Vater völlig anders darüber. Obwohl ich schon einen unterschriebenen Lehrvertrag in der Tasche hatte, musste ich mich dem Willen meines Vaters beugen und selbigen wieder auflösen. Dafür meldete er mich in der Mittelschule an, mit dem Ziel des Erlangens des mittleren Reifezeugnisses nach der 10. Klasse. Dem musste ich mich letztendlich fügen und wechselte auf die Johannesschule, da in meiner bisherigen Schule ein höherer Abschluss nicht möglich war. Diese Schule war zu Fuß etwa 30 Minuten von unserer Wohnung entfernt, also völlig problemlos zu erreichen. Aus heutiger Sicht müsste ich meinem Vater für diese Schulentscheidung mehr als dankbar sein, aber zur damaligen Zeit hatte ich eben noch nicht den dafür erforderlichen Weisheitsgrad.

In den zwei Jahren des Besuches der Mittelschule jedoch musste mein Vater wiederum Ereignisse meinerseits verkraften, die sich einerseits aus dem Umgang mit dem von mir ausgewählten neuen Freundeskreis an der neuen Schule sowie andererseits aus einem neuerdings von mir neu endeckten experimentellem Tatendrang ergaben. Die erwähnten Ereignisse betrafen hier ausnahmsweise mal nicht die schulnotenbezogene Seite, denn die ließ meiner Meinung nach nichts zu wünschen übrig. Ich hatte während dieser Zeit durchgängig gute bis durchschnittliche Noten, was sich wahrscheinlich damit begründen lässt, dass bei mir schon ein gewisser Reifeprozess einsetzte. Sie hingen vielmehr mit dem schulwechselbedingten neuen Freundeskreis zusammen, den ich mir zulegte. Ich muss hierzu erwähnen, dass ich mich komischerweise immer mit solchen Freunden umgab, die eigentlich nicht dem von meinen Eltern gewünschten Umgang entsprachen. Diese seltsame Tatsache begleitete mich im Prinzip fast bis zum Ende meines 25. Lebensjahres. Das war zufälligerweise auch das Jahr, als ich meine jetzige Frau kennenlernte, also der Lebensabschnitt, der auf den folgte, wo man sich, wie man so sagt, schon die Hörner abgestoßen haben sollte. Sie behauptet heute noch, dass ich nur durch sie auf den rechten Weg geleitet worden bin, was sich allerdings nicht ganz mit meiner Meinung deckt.

Nun zu dem von mir neu entdeckten experimentellem Tatendrang, der sich während der Mittelschulzeit meiner bemächtigte. Der Auslöser dieses Umstandes war eigentlich mein Vater, obwohl er davon nichts ahnte. Wir hatten nämlich einen Garten in einer Kleingartenanlage, in der meine Eltern und natürlich in den jüngeren Jahren auch ich sehr viele Stunden verbrachten. Hierzu ist zu bemerken, dass meine Brüder und ich, auch als wir schon das jugendliche Alter hinter uns gelassen hatten, sehr oft spontan zu Tätigkeiten für diesen Garten herangezogen wurden, die uns nicht gerade die größte Freude bereiteten. Damit meine ich nicht nur die im Garten notwendigen allgemeinen Tätigkeiten, wie zum Beispiel Obst und Erdbeeren ernten sowie Unkrautjäten usw., sondern größere Vorhaben, wo mein Vater unser Erscheinen als bedingungslose Pflicht ansah. Bei diesen Vorhaben galt keine Entschuldigung, unser Erscheinen war unabdingbare Pflicht. Ein Ereignis dieser Art möchte ich hier kurz einfügen.

Ich ging, als ich so ca. 18 Jahre alt war, unter anderem öfter immer mit Freunden nach Merseburg tanzen, das heißt, wir mussten mit der Straßenbahn dorthin fahren, denn das Tanzlokal lag ca.10 km von unserem Wohngebiet entfernt. Nebenbei bemerkt, war das damals gerade die Zeit, wo der Rock and Roll „in" war. Einmal samstags brachte ich ein Mädel nach Hause, die in Merseburg wohnte, und wo bei den Verrichtungen, die das nach Hause bringen so allgemein nach sich zog, die Zeit dermaßen schnell verging, so dass ich die letzte Bahn nach Hause verpasste. Ich musste also ca. 10 km Fußweg bewältigen, um nach Hause zu kommen. Nun hatte mein Vater meinen mittleren Bruder und mich schon vorher in Kenntnis gesetzt, dass er am Sonntag früh gegen acht Uhr ein Pferdefuhrwerk mit einer Ladung Pferdemist in den Garten geliefert bekommen sollte. Diese Ladung wurde vor dem Eingang der Gartenanlage abgekippt und musste mit der Schubkarre so ca. 200 m bis zu unserem Garten transportiert werden. Nun kam ich bedingt durch den langen Fußweg von Merseburg total erschöpft so gegen sechs Uhr in der Früh zu Hause an, wollte mich gerade in unser Zimmer schleichen, um eventuell noch ein wenig zu schlafen, aber mein Vater vereitelte dieses Ansinnen von mir und mahnte zum Aufbruch in den Garten. Da gab es dann kein Wenn und Aber, sondern ich musste sofort nach einem kurzen Frühstück in den Garten und zwar zu Fuß, denn ich hatte damals noch kein Fahrrad, lediglich meine Brüder und meine Eltern hatten eines. Das war dann nochmals eine Strecke von ungefähr einer dreiviertel Stunde.

Im Zusammenhang mit unserem Garten muss auch erwähnt werden, dass in der Erntezeit der verschiedensten Früchte auch betreffs der Verarbeitungsphase derselben von uns Kindern ein zeitlich hohes Quantum an Mitwirkung gefordert wurde. Die beträchtlichen Mengen der geernteten Johannisbeeren und Stachelbeeren wurden nämlich in zweierlei Hinsicht weiterverarbeitet. Zum ersten wurden sie in Einweckgläsern eingekocht. Dazu mussten sie aber vorher von den Stielen befreit werden, was eine sehr zeitaufwendige Arbeit war, und sich über mehrere Tage hinzog. Danach wurden sie in Einweckgläser gefüllt unter Hinzugabe von Zucker und anschließend in einem speziellen Einwecktopf eingekocht. So ca. 50 Gläser lagerten bei uns immer im Keller.

Zum zweiten machte mein Vater aus den genannten Früchten jedes Jahr 120 Liter Wein mit den verschiedensten Fruchtmischungen. Dabei brauchte man zwar die Beeren nicht von ihren

Stielen befreien, aber sie mussten dafür in einem fleischwolfartigen Gerät mit gehörigem Kraftaufwand so ausgequetscht werden, dass im Ergebnis zum Schluss der Fruchtsaft und eine trockene Maische übrigblieb. Damit die Fruchtsaftausbeute so hoch als möglich war, konnte man mittels einer Stellschraube den Pressdruck so erhöhen, dass man die Handkurbel des Gerätes gerade noch so drehen konnte. Mein Vater stellte den Pressdruck jedenfalls immer so hoch ein, dass sich zwei von uns auf den Küchentisch setzen mussten, damit sich dieser beim Drehen der Kurbel nicht von der Stelle bewegte. Die ganze Prozedur zog sich über mehrere Tage hin und im Ergebnis standen dann immer 5 bis 6 Gallonen von 10 bis 20 Litern Wein zum Gären auf unserer Küchenanrichte. Nach mehrmaligen Filterprozessen, die ich hier nicht näher beschreiben möchte, entstanden so ca. 150 Flaschen Wein, die im Keller in einem alten Küchenschrank gelagert wurden. Dazu wurden von meinem Vater mit der Schreibmaschine kleine Schildchen gefertigt, woraus die Weinzusammensetzung und das Abfülldatum ersichtlich waren. Zum Schluss wurde an die Innenseite der Tür noch eine Bestandstabelle angebracht, wo jede Entnahme unter Angabe des Entnahmedatums vermerkt wurde, so dass immer der Restbestand der jeweiligen Sorte ersichtlich war. Als ich jedoch im Jahr 1963, als ich mit 20 Jahren ein Studium an der Technischen Universität Dresden begann, ab und wann zu Besuch bei meinen Eltern war, entnahm ich immer heimlich zwei bis drei

Flaschen aus den hinteren Reihen, um damit in Dresden mit meinen Freunden unseren Durst zu stillen. Damit brachte ich diese Bestandsführung tüchtig durcheinander, aber das fiel meinem Vater erst viele Monate später auf, als nämlich die hinteren Leerreihen zum Vorschein kamen.

Nun aber wieder zum Auslöser meines experimentellen Tatendranges. Im Garten selbst war ein ungefähr 30 m langer Fußweg, der die angelegten Beete in zwei Hälften teilte. Um diesen Weg unkrautfrei zu halten, hatte mein Vater in der Gartenlaube eine kleine Tonne mit Unkraut Ex, auch „Wegerein" genannt, gelagert. Es war ein Herbizid auf der Basis von Natriumchlorat, welches einen hohen Anteil von gebundenem Sauerstoff aufwies. Es war von der Bestimmung her dafür gedacht, dass man es in einem bestimmten Verhältnis im Wasser auflöste, damit die Wege mit einer Gießkanne begoss und somit das Unkraut vernichtete. Durch meine Brüder lernte ich, dass man damit auch gezielte Sprengungen durchführen konnte, indem man ein wenig davon in eine verschließbare Flasche tat, Wasser hineinfüllte und die verschlossene Flasche unverzüglich ablegte. Durch die starke Sauerstoffentwicklung, die in der Flasche nun begann, wurde der Überdruck so groß, dass die Flasche schließlich mit einem ohrenbetäubenden Knall explodierte. Dadurch angeregt, begann ich nun selbst, mit dem für mich wunderbaren Mittel namens Unkraut Ex zu experimentieren und entdeckte dabei viele interessante Anwendungsmöglichkeiten. In diesem Zusammenhang muss erwähnt werden, dass ich, inspiriert durch den experimentellen Teil des Chemieunterrichtes in der 10. Klasse, mir zu Hause schon eine gewisse Grundausstattung an Chemikalien einschließlich bestimmter notwendiger einfacher Laborgeräte zugelegt hatte. Dazu gehörten beispielsweise Reagenzgläser einschließlich der dazugehörigen Abstellständer, kleine Glastrichter und Glaskolben sowie auch bestimmte chemische Grundsubstanzen, wie zum Beispiel Schwefelblüte und Salpeter. Da ich nun finanziell nicht in der Lage war, mir diese Sachen offiziell zu besorgen, zweigte ich die von mir benötigten geringen Mengen nach und nach vom Laborbestand der Schule ab. Die Sachen lagerte ich in einer Kiste in meinem Schrank und meine Mutter, die ja in unserem Zimmer immer für Ordnung sorgte, machte sich über den Inhalt derselben keine beunruhigenden Gedanken.

Am Anfang meiner Experimente standen, wie gesagt, die verschiedensten Anwendungsmöglichkeiten von dem Mittel Unkraut Ex, die ich zusammen mit zwei Freunden bei uns zu Hause ausprobierte. Dazu tränkten wir zuerst Zeitungsbögen und manchmal auch von alten Diktatheften die Blätter mit einer Unkraut Ex Lösung und hängten diese zum Trocknen in unserem Bad auf. Das konnten wir immer dann machen, wenn meine Mutter am Montag und Dienstag in einer

Lottoauswertungsstelle arbeiten war. Diese Blätter zerschnitten wir in eine für unseren Zweck handliche Größe und falteten sie ziehharmonikaförmig zusammen. Die beiden Enden legten wir dabei so übereinander, dass die ursprüngliche Länge auf ein Drittel schrumpfte. Dieses Bündel mit der nunmehr erreichten Abmessung von ca. 5cm x 2cm x 1cm umwickelten wir kräftig mit Kordelschnur, wobei eine mehrere cm lange Zündschnur mit eingebunden wurde. Ein paar von diesen selbstgebauten Knallkörpern warfen wir gleich mal aus unserem Kinderzimmerfenster in den Vorgarten und waren sehr positiv von der Wirkung beeindruckt. Nun wollten wir die Anwohner in anderen Wohnblocks ebenfalls mit unserer Erfindung beglücken und suchten uns zu diesem Zweck mehrgeschossige Wohnhäuser aus, wo die Haustür tagsüber nicht verschlossen war. Dort hängten wir dann einen Knallkörper an eine Wohnungstürklinke im Erdgeschoss, zündeten die Zündschnur an, betätigten den Klingelknopf und suchten schleunigst das Weite. Wenn die Bewohner dann die Tür öffneten, wurden sie nun von einem lauten Knall überrascht, da fast immer im selben Moment der Knallkörper explodierte. Im Gegensatz zu den Bewohnern fanden wir das immer sehr lustig.

In einem anderen Fall bastelten wir einmal eine sogenannte Rauchbombe, indem wir das Unkraut Ex in einem vorher ausprobierten Verhältnis mit Sägemehl mischten und alles in eine kleine Tüte schütteten, die dann angezündet werden musste. Um die Wirkung hautnah mitzuerleben, losten wir aus, in wessen Wohnhaus es ausprobiert werden sollte. Das Los bestimmte unglücklicherweise mich und die Sache sollte in den Abendstunden ausprobiert werden. Natürlich musste ich selbst zu dieser Zeit zu Hause sein, damit ich die Wirkung auch genau beschreiben konnte. Am besagten Abend war ich also zu Hause, während meine Kumpels die Tüte bei uns in den Abendstunden auf der Steintreppe zum Keller platzierten und sie entzündeten. Kurze Zeit später klingelte es an unserer Wohnungstür, denn das Treppenhaus war dicht vernebelt und man vermutete, dass ein Schornsteinbrand die Ursache war. Man klingelte deshalb bei uns, da mein Vater der von der Wohnungsgesellschaft bevollmächtigte sogenannte Hausvertrauensmann war und in dieser Eigenschaft auch den Schlüssel zum Wäscheboden verwahrte. Mein Vater schloss also die Tür zum Wäscheboden auf, aber dort war kein Rauch zu sehen. Nachdem sich im Treppenhaus mittlerweile der Rauch ein wenig verzogen hatte, fand er die Ursache desselben heraus. Irgendwie kam er dahinter, dass ich und meine zwei Freunde mit dieser Sache zu tun hatten, ich kann mich heute nicht mehr so genau an die Beweggründe seiner Vermutung erinnern. Jedenfalls suchte er mit mir an der Hand die Eltern der beiden anderen Schulkameraden auf und wertete den Vorfall aus. Bis auf eine gehörige Standpauke seitens meines Vaters hatte dieses Ereignis aber keine allzu schwerwiegenden disziplinarischen Folgen für mich.

Weil ich bei dem soeben geschilderten Ereignis die Funktion des Hausvertrauensmannes erwähnte, möchte ich dazu erläuternd noch erwähnen, dass seine Hauptaufgabe darin bestand, das Hausbuch zu führen. Hier musste sich jede Person eintragen, die länger als einen Tag bei jemand im Haus zu Besuch war und zwar unter Angabe der Wohnanschrift, Ausweis-Nr. und der geplanten Aufenthaltsdauer. Bei Besuch aus dem kapitalistischen Ausland, der BRD z.B., musste sogar die polizeiliche Meldestelle des jeweiligen Stadtbezirkes informiert werden.

Weil wir gerade beim Hausvertrauensmann sind, möchte ich ein weiteres Aufgabengebiet, was er innehatte, aufführen. Er musste unter anderem eine Anmeldeliste für die Nutzung der Waschküche führen, die auf der Rückseite des Wohngebäudes in einem separaten kellerähnlichen Raum lag, wo die sogenannte große Kochwäsche durchgeführt wurde, da es ja in der ersten Zeit nach dem Krieg noch keine Waschmaschinen gab. Kleinere Wäschestücke wurden in der Wohnung mittels eines Waschbretts, aber die größeren Teile, wie z.B. Bettwäsche oder ölverschmutzte Arbeitskleidung, wurden in der Waschküche gewaschen. Wer also dort Wäsche waschen wollte, musste sich in diese Liste eintragen, meistens wurde sie immer für zwei Tage benutzt. In der Waschküche befand sich ein

Kohleofen mit einem Durchmesser von ca. einem Meter, indem ein ebenso großer Kessel eingelassen war. In diesem Kessel wurde die Wäsche gekocht, gespült und anschließend mit einer Handwäsche-mangel soweit ausgepresst, dass sie danach zum Trocknen aufgehängt werden konnte. Immer, wenn ich an den Tagen, wo wir große Wäsche hatten, nach der Schule nach Hause kam, hatte ich die eh-renvolle Aufgabe, zwei bis drei Stunden die Kurbel der Handmangel zu drehen, was bei mir verständ-licher Weise keine Freudensprünge verursachte.

Nun aber weiter mit einem positiven Nebenas-pekt als Hausvertrauensmann, der nicht unerwähnt bleiben soll, nämlich, dass sich mein Vater als ein-ziger hinter dem Haus vom Wäschetrocknungs-platz ein kleines Stück Garten von ca. 10 m x 5 m abgezweigt hatte, das von ihm für den Anbau von Gemüse genutzt wurde und wo auch ein Karnickel-stall mit drei Kaninchen stand. Weitere 4 Kaninchen hatten wir noch in einem unserer zwei Keller, so dass wir Kinder des Öfteren mit einer Sichel bewaff-net den notwendigen Grasvorrat heranschaffen mussten, damit die Tiere schlachtreif heranwachsen konnten. Weil ich zwei sich in unserem Besitz be-findliche Keller erwähnte, so war das auch wieder ein Privileg des Hausvertrauensmannes, denn alle anderen Hausbewohner hatten nur einen Keller. Der zweite Keller war unser Kohlenkeller, wo die Braunkohle, die Briketts und das Feuerholz gelagert wurde. Zur Braunkohle muss in diesem

Zusammenhang gesagt werden, dass diese Kohle einen sehr geringen Heizwert hatte, aber Steinkohle gab es damals für die normalen Bürger nicht. Die Briketts wiederum hatten einen wesentlich höheren Heizwert und deshalb erfuhren sie bei der Lagerung auch eine besondere Würdigung. Sie wurden nämlich nicht nur in den Keller geschüttet, sondern wir mussten sie exakt in Reih und Glied nach einem von unserem Vater vorgegebenen System an der Wand stapeln.

So, nun aber zurück zu meinen Experimenten. Ich erwähnte bereits, dass ich durch den praktischen Anschauungsunterricht im Labor im Zusammenhang mit dem Chemieunterricht unter anderem auch in den Besitz von Schwefelblüthe und Salpeter gelangt war. Durch tiefgründiges Literaturstudium, was mir in diesem Fall sogar große Freude bereitete, kam mir die Idee, dass man ja mal versuchen könnte, ein effektiveres Mittel, als das mit Unkraut Ex getränkte Papier, nämlich Schwarzpulver, herzustellen. Zu diesem Zweck mischte ich Schwefelblüthe, Salpeter und klein zerstoßenes Kaliumpermanganat, in einem bestimmten Verhältnis, bis sich das von mir erwünschte Ergebnis einstellte. Kaliumpermanganat ist ein stark sauerstoffhaltiges Kristall, das damals in jedem vernünftigen Haushalt vorhanden war, denn es wurde bei Halsbeschwerden zum Gurgeln benutzt. Zum Ausprobieren nutzte ich einen kleinen gusseisernen Kanonenofen, der in unserem Kinderzimmer stand. Vor ihm war auf dem Holzfußboden ein ca. 50 cm x 50 cm großes Blech angebracht, damit eventuell herausfallende Glut nicht den Boden beschädigte. Dieses Blech verwendete ich, um die Mischungen so lange zu testen, bis sich das von mir gewünschte Ergebnis einstellte. Nun wollte ich natürlich auch das nunmehr vorliegende Gemisch in praktischer Anwendung testen. Dazu kam mir zugute, dass sich in meinem Besitz noch ein kleines zylindrisches Aluminiumfeuerzeug aus der aktiven Raucherzeit meines Vaters befand. Dieses hatte unten einen Schraubverschluss, war innen mit benzingetränkter Watte gefüllt, die einen Docht umhüllte, der oben aus einem Loch herausragte. Oben war noch ein kleines geriffeltes Rädchen angebracht, auf welches ein Feuerstein mit einer Feder gepresst wurde. Wenn man jetzt mittels Daumen das Rädchen kräftig drehte, entstand durch den Feuerstein ein Funke, der wiederum den benzingetränkten Docht entzündete. In diesem Feuerzeug ersetzte ich nun die Watte durch mein Schwarzpulver und den Docht durch eine mit der Unkraut EX-Lösung getränkten Zündschnur. Um die ganze Sache auszuprobieren, hatte ich den genialen Einfall, in den späten Abendstunden die Zündschnur anzuzünden und das Ding einfach auf unserer Straßenseite aus dem Fenster zu werfen. Da aber der von mir erwartete explosionsartige Knall ausblieb, machte ich mir keine großartigen Gedanken und ließ es so auf sich beruhen. Als ich am nächsten Tag aus der Schule kam, wurde ich zu meiner Verwunderung von

meiner Mutter mit einer kräftigen Backpfeife empfangen, was sie ansonsten nie tat. Es hatte sich nämlich ergeben, dass das Feuerzeug am Vorabend im
Erdgeschoss ein Fenster mitsamt Leinewandrollo
durchschlagen hatte, wobei die Scheibe nicht zu
Bruch ging, sondern lediglich ein Loch zu sehen
war. Deswegen hatte ich am Vorabend auch nichts
gehört. Das Feuerzeug hingegen lag in diesem Zimmer hinten unter dem Bett. Ich hatte in diesem Zusammenhang riesiges Glück, denn vor dem Fenster
stand ein Schreibtisch, an dem ein Schüler aus einer
höheren Klasse meiner Schule normalerweise seine
Hausaufgaben machte. Als die Eltern desjenigen
am nächsten Morgen die Bescherung sahen und unter dem Bett in einer dunklen Ecke etwas liegen sahen, was sie nicht so richtig identifizieren konnten,
informierten sie die Polizei und im Ergebnis dessen
wurde ich das erste Mal in meinem Leben mit einem negativen Artikel in der Tageszeitung erwähnt. Dass ich der Verursacher dieses Ereignisses
war, ließ sich übrigens ganz leicht herausfinden,
denn ein paar Tage vorher hatte ich ja zum Ausprobieren einige der schon anfangs erwähnten Knallkörper aus dem Unkraut Ex getränkten Papier aus
dem Fenster geworfen, wo unglücklicherweise
auch einer dabei war, den ich aus dem Papier eines
alten Diktatheftes hergestellt hatte. Im Ergebnis der
Untersuchungen durch die Polizei fand man ein
Rest Papier eines explodierten Knallkörpers, wo die
Unterschrift meines Vaters zu sehen war. Mit diesem Vorfall schließlich wurde meine eingangs

erwähnte experimentelle Phase beendet, denn mein Vater nahm meine Kiste mit den mühsam zusammengetragenen Chemikalien und schmiss sie in den Aschenkübel vor dem Haus. Dass es dabei nicht auch noch zu ungeplanten explosiven Reaktionen gekommen ist, wundert mich heute noch.

Wenn ich nun meine weitere Entwicklung darlege, so gab es in meiner Jugendzeit aber nicht nur solche negativ geprägten Perioden, sondern den größten Teil meiner Freizeit verbrachte ich schon mit sinnvollen Beschäftigungen.

Gegen Ende der Mittelschulzeit bis fast zum Ende der Berufsausbildung zum Beispiel war ich ca. drei Jahre lang Mitglied in einem Kanusportverein. Mein mittlerer Bruder war dort schon länger sportlich engagiert und er überredete mich, auch dort einzutreten, damit ich meine Freizeit sinnvoll nutzte. Rückblickend war diese Zeit mit sehr viel schönen Erlebnissen verbunden. Wir waren dort eine Gemeinschaft von Sportlern, sowohl männlichen als auch weiblichen Geschlechtes, wobei sich das Alter von 10 Jahren bis hin zu reiferen Erwachsenenjahrgängen bewegte. Unser Sportclub nannte sich Kanusport Post Halle, da die Deutsche Post der Trägerbetrieb war, das heißt, er wurde von diesem Betrieb finanziert. Das war in der ehemaligen DDR früher allgemein so üblich, dass Sport- und andere Vereine einen Trägerbetrieb hatten, der die finanzielle Grundlage bildete. Die Mitglieder selbst brauchten lediglich einen geringen Monatsbeitrag leisten, der aber fast gar keine finanzielle Belastung darstellte. Ebenso war es ganz normale Praxis, dass herausragende Sportler, die z.B. für den National-mannschaftskader nominiert wurden, teilweise bzw. ganz von der Arbeit freigestellt wurden, na-türlich bei Weiterzahlung der Löhne und Gehälter. Nebenbei bemerkt, lag zur damaligen Zeit darin auch der Grund, dass in bestimmten Sportarten, wie z.B. Leichtathletik, Schwimmen, Eiskunstlauf usw., also in Sportarten, die im sogenannten kapi-talistischem Ausland damals nicht als reine Profi-sportarten betrieben wurden, die DDR-Sportler bei internationalen Wettkämpfen immer vordere Plätze belegten. Denn, während die Sportler aus dem Ka-pitalistischen Ausland neben dem Training auch noch ihrem Beruf nachgehen mussten, konnten die Auswahlkader der DDR, unterstützt von einem ausgewählten Trainerteam, unbeschwert trainie-ren.

Mein Bruder selbst belegte während seiner akti-ven Sportlaufbahn bei DDR-Meisterschaften einmal im Endlauf über 500 m im Einer-Kajak den 9. Platz, aber um zu den geförderten Kadern zu gehören, langte diese Platzierung nicht, dazu hätte er die Plätze 1 bis 3 belegen müssen. Er musste also immer ganz normal seiner beruflichen Tätigkeit nachge-hen und die war in seinem Fall nicht die leichteste. Er war zu dieser Zeit nämlich Fernmeldebaumon-teur, das waren diejenigen, die bei irgendwelchen Störungen mit sogenannten Steigeisen die hölzernen Telegraphenmasten erklimmen mussten, um die Fehlerquelle zu beheben.

Aber nun zurück zum Kanusportverein. Das Vereinsgelände lag an der Saale so ziemlich gegenüber einer von der Saale und einem Nebenarm der Saale umflossenen Insel, die sich Rabeninsel nannte. Sie konnte man zur damaligen Zeit mit einer manuell betriebenen Drahtseilfähre erreichen und war für die Einwohner von Halle ein beliebtes Ausflugsziel, da man dort schön spazieren gehen und zum Abschluss in einem Biergarten einkehren konnte.

Auf dem Vereinsgelände befand sich das Bootshaus mit den verschiedensten Kajaks und Kanadiern, sowie ein Vereinsgebäude mit einem großen Saal, der mit Tischen, Stühlen und einer Theke ausgestattet war. Von der Straße aus führte ein serpentinenartiger Weg hinunter, der mit einem metallenen Handlauf gesichert war. An dieser Stelle möchte ich ein für mich damals nicht gerade lustiges Ereignis zwischenfügen. In den ersten Berufsjahren meines Bruders hatte er von seiner Dienststelle ein Moped zur Verfügung gestellt bekommen. Mit diesem Moped fuhr er natürlich auch öfters zum Training. Nach dem Training musste er es immer die Serpentine hoch zur Straße schieben, da die Motorleistung des Mopeds zu schwach war, um mit ihm die Steigung zu bewältigen. Eines Tages hatte ich den grandiosen Einfall, zu testen, ob das Fahrzeug es schaffen würde, mich bis hoch zum

Eingangspodest zu transportieren, da ich ja leichter als mein Bruder war. Da der Zündschlüssel immer steckte, war es für mich ein Leichtes, den ersten Gang einzulegen und loszufahren. Als mich das Gefährt problemlos bis hoch auf das Podest transportierte, war ich oben in einem dermaßen euphorischen Zustand, dass mir nicht mehr einfiel, wie man den Gang wieder herausbekam. So setzte ich meine Füße ab und versuchte, das Moped manuell anzuhalten, was mir natürlich nicht gelang, sondern es hielt erst an, als der Scheinwerfer desselben mit dem oberen Handlauf des Podestes kollidierte. Die Folge war natürlich ein total deformierter Scheinwerfer, der von meinem Bruder ersetzt werden musste.

Während der Kanusportzeit wurden in meinem Körper hinsichtlich Kraft und Ausdauer die Grundlagen gelegt, von denen ich heute noch profitiere. Wir trainierten dreimal in der Woche ca. 1 – 2 Stunden auf dem Wasser und anschließend zur Auflockerung, wie unser Trainer uns einzureden versuchte, absolvierten wir immer noch einen Dauerlauf von ca. einer dreiviertel Stunde. Dieser Dauerlauf war manchmal härter, als das eigentliche Training, denn er wurde wie ein Wettrennen durchgeführt und keiner wollte als letzter im Bootshaus ankommen. Im Winter, wenn es auf dem Wasser zu kalt war, ging es in einer Sporthalle mit Kraftsport der verschiedensten Art weiter. Alle zwei bis drei Wochen fuhren wir zu Wettkämpfen, die teilweise mehrere Autostunden von Halle entfernt lagen. Dazu beluden wir unseren Bootsanhänger mit den notwendigen Booten, der von einem LKW mit einer überdachten Ladefläche gezogen wurde, auf dem einfache Holzbänke längs zur Fahrtrichtung standen. Da die Regatten sich oft über zwei bis drei Tage erstreckten, dienten die Holzbänke für diejenigen, die über kein Zelt verfügten, gleichzeitig als Nachtlager. Die Übernachtung war also eine sehr spartanische Angelegenheit und am nächsten Morgen standen wir oftmals ganz schön steif und durchgefroren auf.

Ich selbst fuhr meistens Rennen im Einer- oder Zweierkajak, aber bis auf einige mittelmäßigen Platzierungen hatte ich eigentlich nie größere Erfolge zu verzeichnen. Ich möchte hier keine Ausrede gebrauchen, aber der Grund lag wahrscheinlich an der gleich am Anfang erwähnten Tatsache, dass ich von der Größe her relativ kurz geraten und damit für den Kanusport von vorn herein benachteiligt war.

Deshalb wechselte ich die Sportart und trat dem Box-Club Chemie Halle bei. Der Boxsport hatte mich schon immer interessiert, aber allein traute ich mich nicht in die Boxschule, sondern erst als ich einen Freund von mir überreden konnte, mit zu kommen. Diese Boxschule war übrigens im DDR-Maßstab sehr bekannt, da aus ihr schon mehrere DDR-Meister in den verschiedensten Gewichtsklassen hervor gegangen waren. Ich fing zuerst im

Leichtgewicht an, das war die Gewichtsklasse, die bis 60 kg ging. Gegen Ende meiner Laufbahn, wenn man das als solche bezeichnen darf, denn sie erstreckte sich nur über ein reichliches Jahr, wechselte ich dann ins Halbweltergewicht, die bis 65 kg reichte. Mein Vater war von dieser von mir ausgewählten Sportart sehr begeistert, aber von den Ergebnissen, die ich erzielte, weniger. Er hatte nämlich während seiner Wehrmachtszeit auch im Soldatenverband geboxt und hatte laut seiner Aussage nie einen Kampf verloren. Ich weiß zwar nicht, wie viele Kämpfe er absolviert hatte, aber irgendwie glaubte ich ihm sogar. Er war tatsächlich von der Statur und sportlichen Veranlagung her betrachtet eine absolute Kämpfernatur. Als wir Kinder einmal mit ihm zusammen in der Küche waren, also ich als Jüngster war gerade dem Jugendalter entwachsen, wollte er einmal unsere Sprungkraft testen. Er sprang aus dem Stand mit einem Schlusssprung auf den Küchentisch und verlangte von uns das Gleiche. Es muss erwähnt werden, dass er damals bereits ein Alter von fast 45 Jahren erreicht hatte. Es kostete uns einige Überwindung, aber selbst ich bewältigte die Aufgabe, so dass unsere Ehre wieder gerettet war. Solche Vergleichswettkämpfe veranstaltete er oft mit uns, z.B. wer die meisten Liegestütze oder Klimmzüge schafft und vieles andere mehr.

Um auf meine Boxkarriere zurückzukommen, muss ich sagen, dass sie deshalb nur gut ein Jahr währte, da ich mit Beginn meines Studiums in Dresden davon abgekommen bin. Aber auf jeden Fall war für mich diese Zeit nicht umsonst, denn die dort erworbenen Grundtechniken konnte ich in meinem späteren Leben des Öfteren bei Auseinandersetzungen mit mir nicht gewogenen Menschen gebrauchen. Ich absolvierte während dieser Zeit einige Kämpfe, die man von der technischen Ausführung her als wüste Schlägereien unter Ringrichteraufsicht bezeichnen würde, da man in dieser kurzen Zeit das technisch saubere Boxen nicht erlernen konnte. Demzufolge lief ich auch öfters mit blau gefärbten Augen und geschwollenen Lippen umher.

Da ich jetzt einiges zum besseren Verständnis der Zusammenhänge vorweggenommen habe, muss ich nun aber zurückkehren in den Lebensabschnitt, der auf die Mittelschule folgte.

Mit Erlangen der Mittleren Reife, so nannte man damals den Abschluss der Mittelschule, wollte ich wieder den Beruf des Drehers erlernen, da dieser Berufswunsch noch immer in mir tief verwurzelt war. Wie schon einmal nach Abschluss der 8. Klasse hatte ich wieder einen unterzeichneten Lehrvertrag mit den Pumpenwerken Halle/Saale. Nun erfuhr mein Vater, dass es eine in der DDR völlig neu eingeführte Ausbildungsart gab, die sich Berufsausbildung mit Abitur nannte. Er überredete mich natürlich wieder, meinen Ausbildungsvertrag zugunsten der neueren Ausbildungsrichtung zu ändern. Die Lehrzeit verlängerte sich jetzt, bedingt durch die hinzukommenden Abiturfächer, von 2,5 auf 3 Jahre. Die Ausbildungszeit pro Woche setzte sich zusammen aus 2 Tagen Abiturausbildung, 2 Tagen praktische Berufsausbildung und 1,5 Tagen theoretische Berufsausbildung.

Den abiturbezogenen Teil absolvierte ich in einer Erweiterten Oberschule, EOS, so hieß damals jede zum Abitur führende höhere Schule in der DDR. Der berufsbezogene Ausbildungsabschnitt fand in der zum VEB Pumpenwerke Halle/Saale gehörenden Ausbildungswerkstatt mit angrenzender Berufsschule statt. Hier konnte man außer dem Beruf des Drehers noch viele andere Berufe erlernen, wie zum Beispiel Werkzeugmacher, Schlosser, Gießereifacharbeiter usw. In dieser Schule waren wir so ca. 200 Lehrlinge und für den praktischen Teil der Ausbildung hatten wir speziell für jeden Beruf ausgebildete Lehrmeister. Das gesamte System der Berufsausbildung konnte man an sich nur als vorbildlich beschreiben, es wurde nur immer wieder getrübt durch die im Sinne des sozialistischen Staates vorgeschriebene politische Beeinflussung der Auszubildenden. Das betraf übrigens nicht nur die Berufsschule, sondern diese von der SED, Sozialistische Einheitspartei Deutschland, vorgegebene laufende politische Beeinflussung begann mit Eintritt in den Kindergarten und wurde im gesamten weiteren Ausbildungsweg bis zum Eintritt in das Rentenalter praktiziert.

Mit Beginn der Grundschule musste man zum Beispiel in die Pionierorganisation, Junge Pioniere, eintreten. Hierfür wurde man mit einer speziellen Kleidung ausgestattet, die natürlich von den Eltern zu bezahlen war. Das war ein weißes Hemd mit einem handtellergroßen Pionierzeichen am Ärmel, wozu man sich bis zur vierten Schulklasse ein blaues Halstuch und ab der fünften bis zur achten Klasse ein rotes Halstuch umbinden musste. Ab der 9. Klasse trat man gewöhnlich der FDJ, Freie Deutsche Jugend, bei, nun bekam man ein blaues Hemd mit einem handtellergroßem FDJ-Aufnäher am Ärmel. Diese Kleidungstücke musste man immer zu bestimmten politische Feiertagen, wie zum Beispiel am 1. Mai, Internationaler Kampftag der Werktätigen für Frieden und Sozialismus, oder am 8. Mai, Tag der Befreiung, tragen. Natürlich gab es auch Eltern, die ihren Kindern diese Mitgliedschaft untersagten, aber für diese Kinder war der weitere Bildungsweg nach Abschluss der Mittelschule beendet, bis dahin war ja der Schulbesuch Pflicht. Selbst den gewünschten Beruf konnte man mit solch einer staatsfeindlichen Vorgeschichte oftmals nicht erlernen.

Im selben Zusammenhang stand auch eine wichtige Entscheidung, die nach Abschluss der der 7. Klasse von den Eltern getroffen werden musste und die gewaltiges politisches Konfliktpotenzial in sich barg. Hier ging es nämlich darum, ob man außerschulisch am Konfirmationsunterricht teilnahm, was von den DDR-Oberen natürlich nicht gewünscht wurde, oder ob man den sozialistisch geprägten Jugendweiheunterricht besuchte, der mit einer Jugendweihefeier endete, wo man eine Urkunde und ein Buch überreicht bekam. Mein Vater entschied sich natürlich stellvertretend für mich für die Konfirmation. Dadurch stand ich in politischer Hinsicht in der Schule schon unter kritischer Beobachtung, aber mich selbst interessierte das weniger, da ich für die Erfassung der damit verbundenen Zusammenhänge viel zu jung war. Der Konfirmationsunterricht fand generell vor Schulbeginn im Gemeindehaus der Kirche statt und wir benutzten den Hin- und Rückweg immer für Klingelpartien an allen Häusern, die auf der Wegstrecke lagen. Klingelpartie bedeutet nichts weiter, als dass man an jedem Haus alle Klingelknöpfe drückte, was die Hausbewohner wahrscheinlich nicht gerade sehr erfreute. Jedenfalls wurde ich nach einem Jahr Konfirmationsunterricht im Alter von 14 Jahren konfirmiert, wobei dieser Tag feierlich gewürdigt wurde. Ich musste sogar einen Anzug samt weißem Hemd und Binder anziehen, was mir eigentlich nicht sehr behagte. Dazu kommt natürlich noch, dass mein Anzug ein von meiner Mutter aufgearbeitetes Kleidungsstück war, das zuvor schon von meinen beiden Brüdern getragen wurde. Aber so war das nun mal damals. Zur Feier selbst war die gesamte Verwandtschaft anwesend und zum Mittagessen gab es immer Kaninchenbraten aus unserem eigenen Bestand. Die Kaninchen schlachtete mein Vater selbst, indem er sie mit einem gezielten Handkantenschlag vom Leben in den Tod beförderte, anschließend das Fell fachmännisch abzog und das Tier bratfertig ausnahm. Das Fell selbst wurde auf einer eigens dafür angefertigten Holzvorrichtung gespannt und nach einer gewissen Trocknungszeit für 50 Pfennige an einen Händler verkauft.

Nach der kleinen Abschweifung nun weiter mit der Berufsschulzeit.

In dieser Berufsschule war es für einen dem Sozialismus treu ergebenen Bürger fast pathologische Pflicht, dass er der Gesellschaft für Sport und Technik, GST, beitrat. Mit Sport und Technik hatte dies weniger zu tun, sondern der tiefere Sinn lag mehr auf einer tiefgründigen vormilitärischen Ausbildung. Na ja gut, das Auseinandernehmen und anschließende wieder Zusammenbauen eines Gewehres hat schon etwas mit Technik zu tun, aber hauptsächlich wurde dort unter Absingen von Sozialistischem Liedgut und dabei im Gleichschritt marschieren das Kriegshandwerk geübt. Natürlich immer nur mit dem Ziel, den Sozialismus vor den aggressiven Machenschaften des kapitalistischen Lagers verteidigen zu können. Aber ich möchte nicht nur immer das Negative aufführen, sondern die Mitgliedschaft in der GST hatte auch einen positiven Aspekt. Man konnte dort nämlich den Motorradführerschein machen und zwar völlig umsonst, also ohne etwas zu bezahlen. Das war schon nicht zu verachten, denn es handelte sich hier um

Beträge, die so bei mehreren hundert Mark lagen, wenn man den Schein in einer offiziellen Fahrschule machte. Mein Vater wiederum war jedoch der Meinung, dass ich dort nicht hingehöre und verbot mir, dort einzutreten. Er hatte dabei aber nicht in Betracht gezogen, dass diese Entscheidung mir politisch negativ angelastet werden würde, da ich ja damit den sozialistischen Klassenstandpunkt unseres Arbeiter- und Bauernstaates auf das tiefste verletzte. Ich befand mich aber nicht ganz allein in dieser Situation, denn ein Freund von mir aus meiner Lehrlingsgruppe weigerte sich auch, dort mitzumachen. Nun gab es in unserer Berufsschule ein sogenanntes schwarzes Brett, wo neben irgendwelchen Mitteilungen schulischer Art auch Verfehlungen von Auszubildenden für jeden sichtbar angezeigt wurden. Auf dieser Tafel wurden wir beide nun auch verewigt als negatives Beispiel für Jugendliche, die nicht bereit waren, die Errungenschaften unseres sozialistischen Staates zu würdigen und zu verteidigen.

Aber diese Zeit war auch geprägt von allerlei Ereignissen, an die ich mich gern erinnere und die in gewisser Hinsicht für die Entwicklung meiner Persönlichkeit prägend waren. Beispielsweise kann ich, ohne zu übertreiben, von mir behaupten, dass in mir gewisse musikalische Talente schlummern, die jedoch in meinem Elternhaus nie erkannt und somit auch nie gefördert wurden. Mein Vater schenkte uns Kindern zwar einmal zu Weihnachten ein ziemlich großes Schifferklavier, aber den dazugehörigen Unterricht für uns zu organisieren und vor allem zu bezahlen, fand er nicht vonnöten. Weil wir als Kinder nicht die notwendige Eigendisziplin aufbrachten, um durch tägliches Üben das Instrument beherrschen zu lernen, lag es demzufolge ungenutzt in unserem Kinderzimmer und war gelinde gesagt eine Fehlinvestition. Für mich selbst war das Akkordeon schon von der Größe her kein Thema, denn ich war damals gerade mal acht oder neun Jahre alt. Hätte ich es mir umgelegt, wäre ich unweigerlich nach vorn auf den Boden gezogen worden.

Meine meiner Meinung nach musikalischen Fähigkeiten konnte ich aber in der Berufsschule anderweitig zum Tragen bringen. Wir hatten dort nämlich einen großen Kultursaal, der normalerweise für Versammlungen genutzt wurde, aber in dem auch monatlich einmal Tanzveranstaltungen für uns Lehrlinge stattfanden. Dazu wurden Stühle und Tische so angeordnet, dass in der Mitte Platz für eine Tanzfläche entstand und die erhöhte Bühne wurde für die Tanzkapelle genutzt. Die Band wiederum setzte sich aus unseren Lehrlingen zusammen, die mehrmals im Monat zusammen probten. Hier muss wieder erwähnt werden, dass man nicht einfach spielen konnte, was man wollte, sondern erstens mussten 60 % der Titel aus dem sozialistischen Lager sein und der Rest durfte aus den kapitalistischen Ländern kommen. Zum Zweiten mussten diese Stücke getrennt nach den 40 % bzw. 60 % aufgelistet und im jeweiligen Stadtbezirk in der Abteilung Kultur zur Genehmigung eingereicht werden. Dabei kam es immer wieder vor, dass Lieder aus dem sogenannten Westen von der Liste gestrichen wurden, weil sie nicht der sozialistischen Ethik und Moral entsprachen. Mit dem nunmehr abgesegneten Dokument konnte der Tanzabend nun durchgeführt werden.

An einem dieser Abende ergab es sich anlässlich einer größeren Pause, dass ich mich dazu berufen fühlte, die Bühne zu erklimmen, um auf dem Schlagzeug ein paar Trommelwirbel erklingen zu lassen.

Ich hatte dies an und für sich nur aus lauter Übermut getan und mir nichts Besonderes dabei gedacht. Seltsamerweise fanden die Bandmitglieder das dabei von mir an den Tag gelegte Rhythmusgefühl so bemerkenswert, dass der Bandleiter mich nach der Veranstaltung beiseite nahm und mich fragte, ob ich nicht Lust hätte, mal an einer Übungseinheit teilzunehmen. Ich muss hierbei erwähnen, dass sie mit ihrem Schlagzeuger nicht so ganz zufrieden waren, weil er eben das erforderliche Rhythmusgefühl nicht hatte, sondern immer mit den Takten ein wenig vorneweg war. Um es klar auszusprechen, sie wollten den Schlagzeuger eigentlich so schnell wie möglich los werden. Es wurde vereinbart, dass wir beide zusammen mit der Band ein Probetraining absolvieren und danach sollte unter Hinzuziehung des kulturverantwortlichen Leiters der Berufsschule abgestimmt werden, wer weiterhin am Schlagzeug sitzen durfte. Da ihre Sympathien aber nun mal mehr bei mir lagen, übten sie heimlich vorher mit mir einige Stücke ein, die anlässlich des Vergleiches gespielt werden sollten. Na ja, so war es für mich ein Leichtes, den armen Burschen aus seiner Position zu verdrängen und ab sofort in der Band als Schlagzeuger mitzuwirken.

Ich kann mich noch genau an meine ersten offiziellen Auftritte bei den Lehrlingsveranstaltungen erinnern, denn da stand mir mehr als einmal der Angstschweiß auf der Stirn. Bei den Übungsabenden mit der Band wurde man ja durch nichts abgelenkt, sondern man konnte sich ausschließlich auf die Bewegungsabläufe der verschiedenen einbezogenen Körperteile, die auf das Gerät einwirkten, konzentrieren. Wer schon einmal bei einer Musikveranstaltung einem Schlagzeuger zugesehen hat, weiß, dass er nicht nur mit allen vier ihm zur Verfügung stehenden Gliedmaßen verschiedene Geräte bedienen, sondern auch sehr oft mit den Händen völlig unterschiedliche Bewegungsabläufe zu absolvieren hatte. Und all die dabei fabrizierten Klänge müssen sich harmonisch in das von der übrigen Band gespielte Stück einfügen, wobei die Taktvorgabe die wichtigste Voraussetzung für das Abspielen eines Stückes darstellt.

Bei den ersten Tanzabenden, wo ich mich noch sehr stark auf meine Instrumente konzentrieren musste, da mir die Bewegungsabläufe noch nicht in Fleisch und Blut übergegangen waren, durfte mich keiner meiner Freunde, die mit ihrer Partnerin in meiner Nähe vorbeitanzten, ansprechen. Da kam es schon öfters vor, dass ich aus dem Takt kam, was meine Bandmitglieder nicht so prickelnd fanden. Mit der Zeit legte sich die ganze Aufregung und ich brauchte nicht zwischendurch das vor Angst schweißnasse Hemd zu wechseln.

Mit Erlangung des Facharbeiterabschlusses endete auch meine sogenannte musikalische Laufbahn, da ich anschließend vor dem Beginn eines Studiums an der TU Dresden für ein Jahr als Dreher im Dreischichtbetrieb meine Brötchen verdienen musste und sich andere Interessengebiete auftaten.

Die Zeit der Berufsausbildung war jedoch nicht nur in musikalischer Hinsicht bedeutsam für mich, sondern bedingt durch die in dieser Zeit praktizierte laufende politische Beeinflussung wurde bei mir eine immer tiefersitzende Abneigung gegen unseren sogenannten sozialistischen Staat geweckt. Irgendwie fühlte ich mich sogar dazu berufen, etwas gegen die von unserem Staat durchgeführten Drangsalierungen des Volkes zu unternehmen.

In diesem Zusammenhang soll erwähnt sein, dass in mir nicht nur musikalische, sondern auch poetische Talente schlummerten. Ein lyrisches Werk, wie ich es nennen möchte, habe ich sogar einmal an die Redaktion eines größeren Tagesblattes geschickt, um damit eventuell den Grundstein für eine finanziell abgesicherte poetische Laufbahn zu legen. Leider aber hatten die Verantwortlichen mein Talent nicht erkannt, sondern ich bekam mein Werk mit der Bemerkung zurückgeschickt, dass dem Gedicht der tiefere Sinn fehlt und ich sollte mir als Beispiel doch bitte die Werke der Herren Becher, Brecht und Weinert zu Gemüte ziehen. Um dem Leser selbst ein Urteil zu ermöglichen, möchte ich mein poetisches Werk an dieser Stelle wiedergeben.

Heidespaziergang

Ich ging am frühen Morgen in die Heide und lauschte in den Wald hinein

Die Vöglein sangen fröhlich ihre Weise und luden mich zum Träumen ein

Ich setzte mich auf einen Baumstumpf und dachte über vieles nach

Worüber in vergangenen Zeiten ich mir schon oft den Kopf zerbrach

Doch die Natur mit ihrem bunten Treiben riss mich sanft aus meinen Träumen raus

Und ich nahm das viele Schöne wieder tief in meinem Herzen auf.

Dieses poetische Talent wollte ich nunmehr auch anwenden, um mit politischen Versen die Bevölkerung zu Aktionen gegen den sozialistischen Willkürstaat aufzurufen. Hierzu verfasste ich einige Vierzeiler, die ich vervielfältigte und in den

Abendstunden an den verschiedensten Stellen in unserem Stadtgebiet auslegte. Die Vervielfältigung wiederum wurde mir durch einen Ormigraum in der Berufsschule ermöglicht, in dem sonst die Schüler im Auftrag der Lehrkräfte bestimmte Lehrunterlagen kopierten. Erläuternd soll erwähnt werden, dass der Ormigdruck ein Spiritus-Umdruckverfahren ist, wo eine seitenverkehrte Kopie auf einem sogenannten Ormigblatt hergestellt wurde, mit dem man dann je nach Qualität zwischen 30 bis 100 Abzüge herstellen konnte.

Auf dieser Basis nunmehr stellte ich heimlich einige hundert Flugblätter mit den gegen den Staat gerichteten Versen her und verteilte sie im Wohngebiet in Telefonzellen und Hauseingängen. Falls sich jemand wundern sollte, warum ich gerade die Telefonzellen als Auslageort auswählte, so soll angemerkt sein, dass dieser Ort damals sehr stark frequentiert war, da in der DDR zu dieser Zeit nur ganz wenige Bürger ein eigenes Telefon besaßen.

Mich wundert es aus heutiger Sicht immer noch, wie sorglos ich damals die Sache durchgezogen habe, denn wenn man mich dabei erwischt hätte, wäre mein Leben garantiert anders verlaufen. Aber wie man sieht, ist ja alles gut gegangen. Lediglich mit meinem Vater hatte ich diesbezüglich wieder Differenzen, denn irgendwann bekam er mal meine politische Gedichtsammlung in die Hände und vernichtete sie, was ich aus heutiger Sicht sogar verstehen kann.

Ich meine, dass ich den Zeitabschnitt der Berufsausbildung mit Abitur damit hinreichend geschildert habe, denn weitere tiefgreifende Ereignisse
fanden nicht mehr statt. Im Alter von 19 Jahren erhielt ich im August 1962 das Abschlusszeugnis der
Berufsausbildung mit Abitur und damit begann ein
völlig neuer Lebensabschnitt für mich.

Sturm- und Drangzeit

Am 1. September 1962 fing ich in meinem Aus-
bildungsbetrieb Pumpenwerke Halle/Saale als
Dreher im 3- Schichtsystem an, das bedeutet also,
beginnend mit der Frühschicht 6 Uhr war alle 8
Stunden Schichtwechsel. Zuerst begann ich in der
Kleinteilefertigung in der Lohngruppe 5, das war
die Einstiegsbesoldungsgruppe für Facharbeiter.
Danach wechselte ich ins „Wellennest", wo mehrere Meter lange zylindrische Wellen für die ton-
nenschweren Pumpengehäuse gedreht wurden.
Der Schichtübergang war hier gleitend gestaltet,
das heißt, der Arbeitsvorgang lief mit Schichtüber-
gabe weiter. Damit verbunden war eine Entlohnung in der Lohngruppe 6, was bei mir unter Ein-
beziehung von Erschwernis- und Nachtzuschlägen
einen Nettolohn von ca. 700 Mark bedeutete. Hierbei muss erwähnt werden, dass der Lohn des Arbeiters in der DDR in der Normalarbeitszeit mit 5 %
und in der Nachtschicht nur mit 3 % besteuert
wurde. Im Gegensatz dazu wurden Angestellte,
also diejenigen, die keine produktive Tätigkeit ausübten, je nach Gehalt mit 15 % und mehr besteuert.
Das bedeutete oftmals, dass man als Angestellter
zwar brutto mehr verdiente als ein Arbeiter, aber
netto weniger ausgezahlt bekam. Aber wir waren ja
schließlich ein Arbeiter- und Bauernstaat, was so
viel heißt, dass die Arbeiter im Bündnis mit den
Bauern die führende Rolle auf allen staatlichen

Ebenen ausübten und für diese schwere Bürde als Belohnung eben weniger Lohnsteuern zahlen mussten. Letztendlich hatte das auch zur Folge, dass auch die Arbeiterkinder in vielerlei Hinsicht bevorteilt wurden, zum Beispiel bei der Vergabe der Studienplätze und vielem anderen mehr. Selbst bei der Verteilung von FDGB-Urlaubsplätzen, die preislich immer sehr günstig waren, wurden Arbeiter bevorzugt. Unter FDGB versteht man den Freien Deutschen Gewerkschaftsbund, dem fast alle Werktätigen angehörten, wenn sie sich in ihrer beruflichen Entwicklung nicht total ins Abseits stellen wollten. Während meiner Angestelltenzeit in der DDR ist es mir nur einmal gelungen, einen solchen Urlaubsplatz zu bekommen, wobei dieser Platz eigentlich nur für Arbeiter gedacht war. Es handelte sich hierbei um einen für die damalige Zeit sehr luxuriösen Platz im FDGB-Urlauberhotel Panorama in Oberhof, der für 2 Wochen Aufenthalt mit Vollverpflegung, also Frühstück, Mittag - und Abendessen, 300 Mark pro Kopf kosten sollte. Für einen FDGB-Platz war das damals ein ziemlich hoher Preis, denn im Normalfall waren für 2 Wochen je nach Einkommenssituation zwischen 30 und 170 Mark zu bezahlen. Da nun diese Plätze in Oberhof wegen des relativ hohen Preises durch die Arbeiter in unserem Betrieb nicht voll ausgeschöpft wurden, konnten ausnahmsweise die Restplätze von den Angestellten genutzt werden. Somit kam ich auch ein einziges Mal in den Genuss eines FDGB-Urlaubsplatztes. Durch diesen Urlaubsplatz lernte ich übrigens unseren Betriebsdirektor einmal aus einer ganz anderen Perspektive kennen, denn eines Morgens standen wir uns in dem Duschraum des Schwimmbades völlig nackt gegenüber, irgendwie war das für mich schon ein komisches Gefühl. Rückblickend möchte ich aber erwähnen, dass wir während unserer Zeit in der DDR jedes Jahr mindestens für zwei Wochen einen zusammenhängenden Urlaub verbracht haben. Das Niveau war natürlich nicht mit dem von heute zu vergleichen, aber wir waren trotzdem froh, einmal dem Alltagsstress entfliehen zu können. Außer dem eben geschilderten FDGB-Urlaub, verbrachten wir unsere Urlaubswochen aber immer als Selbstversorger, denn so etwas wie Frühstückspensionen oder sogar Plätze mit Vollverpflegung gab es zur damaligen Zeit für Normalbürger nicht, denn diese waren ausschließlich den Parteikadern der höheren Ebenen vorbehalten.

Der Zeitabschnitt des Einstieges in das Berufsleben als Dreher war eigentlich nicht geprägt von nennenswerten Ereignissen, außer, dass ich laufend von meinem Schichtablöser genervt wurde, in die SED, Sozialistische Einheitspartei Deutschlands, einzutreten. Er selbst war ein total überzeugter Genosse und hatte wahrscheinlich den Parteiauftrag, mir diesen Verein schmackhaft zu machen. Diese Bemühungen seinerseits brauchte ich aber nur ein Jahr lang über mich ergehen lassen, da ich danach ein Studium an der Technischen Universität

Dresden begann. Aber darauf komme ich später noch einmal detaillierter zurück.

Mit Eintritt in das Berufsleben hatte ich nun auch das Erwachsenenalter erreicht und konnte damit endlich auch meine Freizeit in den Abendstunden völlig nach meinen Wünschen gestalten. Direkt ausgedrückt meine ich damit, dass ich Tanzlokale besuchen konnte, ohne vorher meine Eltern um Erlaubnis bitten zu müssen. Während meiner Ausbildung musste ich mir meistens immer etwas einfallen lassen, wenn ich zum Beispiel an den Wochenenden erst in den späten Abendstunden nach Hause kam. Meistens führte ich dann sogenannte Brigadeveranstaltungen an, um das spätere Nachhausekommen zu rechtfertigen. Wie gesagt, bestand nunmehr dafür keine Notwendigkeit mehr, so dass ich begann, mit Freunden mehrmals pro Woche eine bestimmte Auswahl von uns bevorzugter Tanzlokale aufzusuchen. Das war im Prinzip auch für mich der Beginn der Zeit, wo das weibliche Geschlecht einen gewissen Einfluss auf mich ausübte. Dazu muss gesagt werden, dass der Sinn und Zweck von sich ergebenden weiblichen Bekanntschaften damals mehr in der Befriedigung unserer natürlich in dem Alter vorhandenen sexuellen Bedürfnisse lag und weniger auf der Anbahnung länger dauernder Beziehungen. Um uns in dieser Hinsicht zu verwirklichen, steuerten wir dabei immer eine bestimmte Auswahl von uns bevorzugter Tanzlokale an. Sie hatten zwar oftmals sehr seltsame Bezeichnungen, wie z.B. „Haus der Gewerkschaften" oder „Haus der Nationalen Volksarmee", aber das war nun einmal so in unserer sozialistischen Republik. Auf zwei Lokale möchte ich kurz näher eingehen, da damit lustige Begebenheiten verbunden sind. Eines nannte sich „Palette" und befand sich in der Nähe des Marktplatzes in einer kleinen Seitengasse. Es war das einzige Nachtlokal von Halle und war von 21:00 Uhr bis 2:00 Uhr geöffnet. Die Besonderheit daran war, dass sich in der kleinen Gasse, direkt gegenüber dem Eingang, die Fensterfront eines Krankenhauses für Patientinnen befand, die mit ansteckenden Geschlechtskrankheiten infiziert waren. Sie hatten demzufolge wahrscheinlich schon längere Zeit keinen direkten Kontakt zum männlichen Geschlecht, was bei ihnen gewisse Entzugserscheinungen auslöste. Diese Frauen, die sicherlich nicht der vornehmsten Gesellschaftsschicht angehörten, bedachten immer die in der Warteschlange stehenden Bürger mit nicht gerade feinen, man kann sagen, obszönen, Bemerkungen, was wir immer sehr lustig fanden.

Ein in diesem Zusammenhang ähnlich gelegenes Tanzlokal lag an der Endstation der damaligen Straßenbahnlinie 4 und nannte sich „Hubertus". Gleich nebenan befand sich die Universitätsklinik, die wahrscheinlich auch eine solche Station hatte für Frauen, wie gerade beschrieben. Aber wahrscheinlich waren die Krankheitssymptome bei diesen Frauen nicht so stark ausgeprägt wie eben geschildert, denn sie durften sich auch außerhalb des Krankenhauses aufhalten. In diesem Tanzlokal nun hatte man sich durch mehrmaliges Tanzen mit ein und derselben Partnerin schon darauf eingestellt, dass man sie auch nach Hause begleiten durfte. Aber gegen 22 Uhr wurde diese Vorstellung oftmals abrupt unterbrochen, denn dann betraten mehrere Volkspolizisten das Tanzlokal, die zielgerichtet auf bestimmte weibliche Besucher zugingen und sie mitnahmen. Wie wir dann später erfuhren, handelte es sich bei diesen Frauen eben um solche aus der speziellen Station des Krankenhauses, die zwar Ausgang hatten, aber infolge ihrer Krankheit keine öffentlichen Veranstaltungen besuchen durften. Wenn das die Dame betraf, auf die wir ein Auge geworfen hatten, waren wir zwar im ersten Moment betrübt, aber letztendlich froh, dass wir vor einer tieferen und eventuell folgenschweren Bekanntschaft bewahrt wurden.

Ein Ereignis nach dem Besuch eines Tanzlokales ist vielleicht noch erwähnenswert, da es das Potenzial in sich barg, mein Leben sehr zu meinem Nachteil zu verändern. Einmal waren ein befreundeter Arbeitskollege und ich spät abends auf dem Weg zu einer Straßenbahnhaltestelle, um nach Hause zu fahren. An der Haltestelle angelangt, sahen wir, wie zwei Afrikaner mit je einer Flasche mit abgeschlagenem Flaschenhals in der Hand mehrere deutsche Bürger bedrängten. Wer nun den Streit begonnen hatte, konnten wir nicht ermitteln, aber mein

Bekannter, der nebenberuflich eine Ausbildung als Helfer der Volkspolizei hatte, versuchte, kraft seines Amtes, schlichtend einzugreifen. Seine Bemühungen waren jedoch ergebnislos und der Streit endete damit, dass die beiden Afrikaner zu Boden gingen und von einigen Deutschen mit den Füssen getreten wurden. All das passierte direkt neben einer Straßenbahn, die zu diesem Zeitpunkt dort hielt. Was die Afrikaner betrifft, muss erläuternd erwähnt werden, dass in der DDR damals viele Afrikaner studierten, denen viele Sonderrechte gegenüber deutschen Studenten eingeräumt wurden. Es waren größtenteils keine mittellosen Ausländer, sondern Söhne von reichen afrikanischen Staatsmännern, die gegen Zahlung von harten Devisen in der DDR studieren durften. Sie waren allgemein sehr unbeliebt in der Bevölkerung, da sie, bedingt durch ihre Sonderrechte, immer ziemlich hochnäsig auftraten. Die DDR jedenfalls gestattete ihnen alle Freiheiten, da sie ja scharf auf die damit verbundenen Devisen war. Die Auseinandersetzung mit den beiden Afrikanern endete jedenfalls damit, dass ein Überfallwagen der Volkspolizei eintraf und alle an dem Tumult Beteiligten, es betraf ca.10 Personen, ziemlich unsanft in diesen hineinverfrachtet wurden. Im Polizeipräsidium wurden wir wie Schwerverbrecher abgeführt und mussten die Nacht in Reih und Glied stehend in einem Zimmer bei offenem Fenster, unter Bewachung von zwei bewaffneten Polizisten, bis zum nächsten Morgen verbringen. Man kann sich vorstellen, dass das nicht sehr gemütlich war, denn es war Ende November und eisig kalt. Die zwei Afrikaner wurden wahrscheinlich luxuriöser untergebracht, bei uns waren sie jedenfalls nicht. Sie wurden am nächsten Morgen mit Dienstbeginn in der Wache in unseren Raum geführt und aufgefordert, mit dem Finger auf jene Personen zu zeigen, die an den Tätlichkeiten ihnen gegenüber beteiligt waren. Sie schritten also unsere Reihe ab, musterten jeden einzelnen von uns und entschieden sich dann für vier Personen, die, ihrer Meinung nach, die Hauptschuld trugen. Auf den Arbeitskollegen von mir wiesen sie auch hin mit dem Vermerk, dass er immer noch ganz zerzauste Haare hatte. Das war aber bei ihm normal, denn es war sein ganz persönlicher Haarschnitt, den er immer so hatte. An mir gingen sie Gott sei Dank vorbei. Trotz aller Erklärungen meinerseits zu den Schlichtungsversuchen meines Freundes, die bei unserem Eintreffen zum Zeitpunkt der Auseinandersetzung von ihm unternommen wurden, glaubte man uns nicht, er wurde mit den anderen drei Personen abgeführt und kam in Untersuchungshaft. Nach ungefähr vier Wochen fand dann in Halle der Strafprozess statt, wo mein Freund schuldig gesprochen wurde und eine Strafe von vier Jahren Zuchthaus in Bautzen aufgebrummt bekam. Ich wurde in dieser Verhandlung auch nochmals als Zeuge befragt, aber meiner entlastenden Darstellung des Vorganges hinsichtlich der Beteiligung meines Freundes wurde kein Glaube geschenkt. Zur Erläuterung des Begriffes Zuchthaus ist zu sagen, dass es gegenüber dem Gefängnis eine Haftanstalt mit verschärften Haftbedingungen war. Im Zuchthaus wurden demzufolge meistens Schwerverbrecher inhaftiert, wohingegen ins Gefängnis nur Kleinkriminelle kamen. Und genau diese Strategie wendete man in der DDR bevorzugt bei politischen Häftlingen an, um sie der zusätzlichen Gewalt von Schwerverbrechern auszusetzen, mit denen sie in einer Zelle untergebracht wurden, um ihren Willen vollends zu brechen. Meinem Freund wurde wegen guter Führung ein Jahr erlassen, das heißt, er kam nach drei Jahren wieder heraus und zwar mit Tätowierungen an vielen Körperteilen, die er bestimmt nicht freiwillig über sich ergehen lassen hatte. Mir läuft es heute noch eiskalt den Rücken herunter, wenn ich daran denke, dass es mich ebenso hätte treffen können, wenn mein Äußeres den Schwarzafrikanern missfallen hätte.

Jetzt möchte ich mich aber wieder dem Lebensabschnitt zuwenden, der auf das Jahr meiner Tätigkeit als Dreher folgte, nämlich der Beginn meiner Studienzeit an der Technischen Universität Dresden, kurz genannt TU Dresden.

Der Grund der Aufnahme des Studiums lag weniger daran, dass ich mit meinem Arbeitsleben als Dreher nicht zufrieden war, sondern an einer drohenden Einberufung zum Wehrdienst für 1,5 Jahre. In der DDR wurde damals die allgemeine Wehrpflicht praktiziert und so musste ich mich mit knapp 20 Jahren einer Musterung im

Wehrkreiskommando unterziehen. Nach einem gründlichen Gesundheitscheck durch Armeeärzte des Wehrkreiskommandos attestierte man mir eine sehr stabile körperliche Konstitution, was ja nicht verwunderlich war bei meinem sportlichen Vorleben. Das hatte aber wiederum den Nachteil, dass ich bei Einberufung zur Armee in einer Pioniereinheit meine Dienstzeit hätte ableisten müssen. Pioniere bei der Armee sind diejenigen, die immer körperlich schweren Belastungen ausgesetzt waren. Sie mussten z.B. Pontonbrücken über Flüsse bauen, Verteidigungsstellungen aus dem Erdreich ausheben und vieles anderes mehr. Es wird jedem verständlich sein, dass sowohl die Aussicht auf 1,5 Jahre Wehrdienst zum einen und zum anderen diese Einsatzeinheit in mir keine Glücksgefühle auslösten. Noch dazu der damit verbundene Verdienst von sage und schreibe 80 Mark pro Monat.

Nun kam mir irgendwie zu Ohren, dass bei einer Immatrikulation an der TU Dresden die Einberufung zum Wehrdienst ausgesetzt wurde. Jetzt war das mit der Immatrikulation an der TU Dresden nicht ganz so einfach, denn man musste in fast allen Studienrichtungen eine Aufnahmeprüfung über sich ergehen lassen, die ein fundiertes schulisches Grundwissen erforderte. Aber es gab auch Studienrichtungen, die nicht so gefragt waren und für die aus dem Grund auch keine Aufnahmeprüfung erforderlich war. Eine dieser Studienmöglichkeiten war in der Fakultät Technologie beheimatet und nannte sich Fachrichtung Betriebsingenieur. Als Betriebsingenieur war man vielseitig einsetzbar auf den verschiedensten Gebieten des betrieblichen Produktionsprozesses, ohne dass ein tieferes fundiertes Grundwissen auf speziellen technischen Gebieten vonnöten war.

Ich bewarb mich also aus vorgenannten Gründen an der TU Dresden für diese Fachrichtung, wurde zu einem kurzen Aufnahmegespräch nach Dresden eingeladen und begann am 01.09.1963 das Studium. Vor Beginn des eigentlichen Studiums war hierbei von allen Studienanfängern eine sechswöchige vormilitärische Ausbildung in Schirgiswalde zu absolvieren, wobei die Kommilitonen schon seminargruppenweise, wie später an der TU, zusammengefasst wurden. Hier lernten sich die Studenten gewissermaßen schon vor Beginn des eigentlichen Studiums kennen und es bildeten sich erste freundschaftliche Gruppierungen. Ich wurde der Seminargruppe 2 zugeteilt und damit wurde praktisch schon der Grundstein gelegt für meinen nicht vom Erfolg gekrönten Werdegang an der Universität. Wie vormals schon erwähnt, war mein Leben bis fast zum 25. Lebensjahr dadurch geprägt, dass ich immer Gruppierungen angehörte, die das Leben nicht ganz so ernst nahmen und das persönliche Vergnügen immer an die erste Stelle vor allen anderen Verpflichtungen stellten. So war es auch diesmal wieder. Denn mit der Eingliederung in die Seminargruppe 2 kam ich wieder mit einigen

Menschentypen zusammen, die in gewisser Hinsicht einen ziemlich labilen Charakter hatten und mich, auf Grund meiner ähnlichen Eigenschaften in ihren Bann zogen. Man kann also damit zum Ausdruck bringen, dass meine Entwicklung ohne meine Schuld von vorn herein negativ beeinflusst wurde. Wäre ich nämlich in die Seminargruppe 1 eingeordnet worden, würde mein beruflicher Werdegang mit Sicherheit ganz anders verlaufen sein, denn dort waren fast nur Kommilitonen, die man mit dem Ausdruck „Streber" bezeichnen konnte. So strebsam wäre ich vielleicht nicht geworden, aber das Umfeld hätte mich bestimmt dahingehend positiv beeinflusst, dass ich das Studium ernster genommen hätte. Der ehrlichkeitshalber muss ich aber sagen, dass ich selbst in meiner Seminargruppe die Möglichkeit gehabt hätte, mich mit strebsameren Studenten zusammenzutun, denn die gab es hier auch.

Die vormilitärische Ausbildung verlief genauso, wie man sich den Wehrdienst vorgestellt hatte. Früh um sechs Uhr wurde man geweckt, indem ein Unteroffizier laut in jedes Zimmer brüllte, anschließend war Frühsport, danach Zimmerdurchgang von einem Unteroffizier, wo hauptsächlich die armeegenormte Kleiderablage im Spind kontrolliert wurde. Danach ging es zum Frühstück und alsdann erfolgte die militärische Ausbildung. Diese bestand zu 40 % aus Exerzierübungen, das heißt, wir lernten dort das Laufen im Gleichschritt unter lautstarkem

Absingen von sozialistischen Kampfesliedern; den Rest des Ausbildungstages verbrachten wir mit Schießübungen und allerlei anderen Kriegsspielen. Die Ausbildung wurde von Offizieren der Nationalen Volksarmee durchgeführt, die immer ihre wahre Freude daran hatten, einmal an uns ihre Machtgelüste ausüben zu können. Die gleiche sechswöchige Prozedur fand in Seelingstädt nach Abschluss des 4. Semesters noch einmal statt.

Am 01.09.1963 schließlich begann ich mein Studium in Dresden und geriet damit erstmals aus dem unmittelbaren Einflussbereich meines Vaters.

Zuerst wohnte ich in einem Studentenwohnheim auf dem Weißem Hirsch in einem Zimmer mit sieben anderen Kommilitonen zusammen. In das gleiche Wohnheim zog zufälligerweise auch der Personenkreis mit ein, zu dem ich mich schon bei der vormilitärischen Ausbildung hinzugezogen fühlte und der es mit dem Studium nicht ganz so ernst nahm. Meine finanzielle Situation zu Beginn des Studiums basierte auf einem Sparguthaben in Höhe von 3.200 Mark, das ich während meiner Berufstätigkeit als Dreher angespart hatte, oder sagen wir besser, auf Anraten meines Vaters ansparen musste, außerdem bekam ich noch monatlich 140 Mark Stipendium. Wenn mein Vater zur Klasse der Arbeiter und Bauern gehört hätte, würde mein Stipendium 190 Mark betragen, denn wir waren ja schließlich ein Arbeiter- und Bauernstaat. Selbst unter der Betrachtung, dass die Kosten für das Wohnheim nur 10 Mark pro

Monat ausmachten und für das Mensaessen lediglich 2 Mark zu bezahlen waren, reichte das Stipendium hinten und vorne nicht, um alle mit dem Studium verbundenen Kosten abzudecken. Die meisten Studenten erhielten daher von den Eltern einen gewissen Zuschuss. Ich selbst bekam von meinen Eltern den Ausgleich in Höhe von 50 Mark, damit ich gegenüber dem Stipendium der Arbeiterkinder nicht benachteiligt war, was ich an und für sich gar nicht wollte, da damit wieder ein gewisses Pflichtgefühl gegenüber meinem Vater verbunden war.

Nun aber weiter mit dem Verlauf des eigentlichen Studiums.

Gegen Ende der Semesterferien nach dem ersten Studienjahr war von uns Studenten ein zweiwöchiger Ernteeinsatz auf einer LPG, Landwirtschaftliche Produktionsgenossenschaft, in Hägerfelde in Mecklenburg zu absolvieren. Diese Art der Unterstützungsleistung für die Landwirtschaft war in der DDR damals gängige Praxis. Selbst als ich später im VEB Reglerwerk Dresden als Materialdisponent zu arbeiten anfing, wurde ich zu einem 14-tägigen Arbeitseinsatz auf die Apfelplantagen nach Pillnitz abkommandiert. Dort mussten wir zusammen mit ebenfalls von der TU Dresden abgestellten Studenten bei der Einbringung der Apfelernte helfen. Obwohl für die von den Betrieben abgestellten Kollegen der Einsatz unentgeltlich war, da wir ja weiterhin unser Gehalt erhielten, bekamen wir nach Abschluss dieser Zeit für unsere Arbeit 200 Mark ausbezahlt, was der Delegierungsbetrieb allerdings nicht erfahren durfte.

Der Ernteeinsatz in Hägerfelde war natürlich für uns Studenten ohne jegliche finanzielle Gegenleistung, aber ich möchte ihn deshalb am Rande erwähnen, weil damit sehr lustige Gegebenheiten verbunden sind, die ich hier kurz zwischenfügen möchte.

Am Ende eines Arbeitstages hatten mein Freund und ich den Einfall, eine Gans zu fangen, diese mit heißem Wasser an einer versteckten Stelle abzubrühen, damit wir die Federn entfernen konnten, und sie anschließend über offenem Feuer verzehrfertig zu braten. Wir gingen deshalb an besagtem Tag auf der Landstraße ziemlich am Ortsende auf eine Gans zu, die dort vor sich hin watschelte. In Höhe der Gans packte mein Freund sie am Hals und wollte sie dem von uns vorgesehenem Zweck zuführen. Zwei Bäuerinnen, die vor einem Haus standen, beobachteten uns dabei und lachten lauthals, da sie dachten, dass wir uns nur einen Spaß machen wollten. Da sich die Gans vehement wehrte, konnte mein Freund die Gans natürlich nicht bändigen und musste sie demzufolge wieder loslassen. Nun gaben wir uns aber nicht geschlagen, sondern nahmen uns vor, das gleiche mit einem Huhn zu probieren. Das gelang uns dann auch am folgenden Abend und wir konnten somit unser Festessen, im Schilf versteckt, realisieren.

An einem anderen Abend wiederum hatte ich mein erstes Reiterlebnis, aber nicht auf einem Pferd, sondern auf einer Kuh. Wir schlossen nämlich nach dem Genuss von mehreren Flaschen Korn, die in dieser Gegend übrigens das Hauptfeierabendgetränk darstellten, eine Wette für den Gegenwert eines Kasten Bieres ab, den derjenige erhält, der es schafft, auf einer Kuh zu reiten. Nachdem sich keiner an diese Aufgabe wagte, versuchte ich mein Glück. Es endete natürlich damit, dass die Kuh, nachdem ich sie bei den Hörnern gepackt hatte, mit meinem Ansinnen nicht einverstanden war und mich durch mehrere Kuhfladen schleifte, bis ich dann doch loslassen musste. Wie ich danach aussah und vor allem, was für ein Geruch danach von mir ausging, kann sich wohl jeder vorstellen.

Nach diesem kleinen Abstecher nun zurück zum Studienverlauf.

Nach ca. einem Jahr zog ich aus dem Wohnheim auf dem Weißem Hirsch aus und bezog mit einem Studienfreund ein möbliertes Zimmer in Blasewitz, das über die Wohnungsvermittlung der TU Dresden vergeben wurde. Um für ihre Studenten genügend Wohnraum bereitstellen zu können, hatte die Universität mit vielen Privathaushalten, die Wohnraum entbehren konnten, Verträge zur Untervermietung von möblierten Zimmern abgeschlossen. Das Zimmer, das wir nun bezogen, war in einer Villa, die Besitzern des bereits vor dem zweiten Weltkrieg existierenden, großen Schuhputzmittel-Unternehmens „Eg-Gü" gehörte. Unser Zimmer lag im zweiten Stock und wenn wir spätabends aus der

Gaststätte kamen, zogen wir unten immer unsere Schuhe aus und gingen leise nach oben, aus Rücksicht auf unsere Vermieter, die schon ein sehr betagtes Alter erreicht hatten. Manchmal brachten wir verbotenerweise auch Studienfreunde zum Übernachten mit, die sich dann frühmorgens unbemerkt aus dem Haus schleichen mussten. Schwierigkeiten mit unseren Vermietern hatten wir jedenfalls nie, zumindest bildeten wir uns das ein. Wir wurden jedoch eines Besseren belehrt, als wir am Ende der Semesterferien des vierten Semesters wieder in Dresden eintrafen und in unser Zimmer wollten. Da standen nämlich unsere gesamten Sachen zusammengepackt in Kartons im Vorraum des Erdgeschosses und wir wurden einfach ausquartiert. Sie hatten sich im Vorfeld bei der TU Dresden über uns beschwert, dass wir uns abends wie Verbrecher auf Strümpfen durch das Haus schleichen und Besucher zum Übernachten mit auf das Zimmer nehmen würden. Bei der TU hatten wir keine Chance, den Sachverhalt zu unseren Gunsten zu erläutern, da man Angst hatte, dass die Fa. „Eg-Gü" den Vermietungsvertrag mit der Uni kündigte. So wurden wir kurzerhand für drei Übernachtungen auf Kosten unserer ehemaligen Vermieter im Waldparkhotel in Blasewitz untergebracht und mussten uns eine neue Bleibe suchen. Mein Studienfreund zog in ein Zimmer in Oberbühlau und ich bezog ein möbliertes Zimmer in Dresden-Neustadt in der Katharinenstraße, das ich mir privat besorgte. Meine Vermieter waren auch wieder ein Ehepaar im fortgeschrittenen Rentenalter, die sich immer sehr vornehm gaben, da sie vor dem Krieg in Dresden Inhaber eines großen Möbelhauses waren, aber dieses durch die Bombenangriffe verloren hatten. Ich hatte hier ein kleines, schmales Zimmer im Erdgeschoss mit Fenster zum Hof hinaus. Zum Waschen hatte ich einen kleinen Waschtisch mit Waschschüssel und das Wasser musste ich immer in der Toilette im Korridor holen und auch entsorgen. Diese Unterkunft hatte zwar Null Komfort, war aber insofern nicht schlecht, da eventuelle Übernachtungsgäste immer über das hofseitige Erdgeschossfenster rein und raus konnten, ohne dass die Vermieter etwas davon mitbekamen, da das Übernachten weiterer Personen grundsätzlich verboten war.

Wie bereits erwähnt, befand ich mich mit Beginn des Studiums erstmals außerhalb des strengen Einflussbereiches meines Vaters und konnte mich persönlich völlig frei und ungehemmt entfalten. Leider betraf die Art und Weise der Entfaltung weniger die Wahrnehmung des Studiums, sondern ich genoss das Leben erstmals in vollen Zügen. In diesem Zusammenhang muss darauf hingewiesen werden, dass es auf dem Weißen Hirsch und dem angrenzenden Stadtteil Bühlau sehr viele Gaststätten gab, die auf mich und meinen neuen Freundeskreis sehr anziehend wirkten. Besonders in der Gaststätte „Erholung" auf dem Weißen Hirsch erholten wir uns fast täglich bis tief in die Nacht hinein. Das hatte natürlich zur Folge, dass wir sehr oft nicht pünktlich zum Vorlesungsbeginn in der TU erschienen, sondern oftmals erst viel später mit dem Bus ankamen, meistens jedoch pünktlich zur Mittagsessenausgabe, was für unser Wohlbefinden sehr wichtig war. Wenn jetzt jemand denkt, dass wir überhaupt kein Interesse an der Wahrnehmung der mit dem Studium verbundenen Verpflichtungen hatten, so muss ich das entschieden verneinen. Denn immer, wenn für uns von vorn herein klar war, dass wir nicht pünktlich zur Vorlesung erscheinen konnten, hatten wir vorher schon abgeklärt, wer für uns den behandelten Stoff unter Zuhilfenahme von Blaupapier mitschreibt. Das heißt, die Hefter für die einzelnen Studienfächer waren lückenlos gefüllt mit den Mitschriften der behandelten Stoffgebiete. Es hat lediglich oftmals der Wille gefehlt, das Material in der Freizeit gründlich durchzuarbeiten und sich das notwendige Grundwissen anzueignen, um für die Abschlussprüfungen gewappnet zu sein, die je nach Fachgebiet nach zwei bis vier Semestern stattfanden.

Manchmal musste auch zu einem vorgegebenen Thema eine sehr aufwendige Belegarbeit geschrieben werden, die man als Gruppe von bis zu vier Studenten zu erstellen hatte. Auf der Basis dieser Belegarbeit musste man dann eine mündliche Prüfung über sich ergehen lassen, die von den Assistenten des Professors des jeweiligen Fachgebietes durchgeführt wurde. Die daraus resultierende Note floss dann mit in das Ergebnis der

Abschlussprüfung für dieses Studienfach ein. Ich hatte z.B. einmal zusammen mit drei anderen Studenten im Fach Betriebsanlagen eine solche Belegarbeit zu erstellen. Zwei der vier beteiligten Studenten zeichneten sich hierbei dadurch aus, dass sie diese Arbeit durch einen hohen Pflichteifer fast im Alleingang bewältigten und wir beiden anderen wurden fast ohne unser Zutun im Sog mitgezogen. Die Arbeit selbst wurde durch die Prüfungskommission mit der Note „gut" bewertet, aber in der mündlichen Abschlussprüfung, die nach den 4 Semestern in diesem Fach zu absolvieren war, musste man ja, wie vormals angedeutet, noch einmal mündlich Rede und Antwort dazu stehen. Da ich selbst sehr wenig zu der vorgenannten Belegarbeit beigetragen hatte, wäre es eigentlich eine Selbstverständlichkeit gewesen, dass ich, in Vorbereitung auf diese Prüfung, mir diesen Stoff noch einmal zu Gemüte gezogen hätte. Aber irgendwie war mir dafür der Aufwand zu hoch. Ich kam jedenfalls in die Prüfung und nach ganz kurzer Zeit stellte man fest, dass mir der Inhalt der Belegarbeit überhaupt nicht vertraut war. Das Ergebnis war, dass ich meine erste Ex-Fünf erhielt. Ex steht hier für Exmatrikulation, was so viel bedeutet, dass das Studium vorzeitig beendet war. In den ersten sechs Semestern durfte man sich zwei Ex-Fünfen leisten, man durfte lediglich bei der Wiederholungsprüfung nicht noch einmal versagen. Wenn man diese Hürde schließlich gemeistert hatte, bekam man das sogenannte Vordiplom und durfte weiterstudieren. Bei mir trat nun der bedauerliche Umstand ein, dass ich im sechsten Semester weitere drei Ex-Fünfen erhielt und das Studium für mich damit beendet war. In diesem Zusammenhang muss erwähnt werden, dass ich durch gewisse Ereignisse, die sich im Zusammenhang mit einem Bergfest im sechsten Semester abspielten, so wie so exmatrikuliert worden wäre. Die Umstände hierzu möchte ich nachfolgend kurz schildern.

Mit dem Erreichen des Vordiploms wurde von den Seminargruppen immer ein Bergfest veranstaltet, da man ja die Hälfte des Studiums hinter sich gebracht hatte. An diesem Bergfest nahmen ein Freund von mir, dem das gleiche Schicksal wie mir widerfahren war, und ich selbst noch teil. Solch ein Bergfest war oftmals eine ziemlich aufwendige Angelegenheit, die mit sehr viel Arbeit verbunden war. Zu diesem Anlass wurde auch eine Bergfestzeitung erstellt, wo bestimmte Ereignisse des Studiums geschildert und über die einzelnen Studenten der Seminargruppe lustige Anekdoten erzählt wurden. Zu meiner Person wurde dort z.B. ein Spruch aufgeführt, der wie folgt lautete:

Wer nicht liebt Bier, Weib und Gesang

bleibt ein Narr sein Leben lang.

Dieser Spruch zu George passen kann,

hinzu das Rauchen, nicht nur dann und wann,

und schlafen zu allen Zeiten,

mehr Freude kann ihm nichts bereiten.

Nur gut, dass RIESA hin und wieder

in Bewegung bringt die müden Glieder.

Diese Zeitung, die über jeden Kommilitonen irgendeine passende Bemerkung enthielt, die wahrlich nicht gesellschaftsschädigend war, wurde nun im Zusammenhang mit Ereignissen während des Bergfestes zum Hauptgrund der Exmatrikulation von vier Studenten, die führend an der Erstellung der Zeitung mitgewirkt hatten. Sie wurden für ein Jahr vom Studium ausgeschlossen und mussten in einem von der Uni ausgewählten Betrieb ein Jahr arbeiten, bevor sie weiterstudieren konnten. Ich hätte auch dazu gehört, aber wie vormals erwähnt, war ich ja schon vorher leistungsbedingt exmatrikuliert worden.

Zu denen, die auch für ein Jahr von der Uni verwiesen wurden, gehörte, nebenbei gesagt, auch einer aus unserem engeren Freundeskreis, der ebenfalls intensiv an unseren feucht-fröhlichen Unternehmungen teilnahm, aber im Gegensatz zu uns, das eigentliche Studium trotzdem nicht vernachlässigte. Der Ehrlichkeit halber möchte ich aber erwähnen, dass er von der Auffassungsgabe sozusagen der Krösus in unserer Seminargruppe war, so dass ihm alles relativ leichtfiel. Nach dem Abschluss des

Studiums trat er in die Partei ein und avancierte mit relativ jungen Jahren zum Technischen Direktor des Kombinates „Fortschritt Landmaschinen", einem der führendsten Hersteller von landtechnischen Maschinen in der DDR. Irgendwie benahm er sich danach uns gegenüber ziemlich abgehoben und verkehrte nur noch in höheren Parteikreisen. Aber nach der Wende 1990, als die gesamte Wirtschaft der DDR zusammenbrach, war Schluss mit diesem Dasein. Er versuchte, sich selbstständig zu machen, indem er einen Kredit über ca. 2 Mio. DM aufnahm und dafür einen Gewerbepark erwarb, den er wieder zum Laufen bringen wollte. Als ihm das aber nicht gelang und die Schulden ihn zu erdrücken drohten, griff er immer öfter zur Flasche und verschwand schließlich ganz aus unserem Gesichtskreis. Trotz intensiver Bemühungen unsererseits ist es uns bis heute nicht gelungen zu erfahren, was aus ihm geworden ist, er ist unauffindbar wie vom Erdboden verschwunden.

Jetzt aber weiter mit dem Bergfest. Für das Bergfest selbst mieteten wir eine Pension in Annaberg-Buchholz für drei Tage und luden dazu auch eine Gruppe Studentinnen von der Medizinischen Akademie in Dresden-Johannstadt mit ein, damit sich das Ganze ein wenig abwechslungsreich gestaltete. Das Bergfest selbst verlief bis auf einen folgenschweren Zwischenfall, der letztendlich zur Exmatrikulation von vier Studenten führte, ganz normal. Dieses Ereignis wurde von einem Kommilitonen verursacht, der normalerweise sehr zurückhaltend und unscheinbar auftrat. Er hatte nämlich infolge des übermäßigen Genusses von Alkohol, den er nicht so richtig vertrug, das Bedürfnis, ein Mädchen zu verführen, obwohl sie damit nicht einverstanden war. Dabei muss er so hartnäckig vorgegangen sein, dass dieses Mädchen laut schreiend aus dem Zimmer flüchtete und infolgedessen die Pensionsinhaberin auf den Plan rief. In seiner Not versteckte sich besagter Student unter dem Bett, wurde jedoch von der Inhaberin entdeckt und von ihr zur Rede gestellt, wobei er in seinem alkoholisierten Zustand keine glaubwürdige Ausrede zustande brachte. Die Pensionsinhaberin nunmehr fühlte sich verpflichtet, den Vorfall der TU Dresden zu melden, und setzte damit eine Lawine von disziplinarischen Maßnahmen seitens der Uni in Bewegung, die letztendlich zur vorübergehenden Exmatrikulation der eingangs aufgeführten vier Studenten führte. Der eigentliche Verursacher dieser ganzen Geschichte ging dabei, für uns unverständlicherweise, straffrei aus, da sein Schwager hauptamtlicher FDJ- Sekretär in der Fakultätsparteileitung war und für ihn für die Zeit von zwei Jahren dahingehend bürgte, dass er sich verpflichtete, besagten Studenten während dieser Zeit zu einem höheren gesellschaftlichen Bewusstsein umzuerziehen.

Was mich betraf, so waren die sechs Semester, die ich an der TU Dresden verbrachte, durch viele

Ereignisse gekennzeichnet, die ich im Nachhinein schildern möchte.

Wie ich bereits erwähnte, reiste ich in Dresden mit einem Sparguthaben von 3.200 Mark an, was eigentlich für eine längerfristige Zeit zur Aufbesserung meines Stipendiums dienen sollte, um mir ein sorgenfreies Studium zu ermöglichen. Nun trat aber der bedauerliche Umstand ein, dass infolge der vielen abendlichen Gastwirtschaftsbesuche dieses finanzielle Polster bereits nach ca. einem halben Jahr auf null geschrumpft war. Ich musste mir also etwas einfallen lassen, um meine Vermögensverhältnisse so zu verbessern, dass ich meinen relativ aufwendigen Lebensstil weiterhin beibehalten konnte. Dabei kam ich mit den verschiedensten Tätigkeitsgebieten in Berührung. Einmal z.B. lernte ich an einem Tanzabend im Schillergarten jemanden kennen, der kurzzeitig eine Hilfe in seiner Champignonzucht gebrauchen konnte und dafür eine annehmbare Entlohnung anbot. Es wurde vereinbart, dass ich mich in Arbeitskleidung auf der Pillnitzer Landstraße an einer bestimmten Hausnummer einfinden sollte. Nun stand ich vor der besagten Hausnummer, aber was ich sah, war ein riesengroßer Haufen Pferdemist, der in eine Halle gekarrt werden sollte. Dort musste er übermannshoch aufgeschichtet und zwischendurch immer wieder durch Stampfen mit den Füßen verdichtet werden. Nachdem er nach zwei Wochen eine bestimmte Innentemperatur erreicht hatte, musste er umgeschichtet werden und nochmals, wie erwähnt, verdichtet werden. Dann wurde er in beetgroße Flächen aufgeteilt und darauf die Pilzbrut ausgebracht. Nach ca. einer Woche konnte man dann die Pilze ernten und verkaufen, aber mit dem daraus erzielten Erlös hatte ich natürlich leider nichts mehr zu tun.

Eine weitere, wesentlich ertragreichere Möglichkeit, das Konto aufzubessern, ergab sich, wie bereits in dem mich betreffenden Spruch in der Bergfestzeitung aufgeführt, in der Stadt Riesa, die ungefähr 50 km von Dresden entfernt liegt. Dort befand sich ein sehr großes Stahlwerk, das speziell für Studenten vielfältige Zuverdienstmöglichkeiten anbot. Eingeführt wurden mein Freund und ich dort von zwei Kommilitonen von uns, die wie wir eine ähnlich laxe Studieneinstellung hatten und im Stahlwerk durch ihre sehr häufige Anwesenheit fast zur Stammbesatzung gehörten.

Als Student bekam man hier die An- und Abreise mit dem Zug erstattet, wurde mit der notwendigen Arbeitsbekleidung, das heißt festes Schuhwerk, Arbeitskombi und Schutzhelm ausgestattet und bekam pro Arbeitsschicht ein kostenfreies Mittagessen. Der Verdienst wurde immer sofort nach Schichtende bar ausgezahlt. Wir reisten immer Freitag abends an, absolvierten sofort eine Nachtschicht, am Samstag eine Spätschicht und Sonntag ab sechs Uhr eine Frühschicht. Sonntagnachmittag fuhren wir dann wieder nach Hause. Oftmals kam es vor, dass wir, ausgestattet mit einer beträchtlichen Summe Geld, auf dem Weg zum Bahnhof Zwischenstation in einer Gastwirtschaft namens „Hafenschänke" machten und dort am Stammtisch in einer Runde von ca. 8 bis 10 Leuten noch ein paar Bier zu uns nahmen. Das artete in vielen Fällen dahingehend aus, dass wir uns von einem beträchtlichen Teil unseres schwer verdienten Geldes trennen mussten. Manchmal hätten wir uns noch nicht einmal mehr die Rückfahrkarte kaufen können, aber die hatten wir ja Gott sei Dank schon bei der Anreise ausgehändigt bekommen. Wir befanden uns dort immer in einer illustren Runde und veranstalteten Trinkgelage, die von uns oftmals ein übernatürliches Stehvermögen erforderten. Einmal z.B. baten wir die Kellnerin, uns alle 5 Minuten eine Runde Bier zu bringen und derjenige, der zuerst die Toilette aufsuchte, musste alles, was vorher getrunken wurde, bezahlen. Da hierbei ein ganz schön beträchtlicher Betrag zusammenkam, kann sich jeder vorstellen, wie wir mit zusammengepressten Oberschenkeln am Tisch saßen, bis es einer nicht mehr aushielt und in vor Schmerzen gebückter Haltung zur Toilette flitzte. Dieses Training kam mir meiner Meinung nach sogar später einmal zu Gute, als ich eines Tages im Auto auf der Autobahn im Stau stand und das Bedürfnis, die Harnblase zu leeren, immer stärker wurde. Erst nach zwei Stunden Zuckelei konnte ich an einer Raststätte mein Bedürfnis erledigen, ohne einen folgenschweren Zwischenfall erleben zu müssen.

Nun aber weiter mit dem Stahlwerk Riesa. Für den allerersten Arbeitseinsatz wurden mein Freund und ich direkt im Hochofenbereich eingesetzt und zwar in der Grube, wo nach dem Durchstoßen der Abstich Öffnung des Hochofens das flüssige Eisen in riesige, mehrere Meter hohe Stahlbehälter abgefüllt wurde, die dann mittels Kran zu den zu befüllenden Kokillen transportiert wurden. Unsere Aufgabe bestand nun darin, nach dem Abtransport dieser Behälter in die Grube zu klettern, um sie von Schlackeresten zu säubern, damit der nächste Abfüllprozess reibungslos vonstattengehen konnte. Das klingt an und für sich einfach, aber in der Grube, wo sich ja vormals die mit flüssigem Eisen gefüllten Behälter befanden, herrschte eine Temperatur von mehreren 100 Grad. Dort hielt man es maximal 10 Minuten aus, dann züngelten nämlich schon leichte Rauchschwaden von den Schuhsohlen hoch und man musste schweißüberströmt die Grube verlassen. Für solch eine Arbeitsschicht bekam man dann 40 Mark ausbezahlt, was sich für uns als nicht besonders lohnenswert darstellte.

Die zwei eingangs erwähnten Kommilitonen, die uns das Stahlwerk empfohlen hatten, legten deshalb bei dem Meister in dem Meisterbereich, wo sie fast zur Stammbelegschaft gehörten und der für die Entladung aller für den Hochofenprozess notwendigen Materialien zuständig war, ein gutes Wort für uns ein, damit wir zukünftig ebenfalls hier für die Schichten eingeteilt würden. In dem Bereich wurde

nämlich nach Leistung bezahlt und die Verdienst-
möglichkeiten waren beträchtlich höher. Es wurde
dort aber wirklich eine hohe Leistungsbereitschaft
abverlangt, denn die vom verantwortlichen Meister
angeforderte Anzahl von Studenten konnte während der Schicht nicht erhöht werden, falls sich herausstellte, dass das Arbeitspensum nicht erreicht
wurde. Ich kann mich noch ganz genau an unsere
erste Schicht in der Entladung erinnern. Wir bekamen bei nieseligem Wetter einen Waggon zugeteilt,
der mit 20 Tonnen Mörtel gefüllt war. Der Mörtel,
der satt durchfeuchtet war, musste mit einer riesi-
gen Schaufel, also nicht so eine kleine, wie man sie
aus dem Hausgebrauch kennt, über eine über-
mannshohe Waggonwand in bereitstehende Mul-
den geschaufelt werden, die ca. einen Meter neben
den Gleisen standen. Für meinen Freund war das
insofern einfacher als für mich, denn er war 1,92
Meter groß. Nach Schichtende hatten wir beide jedenfalls Hände, die mehr Blasen als normale Haut
aufwiesen, denn bisher waren sie ja noch nie in
solch einer Art belastet worden.

Aber es sollte noch schlimmer kommen, denn in
der nächsten Schicht mussten wir einen 20-Tonner-
Waggon mit sogenannten Rüdersdorfer Kalk entladen. Dieser Kalk war ungelöscht, das heißt, er ent-
faltete seine Reaktion erst, wenn er mit Wasser in
Berührung kam. Und das war in unserem Fall der
Schweiß, der bedingt durch die angestrengte Arbeit
in Strömen floss. Der Kalkstaub verband sich nun

speziell im Nackenbereich mit dem Schweiß und brannte sich regelrecht durch die Scheuerbewegungen des Kragens in den Hals ein und hinterließ sehr schmerzhafte blutige Wunden.

Aber wir ließen uns dadurch nicht entmutigen und wurden immer abgehärteter, selbst unseren vormals verweichlichten Händen konnte keine noch so harte Arbeit etwas anhaben. Nach einigen Einsätzen konnten wir von uns behaupten, dass wir nun auch zur Stammmannschaft gehörten, von den jeweiligen Meistern geachtet wurden und mit der Zeit immer lukrativere Tätigkeiten übertragen bekamen. Das betraf z.B. das Entladen von 50-Tonner-Kohlewaggons, also länglichen Briketts, wie man sie auch zu Hause zum Heizen verwendet. Diese Waggons hatten auf jeder Seite drei nach außen sowie vertikal nach oben schwenkbare Seitenwände, wobei die Seitenwände ebenfalls übermannshoch waren. Der Waggon wurde auf dem Gleisbett über einen Kohlebunker geschoben, der so ca. 10 Meter tiefer lag. Nun kletterten wir beide auf den Waggon und lösten zuerst die Entriegelung der gegenüberliegenden Türen. Dadurch entstand ein Brikettfluss in Richtung Bunker, der durch uns zusätzlich am Fließen gehalten wurde, indem wir auf allen vier Gliedmaßen stehend kräftig mit unseren Füssen wie ein Wirbelwind die Briketts nach unten wegtraten. Alle Briketts, die jetzt fast allein im Fluss nach unten fielen, brauchte man später nicht aufwendig mit der Schaufel in den Bunker schippen.

Heutzutage wäre diese Art der Entladung nicht gestattet, aber damals war von Arbeitsschutz weniger die Rede. Auf diese Art und Weise entluden wir zu zweit pro Schicht vier Waggons Kohle, was uns pro Waggon 40 Mark einbrachte. Zwischendurch waren oftmals noch kleinere Entladungstätigkeiten durchzuführen, wie z.B. einen LKW mit 80 Sauer- oder Wasserstoffflaschen entladen, was nochmals 30 Mark pro Kopf einbrachte. Wie man sieht, verdienten wir damals umgerechnet auf einen Arbeitstag das Mehrfache eines gelernten Arbeiters oder Angestellten. Als ich z.B. etliche Jahre später, als mein Leben in geregelten Laufbahnen verlief und ich schon verheiratet war, eine hohe leitende Funktion innehatte, verdiente ich 1.300 Mark brutto, das war für die damalige Zeit ein Traumgehalt. Abzüglich der Steuern, die bei Angestellten ab 15 % begannen, blieben netto gerade einmal rund 1.050 Mark übrig, also rund 50 Mark pro Tag. Finanziell betrachtet verdiente ich also in meiner Hochverdienstzeit als leitender Angestellter wesentlich weniger als viele Jahre zuvor mit meiner unqualifizierten Arbeit.

Man kann sich jedenfalls vorstellen, dass einerseits diese finanziellen Möglichkeiten, die uns das Stahlwerk bot, sowie andererseits der teilweise zweifelhafte Umgang mit sogenannten Studenten, die in Wirklichkeit gar keine mehr waren, sich auf unser leicht zu beeinflussendes Gemüt hinsichtlich des Studiums sehr negativ auswirkten. Es gab da z.B. einen, wir nannten ihn immer Onkel Kirsch, weil er in der Schenke immer Unmengen von Kirschschnaps trank; derjenige jedenfalls sah schon vom Gesichtsausdruck keinesfalls wie ein angehender Intellektueller aus. Er ging in Riesa trotzdem als Student durch, was ja letztendlich die Voraussetzung dafür war, dass man das Geld ohne jegliche Abzüge in bar ausgezahlt bekam.

In einem anderen Fall gehörte zu unserer Stammbesatzung einer, der sich als Gastronomiestudent ausgab. Von seinen Trinkgewohnheiten her betrachtet, stimmte das hundertprozentig, denn er fand nie den Zeitpunkt zum Aufhören, damit er noch aufrecht nach Hause gehen konnte. Einmal brachte er mich in meiner Gutmütigkeit dazu, ihn zum Zug zu begleiten, weil er es allein nie mehr geschafft hätte. Unterwegs verschlechterte sich sein Zustand dermaßen, dass ich mich veranlasst sah, ihn in die Notaufnahme des Städtischen Krankenhauses zu bringen, weil ich mir ernsthaft Sorgen machte. Der Arzt, der ihn in Empfang nahm, war nun aber arabischstämmiger Herkunft, was meinem sogenannten Kumpel nicht behagte. Er verweigerte dem Arzt die Entnahme einer Blutprobe mit dem Hinweis, dass er sich von Ausländern nicht behandeln lasse. Der Arzt nahm das wörtlich und entfernte sich, ohne ihn zu behandeln. Das wiederum erboste mich und ich verlangte, wahrscheinlich ziemlich lautstark, dass der Arzt wieder zurückkommen sollte. Er aber rief die Polizei, die dann auch erschien und uns mit auf die Wache nahm. Dort wurde über den Vorfall ein Protokoll erstellt und anschließend durften wir gehen. Wir dachten, damit hätte sich die Angelegenheit für uns erledigt, aber damit lagen wir total falsch. Nach ca. vier Wochen bekamen wir eine Vorladung zu einer Gerichtsverhandlung in Riesa, denn der Arzt hatte gegen uns eine Strafanzeige wegen Beleidigung und ausländerfeindlicher Äußerungen eingereicht. Ein Freund von mir aus Dresden, der auch das Studium mit mir begonnen hatte, aber es gleich am Anfang selbst abgebrochen und in Berlin ein neues Studium auf dem Gebiet Information und Dokumentation begonnen hatte, bot mir nun seine Unterstützung an, nachdem ich ergebnislos versucht hatte, einen offiziellen Verteidiger für mich zu bekommen. Mir wurde vom Gericht ein Pflichtverteidiger zur Seite gestellt, der sich bei der ersten Verhandlung aber mehr als zweiter Ankläger entpuppte. Mein Freund, den ich auch ein- bis zweimal mit nach Riesa zum Arbeiten mitgenommen hatte, erinnerte sich, dass wir ab und zu mit einem Afrikaner zusammengearbeitet hatten, der in Leipzig Sport studierte und mit dem wir freundschaftlich verbunden waren. Er überzeugte mich, zu versuchen, diesen Studenten als Zeuge für die Gerichtsverhandlung dahingehend zu gewinnen, dass er vor Gericht bestätigte, dass ich keinesfalls eine ausländerfeindliche Einstellung habe. Das gelang auch und ich beantragte die Zulassung dieses Afrikaners als Entlastungszeuge für mich. Dem wurde auch stattgegeben und seine Aussage bewahrte mich letztendlich vor einer Haftstrafe, die für mich vorgesehen war, was ich vorher nie gedacht hätte. Trotz allem wurde ich verurteilt zu einem Jahr Gefängnis, das jedoch für zwei Jahre zur Bewährung ausgesetzt wurde. Das heißt also, ich durfte mir zwei Jahre lang nichts zuschulden kommen lassen, ansonsten hätte ich die Haftstrafe antreten müssen. Mein neuer Wohnort in diesem Fall wäre dann wahrscheinlich auch das Zuchthaus Bautzen geworden, aber glücklicherweise ist dieser Fall nicht eingetreten.

Nun möchte ich mich aber auch einmal den angenehmen Ereignissen während meiner kurzen Studienzeit zuwenden, denn davon gab es mehr als genug.

Ein besonderer Tag für uns war jedes Jahr der Himmelfahrtstag, der immer mit einer feucht-fröhlichen Dampferfahrt auf der Elbe nach Rathen begangen wurde. Ein auserwählter Kreis unserer Seminargruppe, so ungefähr zehn Studenten, fand sich anlässlich dieses Tages an einer festgelegten Dampferanlegestelle ein und wir fuhren mit einem schönen Schaufelraddampfer elbaufwärts nach Rathen. Das ist ein kleiner Kurort in der Sächsischen Schweiz, ungefähr 35 km von Dresden entfernt. Die Dampferfahrt bis dorthin dauerte in etwa drei Stunden, wobei erwähnt werden muss, dass das ein bewirtschafteter Dampfer war, was so viel heißt, dass man während der Fahrt unter anderem Getränke jeglicher Art zu sich nehmen konnte. Infolgedessen kamen wir in Rathen schon ziemlich aufgedreht an. Unterwegs wurde schon ein Würfelspiel gemacht, mit dem Ziel, dass der Verlierer nicht zu Fuß, sondern in Rathen mit einem Kopfsprung in die Elbe das Schiff zu verlassen hatte. Er durfte sich natürlich vorher bis auf die Unterhose entkleiden. Der Kapitän des Schiffes war davon nicht gerade begeistert, konnte es aber auch nicht verhindern. Anschließend ging es dann zu Fuß weiter bis zu einem kleinen Gondelteich, dem Amselsee, wo wir uns mit den ausgeliehenen Ruderbooten regelrechte Wasserschlachten lieferten. Danach wanderten wir ca. 1,5 Kilometer zum Amselfall, wo sich der Grünbach an der größten Gefällestufe des klammartig verengten Amselgrundes in zehn Meter Tiefe als rinnsalähnlicher Wasserfall in die Tiefe stürzt. Dort befand sich eine Schankwirtschaft mit Biergarten, wo wir unseren inzwischen erlittenen Flüssigkeitsverlust wieder ausgleichen konnten. Der Amselfall selbst war mit einem kleinen Mäuerchen vom Biergarten abgegrenzt. Wenn man den Wirtsleuten eine Mark gab, konnten sie den Wasserfall oben kurzzeitig anstauen, so dass er dann mit größerer Wucht nach unten stürzte. Ich wusste das beim ersten Mal jedoch nicht und hatte nun den glorreichen Einfall zur Belustigung aller dort rastenden Wanderer, mich meiner Schuhe zu entledigen und mich unter den zu diesem Zeitpunkt sehr schwachen Wasserfall zu stellen. Nun hatte einer von uns aber schon vorher dem Wirt eine Mark gegeben und er öffnete die obere Schleuse, mit dem Ergebnis, dass ich nichts Trockenes mehr am Leibe hatte. Aber die Wirtsleute hatten Mitleid mit mir, denn ich durfte in der Küche der Gaststätte meine Sachen trocknen und wurde sogar noch kostenfrei mit Speise und Trank bewirtet.

Anschließend begaben wir uns wieder zum Dampfer und fuhren nach Dresden zurück. Dort liefen wir dann unter Absingen der Wirtinnenverse und ähnlicher bei den Studenten beliebter Gesänge sowie mit Gitarrenbegleitung, einer von uns hatte immer eine dabei, in die Altstadt von Dresden. Dabei sammelten wir immer mit einem Hut Spenden unter der zahlreichen Zuhörerschaft ein, was uns ein beträchtliches Sümmchen einbrachte, das dann zum Ausklang des Tages in diversen Gaststätten zum Befeuchten unserer vom Singen total ausgetrockneten Kehlen diente.

Der Himmelfahrtstag war jedoch letztmalig 1967 ein staatlicher Feiertag, er wurde danach bis zur Wiedervereinigung abgeschafft, da er nicht mehr mit der sozialistischen Lebensführung vereinbar war. Da aber viele Bürger an diesem Brauch festhielten und an dem Tag Urlaub nahmen, um ihn zu begehen, riskierten sie damit eine Notierung in ihrer Kaderakte, was für die weitere berufliche Entwicklung sehr von Nachteil sein konnte. Die Studenten, die an diesem Tag nicht zu Vorlesungen und anderweitigen Seminaren erschienen, bekamen sicherlich auch irgendwelche Sichtvermerke in ihre Akten, aber das war nun einmal der von uns gewohnte Lauf in dem bestehenden Willkürstaat. Meine Freunde und ich ließen uns jedenfalls auch in den späteren Jahren nie davon abhalten, diesen Tag gebührlich zu begehen.

Nach Ablauf der ersten zwei Semester, wo ich in drei Prüfungsfächern zwei Abschlussprüfungen und eine Zwischenprüfung erfolgreich bestand, ging es nun das erste Mal in die wohlverdienten Semesterferien. Der Freund von mir, mit dem ich auch immer zusammen nach Riesa fuhr, und ich steuerten nun aber nicht die elterlichen Gefilde an, sondern wir fuhren per Anhalter an den Scharmützelsee in Brandenburg, wo uns schon zwei andere Freunde von uns in einem Viermannzelt erwarteten. Dieser Urlaub gestaltete sich für uns sehr abwechslungsreich und es lohnt sich, einige Ereignisse aus jener Zeit nochmals Revue passieren zu lassen. Der Zeltplatz selbst lag in der Nähe einer Datschensiedlung, die wir immer passieren mussten, wenn wir abends in unsere Gaststätte gingen. Eines Abends auf dem Hinweg sahen wir einen Bewohner einer dieser Datschen, wie er direkt am Eingang zum Grundstück eine Eisenplatte beiseiteschob und aus einem Brunnenschacht einen Korb mit Lebensmitteln zu Tage förderte und ihn nach Entnahme der benötigten Esswaren wieder absenkte. Um die Mitternachtszeit, als wir wieder auf dem Nachhauseweg waren, schlichen wir leise in das Grundstück, zogen den Korb hoch und deckten uns mit den leckersten Wurst- und Käsesorten ein. Der Besitzer wird sich zwar stark über die Fehlbestände gewundert haben, aber der Gedanke daran hat bei uns keine Trübsal-Stimmung aufkommen lassen, denn wir betrachteten das Ganze als eine Art Mundraub, da wir es ja nur zur Stillung unserer eigenen Hungergefühle an uns genommen hatten.

Auf dem Zeltplatz selbst bildeten wir auf Grund unserer, für die meisten der Urlauber ausgefallenen Lebensweise, sozusagen den kulturellen Mittelpunkt. Wenn wir z.B. nach Miesmuscheln tauchten oder Weinbergschnecken sammelten, um sie am Abend mittels eines kleinen Campingkochers zu braten und natürlich anschließend zu verzehren, so hatten wir immer eine Schar Schaulustiger um uns herum, die unsere Essgewohnheiten bestaunten. Unser Dasein sprach sich sogar bis zu einem Kinderferienlager herum, das am Rand des Zeltplatzes lag und wo sich etliche Studentinnen in den Semesterferien etwas hinzuverdienten, indem sie als Betreuer für die Kinder oder als Küchengehilfen arbeiteten. Eines Abends nämlich kamen einige von ihnen aufgeregt zu uns und baten uns um Unterstützung, da sie sich von einigen aufdringlichen Burschen der Dorfjugend bedrängt fühlten. Für uns war es natürlich eine Ehre, die Angelegenheit tatkräftig zu regeln. Die Mädels wurden danach nie wieder belästigt und drückten ihre Dankbarkeit dadurch aus, indem sie uns oftmals mit Esswaren aus der Kinderferienlagerküche versorgten.

Dieser Urlaub war auch mit einem Ereignis verbunden, dass das Potenzial in sich barg, mein bis dahin sehr aufregendes Leben einschneidend zu verändern. Ich lernte dort nämlich ein Mädchen kennen, wo in meinem Innersten Gefühle auftraten, die ich zuvor bei keiner anderen weiblichen Bekanntschaft gespürt hatte. Ich war also das erste Mal in meinem Leben richtig verliebt. Sie kam aus einem kleinen Ort in Thüringen, arbeitete dort als Apothekengehilfin und verbrachte mit einer Freundin am Scharmützelsee ihren Urlaub. Diese Gefühle ebbten auch nicht ab, als der Urlaub vorbei war und wir wieder nach Hause fuhren. Zufälligerweise war mein Freund, mit dem ich hier zeltete, auch aus dem Ort, wo sie wohnte, was sich in meinem Fall als sehr günstig herausstellte. Da es ja scheinbar doch echte Liebe war, die sich in diesem Fall meiner bemächtigt hatte, fuhr ich alle zwei Wochen per Anhalter über das Wochenende dort hin. Die ersten Male trampte ich zusammen mit meinem Freund und übernachtete mit bei ihm zu Hause. Nachdem meine Freundin mich ihrer Familie vorgestellt hatte und ich als zukünftiges Familienmitglied akzeptiert wurde, durfte ich nach einigen Wochen mit ihr zusammen in ihrem Zimmer übernachten. Nun war es so, dass der Vater meiner Freundin leidenschaftlicher Schachspieler und vormals Mitglied in einem Schachclub war. Da dort aber immer stark geraucht wurde, was er nicht vertrug, trat er aus dem Club aus und demzufolge fehlte ihm die Möglichkeit, weiterhin den Schachsport auszuüben. Als ich nun in sein Leben eintrat, nutzte er die einmalige Chance, wenigsten alle zwei Wochen, wenn ich immer meine Freundin besuchte, mich zu seinem Schachpartner zu machen. Das heißt, bevor ich mich meiner Freundin richtig widmen konnte, musste ich immer erst so ca. fünf Schachpartien absolvieren. Die Partien dauerten meistens nicht allzu lang, da er mich mit seinem Kenntnisstand in relativ kurzer Zeit Matt setzte. Ein einziges Mal gewann ich eine Partie, doch ich selbst bekam das gar nicht mit, sondern er machte mich erst darauf aufmerksam. Schlussfolgernd daraus sieht man, dass ich mir mein Zusammensein mit meiner Freundin regelrecht erarbeiten musste.

Da die Zusammenkünfte mit meiner Freundin meinerseits jedoch stetig mit einem sehr hohen zeitlichen Aufwand verbunden waren, immerhin betrug die Entfernung, die ich per Anhalter zurücklegen musste, ca. 320 km, beschloss sie, nach Halle zu ziehen. In dem Zusammenhang möchte ich noch erwähnen, dass ich sie schon lange vorher bei meinen Eltern eingeführt hatte und sie wurde dort auch wie eine eigene Tochter aufgenommen. Das war übrigens das allererste Mal, dass ich ihnen eine Freundin von mir vorgestellt hatte. Meine Eltern hatten sie regelrecht in ihr Herz geschlossen, nahmen sie doch an, dass nunmehr mein Leben in geregelten Bahnen verlaufen würde.

Der Umzug wurde also vollzogen, sie trat in Halle in ein neues Arbeitsverhältnis in einer

Apotheke ein und bezog ein möbliertes Zimmer in der Nähe der Wohnung meiner Eltern. Wir kamen jetzt fast jedes Wochenende zusammen und meine Gefühle zu ihr schienen sogar immer stärker zu werden. Ich möchte nicht übertreiben, aber immer, wenn wir uns wieder für eine Woche trennten, hatte ich oftmals Zustände, die ich als sogenannten Liebeskummer bezeichnen möchte. An dieser Stelle soll noch einmal erwähnt werden, dass ich gerade einmal 21 Jahre jung war und solchen seelischen Belastungen noch nie ausgesetzt war. Als unsere Beziehung so ungefähr ein Jahr alt war, verbrachten wir beide in meinen Semesterferien das erste Mal zusammen für zwei Wochen einen Urlaub. Hier machte ich die Feststellung, dass in einer Beziehung ein gewaltiger Unterschied darin besteht, ob man nur ab und wann in gewissen Zeitabständen oder täglich von früh bis spät miteinander auskommen muss. In dieser Zeit wurde mir bewusst, dass ich für diese Art feste Beziehung noch nicht die dafür notwendige Reife besaß. Ehrlicherweise muss ich sagen, dass ich an den Wochenenden, die ich mit meiner Freundin verbrachte, schon immer mit einer gewissen Wehmut an die feucht-fröhlichen Abende dachte, die ich sonst mit meinen Freunden in unseren Stammkneipen oder in Tanzgaststätten verbrachte. Kurz nach unserem Urlaub teilte ich ihr meinen Entschluss mit, mich von ihr trennen zu wollen und ich fühlte mich dabei ziemlich niederträchtig. Denn sie liebte mich immer noch tief und innig und hatte ja wegen mir ihr bisheriges Leben in vielerlei Hinsicht total geändert. Nicht, dass ich jetzt eine Rechtfertigung für meine damalige Entscheidung suche, aber aus heutiger Sicht bin ich der felsenfesten Ansicht, dass man sich erst dann langfristig binden sollte, wenn man sich selbst richtig ausgetobt hat. Gerade in der heutigen Zeit, wo knapp 50 % aller Ehen selbst nach vielen Jahren wieder geschieden werden und oftmals die Kinder dabei am meisten zu leiden haben, liegt der Grund an der von mir erwähnten Tatsache. Ich hatte z.B., später einmal einen Chef, mit dem ich fast jede Woche zusammenhängend für zwei bis drei Tage auf Dienstreise war. Ich kann mich kaum daran erinnern, dass er jemals mit mir in dem Hotel, das wir gebucht hatten, übernachtete, sondern er hatte in jedem Ort eine anderweitige Übernachtungsmöglichkeit bei irgendwelchen weiblichen Bekanntschaften, obwohl er selbst verheiratet war.

Also, wie schon angedeutet, trennte ich mich von meiner Freundin und sie zog wieder in ihren Heimatort zurück. Wie mir mein Freund mitteilte, ist sie später eine Ehe mit einem Lehrer eingegangen, der schon früher immer ein Auge auf sie geworfen hatte, hat mit ihm zwei Kinder und ist glücklich und zufrieden.

Ich selbst lernte zwischenzeitlich noch einmal ein Mädchen kennen, für das sich ähnliche Gefühle wie vormals beschrieben bemächtigten, aber diese Beziehung war nur für eine relativ kurze Dauer. Sie war Lehrerin an einer Schule in Halle und wir lernten uns kennen, als ich von Dresden aus wieder einmal zu Besuch bei meinen Eltern war. Sie wurde aber kurz nach unserem Kennenlernen an eine Schule in Grevesmühlen in Mecklenburg-Vorpommern versetzt, ca. 15 km von der Ostsee entfernt. Somit waren entfernungsbedingt schon einer längerdauernden Vertiefung unserer Beziehung Grenzen gesetzt. Einmal besuchte ich sie für drei Tage und wir fuhren jeden Tag an den Ostseestrand, aber irgendwie funktionierte es zwischen uns nicht mehr so richtig, so dass wir uns schließlich in freundschaftlichem Einvernehmen trennten. Ein Ereignis aus der Besuchsreise in Grevesmühlen ist eventuell noch erwähnenswert. Eines Abends, so gegen 22 Uhr, saßen wir beide am Ostseestrand in einem Strandkorb und tauschten sozusagen gewisse Intimitäten aus. Plötzlich standen zwei Grenzsoldaten vor uns und fragten uns, was wir hier trieben. Wir mussten einen Vortrag über uns ergehen lassen, in dem wir darauf hingewiesen wurden, dass wir uns im Grenzgebiet befänden und ab 22 Uhr dort nichts mehr zu suchen hätten. Wahrscheinlich nahmen sie an, dass wir spätabends schwimmenderweise auf dem Seeweg die Republik illegal in Richtung Lübecker Bucht, die nur 40 km weiter westlich lag, verlassen wollten.

Nun aber zurück zur Studienzeit an der TU Dresden. Wie vormals schon erwähnt, wurde ich leistungsbedingt im November 1966 exmatrikuliert und musste mir nun ein neues Betätigungsfeld suchen. Bedingt durch die Tatsache, dass ich ja einen Abiturabschluss und sechs Semester an der TU Dresden nachweisen konnte, bekam ich Anfang 1967 eine Anstellung im VEB Reglerwerk Dresden als Materialdisponent in der Abteilung Materialplanung mit einem Anfangsgehalt von sage und schreibe 550 Mark brutto, das heißt, mir blieben nach Abzug der Steuern in Höhe von 15 % gerade einmal 470 Mark. Später stieg ich dann auf bis zum stellvertretenden Gruppenleiter und konnte bis 1970 mein Bruttogehalt bis auf 700 Mark steigern. Im Gegensatz zu dem Verdienst, den ich drei Jahre vorher schon als Dreher hatte, war das ein gewaltiger Rückschritt, denn da verdiente ich 700 Mark netto, aber diese Zusammenhänge habe ich ja schon eingangs hinreichend erläutert.

Mit Beginn meiner Berufslaufbahn im VEB Reglerwerk Dresden begann nun auch der Zeitabschnitt, wo mein vormals sehr unstetes Leben wieder in geordnete Bahnen gelenkt wurde. Aber bevor ich mich dieser Periode weiter widme, muss ich noch einmal auf das Ende der Studienzeit zurückkommen. Irgendwie musste ich ja nun meine Eltern davon informieren, dass mein Studium ein nicht gerade ehrenhaftes abruptes Ende gefunden hatte. Da ich anlässlich der Weihnachtsfeiertage immer meine Eltern besuchte, wollte ich es ihnen auch in diesem Zeitraum beichten. Aber nicht gleich vor dem eigentlichen Heiligabend, sondern erst am zweiten Weihnachtsfeiertag, damit die

Feststimmung nicht ganz in den Keller gedrückt wurde. Nun trat der für mich sehr peinliche Umstand ein, dass mein Vater mir am Heiligabend eine kleine Kollegmappe für, wie er sagte, kleinere zu transportierende Studienunterlagen schenkte, sowie eine größere Aktentasche für umfangreichere Unterlagen. Als ich ihn dann am zweiten Weihnachtsfeiertag davon unterrichtete, dass ich diese Aktentaschen im Prinzip, zumindest für Studienzwecke, nicht mehr benötigte, brach für ihn natürlich eine Welt zusammen. Wenn ich mir heute zurückblickend diese Situation nochmals vor Augen führe, kann ich mir vorstellen, wie schmerzhaft es für ihn gewesen sein muss, dass ich meine aussichtsvolle Zukunft so leichtsinnig weggeworfen hatte. Er suchte den Fehler sogar bei sich selbst, indem er der Meinung war, dass ich mit meinem labilen Charakter nie auf mich allein gestellt nach Dresden hätte gehen dürfen. In diesem Zusammenhang schilderte er mir zum wiederholten Mal seinen eigenen beschwerlichen beruflichen Werdegang. Er selbst, Jahrgang 1912, wurde in Schlesien geboren, stammte aus einer armen Familie und hatte noch fünf Geschwister. Sein Vater war ein einfacher Steinarbeiter, arbeitete im Steinbruch und war, wie mein Vater uns immer wieder erzählte, dem Alkohol nicht abgeneigt. Nebenbei bemerkt, habe ich deshalb unverschuldet auch einige Erbanlagen von ihm erhalten, da ich ja teilweise ähnliche Verhaltensmuster aufzuweisen hatte. Als mein Vater fast das Erwachsenenalter erreicht hatte, starb seine

Mutter, sein Vater heiratete nochmals und seine Stiefmutter brachte noch ein paar Kinder mit. Diese Stiefmutter musste der Drachen in Person gewesen sein, denn das Leben war für meinen Vater und seine leiblichen Geschwister ab diesem Zeitpunkt die blanke Hölle. Als er das Erwachsenenalter, also damals das 21. Lebensjahr, erreicht hatte, suchte er nach einer Möglichkeit, diesem Chaos zu entfliehen. Da er keinen Beruf erlernt hatte, weil dafür das Geld fehlte, meldete er sich bei der Wehrmacht und wurde Berufssoldat. Dort qualifizierte er sich weiter bis zum Oberfeldwebel und hätte es sicherlich noch viel weitergebracht, aber der Kriegsverlauf machte ihm ein Strich durch die Rechnung. Nach Kriegsende und Rückkehr aus der Gefangenschaft nutzte er jede Möglichkeit, um durch eine fundierte berufliche Qualifikation sein und unser Leben auf eine solide Basis zu stellen. Er besuchte viele Jahre lang mehrere Tage in der Woche die Abendschule und erwarb Abschlüsse als Kaufmännischer Angestellter, Finanzsachbearbeiter bis hin zum Bilanzbuchhalter. Über die akkurate Führung seiner Ausbildungsunterlagen berichtete ich bereits im Kapitel zwei meiner Ausführungen.

Aus heutiger Sicht kann ich mir sehr gut vorstellen, wieviel Leid ich meinen Eltern durch die von mir nicht genutzten Bildungsmöglichkeiten zugefügt hatte. Ich selbst habe zwei Töchter, die Gott sei Dank im Hinblick auf Strebsamkeit nicht meine Gene, sondern die meiner Frau geerbt haben, denn sie haben beide einen Abiturabschluss mit der Note 1 und auf geradlinigem Weg einen sehr guten Fachhochschulabschluss aufzuweisen. Aber ich muss sagen, dass ich auch einen gewissen Anteil an ihrer positiven Entwicklung habe, denn in den ersten vier Jahren ihrer Grundschulzeit habe ich in Erinnerung meiner eigenen damaligen Labilität sehr auf die korrekte Ausführung der Hausaufgaben geachtet. Ich habe mich sogar erdreistet, sie zu kritisieren, wenn sie manchmal bei einer Klassenarbeit nur mit der Note Drei nach Hause kamen. Ich konnte mir das ja erlauben, denn meine Zensuren kannten sie ja nicht.

Nun aber weiter mit meinem beruflichen Werdegang im VEB Reglerwerk Dresden.

Wie eingangs erwähnt, übte ich dort zuerst die Tätigkeit des Materialdisponenten aus und zwar geschlagene 43 und ¾ Stunden pro Woche. Unsere Gruppe bestand aus 16 Kollegen plus einem Gruppenleiter. Wir saßen in einem länglichen Raum hinter Schreibtischen, die in zwei Reihen zu je acht Tischen aufgestellt waren. Am Ende des Raumes stand der Schreibtisch des Gruppenleiters mit Blickrichtung zu uns. Dieser Gruppenleiter war ein ausgemusterter Offizier der Nationalen Volksarmee, der in Anerkennung seiner langen Dienstzeit bei der Armee einen Posten in der Wirtschaft zugeteilt bekam, obwohl ihm jegliche Qualifikation dazu fehlte. Das war in der sozialistischen Wirtschaft sehr oft normal, dass die langjährige Laufbahn bei der Armee und die Zugehörigkeit zur Sozialistischen Einheitspartei Deutschlands, SED, die Grundlage darstellte, um in der Leitungshierarchie der volkseigenen Betriebe aufsteigen zu können. Dieser Gruppenleiter regierte hier nunmehr so, wie er es bei der Armee gewohnt war. Er kommandierte die ihm unterstellten Kollegen, als ob er es mit Soldaten auf dem Kasernenhof zu tun hätte. Keiner versuchte, ihm zu widersprechen, sondern alle ließen sich von ihm demütigen und in erbärmlichster Weise erniedrigen. So also war die vorherrschende Stimmung in der Gruppe, als ich dort anfing. Als er mich ebenso mehrmals wegen irgendwelcher Unstimmigkeiten abgekanzelt hatte, platzte mir einmal der Kragen und ich gab ihm in einer dermaßen lautstarken Tonart Kontra, dass er regelrecht zusammenzuckte, da er eine solche widerspenstige Art scheinbar noch nie erlebt hatte. Gleichzeitig duckten sich die anderen Kollegen erschreckt hinter ihre Karteikästen, weil sie Ähnliches wohl auch noch nie erlebt hatten. Erläuternd muss ich hierzu bemerken, dass ich manchmal zu cholerischen Ausbrüchen neige, aber nur, wenn mich jemand dermaßen reizt, dass sich unkontrollierbare Wutgefühle meines ansonsten sanftmütigen Gemütes bemächtigen. Jedenfalls war der Gruppenleiter so von meiner Gegenwehr beeindruckt, dass ich fortan von seinen Umtrieben verschont und sogar von ihm respektiert wurde. Er übertrug mir sogar später in Abstimmung mit dem Abteilungsleiter die Funktion des stellvertretenden Gruppenleiters.

Mit Beginn meiner Tätigkeit im Reglerwerk und dem damit verbundenem regelmäßigen Einkommen, suchte ich mir auch eine neue Wohnstätte, denn das möblierte Zimmer im Erdgeschoss zum Hinterhof hinaus war doch ganz schön gewöhnungsbedürftig. Erläuternd muss ich hier vorab bemerken, dass der Bezug einer kleinen eigenen Wohnung auf Mietbasis für eine Einzelperson in der damaligen Zeit nicht möglich war, denn die Vergabe von Mietwohnungen unterlag der Kommunalen Wohnungsverwaltung des jeweilige Stadtbezirkes. Selbst, wenn man verheiratet war und sogar Kinder hatte, musste man jahrelang warten, bis man eine Wohnung zugeteilt bekam. Diese Praxis war in der DDR auf vielen Gebieten des Lebens gang und gäbe. Wenn man z.B. eine Schrankwand oder eine Polstergarnitur, die in der DDR gefertigt wurden, kaufen wollte, musste man im Allgemeinen mehrere Jahre nach der Bestellung warten. Es sei denn, man war in der Lage, mit Hilfe von zahlungskräftiger Westverwandtschaft, also Bürgern der Bundesrepublik Deutschland, über die sogenannte GE-NEX-Handelsorganisation diese Artikel mit Westgeld zu bezahlen. GENEX steht hier für eine Handelsorganisation, über die man gegen Fremdwährung Handelsgüter der DDR kurzfristig zu international gültigen Preisen erwerben konnte. Für die DDR war diese Methode eine der Hauptquellen, um an Devisen zu gelangen, die dann zum Erwerb von bestimmten Südfrüchten dienten, wie z.B. Apfelsinen oder Bananen, die es für die normale

Bevölkerung bis Ende der 70- er Jahre jedoch immer nur kurz vor Weihnachten zu kaufen gab. Die längste Wartezeit musste man übrigens beim Kauf eines Autos auf sich nehmen, aber beim Kauf über GENEX bekam man es sofort. Ich muss hier noch hinzufügen, dass man auf der Basis der GENEX-Praktiken natürlich nur Autos aus der DDR-Produktion oder aus dem sozialistischen Wirtschaftsgebiet, kurz SW, erwerben konnte.

An dieser Stelle möchte ich das Erlebnis meiner eigenen Autobestellung zwischenfügen, damit der Leser einen wirklichen Eindruck vom Ablauf dieses Kaufgeschäftes in der DDR erhält.

Noch während meiner Studienzeit lief ich mit meinem Freund nach einem Lokalbesuch auf der damaligen Ernst-Thälmann-Straße entlang, heute Wilsdruffer Straße, wo sich das einzige Autohaus befand, in dem man Autobestellungen aufgeben konnte. Dresden war damals eine mittlere Großstadt mit immerhin rund 500.000 Einwohnern. Eine andere Stelle für Autobestellungen gab es also in Dresden nicht. In unserer gehobenen Stimmung dachten wir uns, wenn wir schon einmal hier sind, könnten wir auch gleich ein Auto bestellen. Gesagt, getan, wir gingen hinein und schlossen eine Bestellung für einen „Wartburg" ab. Die Wartezeit bis zur Auslieferung eines „Wartburg" betrug damals ca. 14 Jahre. Auf einen „Trabant" z.B. hätte man 12 Jahre warten müssen. Eine Anzahlung brauchte man damals nicht machen. Als ich dann 1970 heiratete und 1979 finanziell in der Lage war, mir ein Auto zu kaufen, waren genau 14 Jahre nach der Bestellung vergangen. Von der Wartezeit aus betrachtet, hätte ich mir durchaus einen „Wartburg" kaufen können, aber die Anschaffungskosten in Höhe von 22.000 Mark überstiegen meine finanziellen Möglichkeiten. So entschieden wir uns, einen „Trabant 601 Kombi" zu kaufen, der ca. 12.000 Mark kostete. Dieser Trabant unterschied sich von dem normalen Trabant darin, dass er zweifarbig war und eine Heckklappe aus Metall besaß. Ansonsten bestand das Trabantgehäuse ausschließlich aus Plastik. Im gleichen Jahr, kurz vor der Auslieferung des Autos, legten meine Frau und ich gleichzeitig die Führerscheinprüfungen ab. Ich befand mich also schon im 35. Lebensjahr, als ich das erste Auto mein Eigen nennen durfte.

Weil ich einmal dabei bin, möchte ich kurz einige Erlebnisse zwischenfügen, die wir als Fahranfänger und autotechnische Laien hatten.

Kurz nachdem wir das Auto bekommen hatten, machten wir eine Probefahrt nach Stolpen, das lag ungefähr 30 km von Dresden entfernt. Nun wollten wir in Stolpen in einer Gaststätte etwas essen gehen, aber da fiel uns ein, dass im Scheinwerfer eine Glühbirne für das Abblendlicht ausgefallen war. Diese wollten wir schnell auswechseln, damit wir in Ruhe in die Gaststätte gehen und anschließend im Dunkeln nach Hause fahren konnten. Nun hatte ich den Scheinwerfer auseinandermontiert, die defekte

Glühbirne ersetzt, aber zusammengebaut bekam ich den Scheinwerfer nicht mehr. In meiner Not bat ich einen Bürger, der in der Nähe stand, um Hilfe. Er werkelte auch eine Weile an dem Scheinwerfer herum, hatte aber wahrscheinlich ebenso wenig Sachkenntnis wie wir und zog sich schließlich unverrichteter Dinge zurück. Wir waren fast so weit, mit dem letzten Bus nach Hause zu fahren und das Auto in dem desolaten Zustand dort stehen zu lassen, als sich ein Mann, der die Situation schon eine Weile beobachtet hatte, sich anbot, uns zu helfen. Er verstand wirklich etwas von der Sache und behob den Schaden innerhalb von zehn Minuten. Uns war jetzt nicht mehr nach Essen gehen zumute, sondern wir waren froh, so schnell wie möglich nach Hause fahren zu können.

Das zweite nicht gerade lustige Erlebnis hatten wir, als wir auf der Fahrt zu meinen Eltern nach einer Rast auf der Autobahn weiterfuhren. Ich erinnere mich noch, dass ich mich gewundert hatte, dass der Motor irgendwie kraftlos war und ich nicht richtig beschleunigen konnte. Kurz darauf überholte uns ein Auto und der Fahrer gab uns durch Handzeichen zu verstehen, dass wir anhalten sollten. Das taten wir auch und ich sah die Ursache für die angebliche Kraftlosigkeit des Motors. Ich hatte beim Anfahren nämlich die Handbremse nicht vollständig gelöst, so dass die Bremsscheibe sich daraufhin dermaßen erhitzte, dass sich die

Plasteradkappen verflüssigten und als zähe Masse vom Rad tropften.

Nach dieser kleinen Abschweifung nun zurück zu meinem vormals angekündigten Wohnungswechsel. In dieser Hinsicht war mir das Glück wieder einmal sehr hold, denn ich fand eine Vermieterin, die ein Leerzimmer zum Vermieten anbot, welches fast gegenüber meiner neuen Arbeitsstelle war. Die Wohnung der Vermieterin befand sich in einem fünfgeschossigen Mehrfamilienhaus in der ersten Etage und gehörte einer älteren Dame in ziemlich vorgerücktem Alter. Sie war sehr nett und wir hatten ein sehr gutes Verhältnis miteinander. Ich durfte ihre Küche mitbenutzen, verderbliche Lebensmittel im Kühlschrank aufbewahren und mir sogar im Badezimmer ein kleines Regalteil aufstellen. Aber, wie erwähnt, handelte es sich bei dem Zimmer um ein Leerzimmer und außer dem Regalteil im Bad waren ja noch andere Möbelstücke vonnöten, um darin wohnen zu können. Ich besaß zu diesem Zeitpunkt jedoch keinerlei Barreserven, da mein bisheriger Lebensstil nicht darauf ausgerichtet war, an die Notwendigkeit solcher Rücklagen zu denken. Ich war demzufolge gezwungen, bei der Bank einen kleinen Kredit aufzunehmen, den ich dann mit monatlichen Raten nach und nach abstotterte. Die letzte Rate übrigens wurde vom Konto der Ersparnisse meiner Frau, die ich 1970 heiratete, bezahlt. Sie hatte ein Jahr vor meiner Exmatrikulation ebenfalls ein Studium an der TU Dresden begonnen und war demzufolge auch nicht mit übermäßigem Reichtum gesegnet, aber im Gegensatz zu mir, hatte sie von den zur Verfügung stehenden Mitteln sogar noch etwas zurückgelegt. Sie hat übrigens ihr Studium an der TU Dresden mit dem Titel Diplomingenieur abgeschlossen. Der Leser wird sich wahrscheinlich spätestens jetzt fragen, wieso eine solche Frau sich mit einem solchen Hallodri, der ich vormals ja wirklich war, abgeben konnte. Aber so ist das nun einmal mit der Liebe, denn irgendwie hat sie doch mit mir die richtige Wahl getroffen, denn immerhin sind wir inzwischen 50 Jahre lang verheiratet und feiern dieses Jahr, also im Jahr 2020, unsere Goldene Hochzeit.

Jedenfalls kaufte ich mir von dem Kredit die notwendigsten Möbel, die man so zum Wohnen benötigt, und war damit sogar in der Lage, Freunde oder oftmals natürlich auch weibliche Bekanntschaften bei mir übernachten zu lassen.

Das erste halbe Jahr meines neuen Lebensabschnittes ging ohne große Zwischenfälle vorbei und ich hatte mich mit meinem neuen Leben identifiziert. Nach einem halben Jahr nahm ich zum ersten Mal einen 14- tägigen Sommerurlaub, den ich zusammen mit meinem Freund, mit dem ich seit Studienbeginn zusammen war, also derselbe, mit dem ich auch immer in Riesa war, verbringen wollte. Aber wir wollten nicht nur einfach Urlaub machen, sondern uns über die ungarisch-jugoslawische Grenze bis zur BRD-Botschaft in Belgrad durchschlagen, um auf diesem Weg in die Bundesrepublik Deutschland zu gelangen. Ich hatte schon immer vor, die DDR zu verlassen. Das erste Mal hatte ich es schon 1962 vor; ich wollte lediglich meine Berufsausbildung mit Abitur als „Dreher" beenden und danach über Westberlin die Republik verlassen. Bis 1961 war das ja noch problemlos möglich. Nun kam der 13. August 1961, die Grenze wurde dicht und meine Träume damit zunichte gemacht.

Der Leser wird sich jetzt wahrscheinlich fragen, warum wir gerade über die BRD-Botschaft in Jugoslawien den Weg in die Freiheit vollziehen wollten und nicht, was viel einfacher wäre, über eine BRD-Botschaft in anderen sozialistischen Ländern. Hierzu muss gesagt werden, dass man in die Botschaften in den Sozialistischen Ländern keinen Zutritt bekommen hätte, da dazu bestimmte Genehmigungen von den Staatssicherheitsbehörden der DDR notwendig waren, die man auf normalem Weg nie bekommen hätte. Jugoslawien dagegen war damals kein reines sozialistisches Land, hatte sich vom sozialistischen Lager abgekoppelt und fast 900.000 Jugoslawen arbeiteten in der BRD. Private Reisen in dieses Land waren damals fast nicht möglich. Die Botschaften von kapitalistischen Ländern waren demzufolge dort auch nicht so hermetisch abgeriegelt und man hatte dort hinein freien Zugang.

Jedenfalls reisten mein Freund und ich nach Ungarn an den Balaton nach Balatonfüred, wo ein anderer Freund von uns mit seiner Freundin zusammen einen Urlaub mit dem Zelt machte. Dieser Freund von uns, mit dem wir bis heute noch oft zusammen sind, wäre auch gerne mit an der Aktion beteiligt gewesen, aber seine Freundin wollte das nicht. Ich kann mich noch erinnern, dass bei ihm regelrecht die Tränen flossen, als wir uns schließlich auf den Weg machten. Wir hatten uns zu Hause vorher schon mit allerhand Kartenmaterial über die Gegend in Richtung jugoslawische Grenze vertraut gemacht, sind dabei jedoch in unserer Vorbereitung so stümperhaft vorgegangen, dass wir viele wichtige Punkte außer Acht gelassen hatten. Es fing schon damit an, dass es an der ungarisch-jugoslawischen Grenze außer dem normalen bewachten Grenzstreifen noch eine Sperrzone von 10 km Tiefe gab, die zwar bewohnt war, aber nur mit besonderer Genehmigung von anderen Personen betreten werden durfte. Demzufolge konnten wir dieses Gebiet unter Umgehung aller Ortschaften nur in der Nacht bei Dunkelheit durchqueren. Als wir dann im frühen Morgengrauen am Rand eines Maisfeldes die Grenze erblickten, stellten wir fest, dass sich dort keinerlei Strauch oder Baum befand, der uns zumindest bis zu dem eigentlichen schmalen Grenzstreifen ein wenig Schutz geboten hätte. An der Grenze selbst befanden sich im Abstand von ca. 500 m mehrere aus Holz gebaute Grenztürme, die mit Grenzsoldaten besetzt waren. Da es inzwischen schon hell geworden war, beschlossen wir, im Maisfeld bis auf den Eintritt der Dunkelheit zu warten, um dann den entscheidenden Schritt zu wagen. Als wir nun versteckt im Maisfeld lagen und auf den Beginn der Nacht warteten, hörten wir plötzlich im Maisfeld Stimmen. Als wir vorsichtig nachschauten, was da vor sich ging, sahen wir einige Bauern, die mit Sensen bewaffnet den Mais ernteten und sich genau auf unseren Standort zubewegten. Nun war bei uns Handlungsbedarf angesagt, denn weiter verstecken konnten wir uns ja nun nicht mehr. Wir erhoben uns also, rekelten uns und taten so, als ob wir im Maisfeld übernachtet hätten. Die Bauern sahen uns natürlich sehr erstaunt an, nahmen uns mit auf ihren Bauernhof und bewirteten uns mit Brot und Speck. Während wir es uns schmecken ließen, betraten plötzlich zwei Milizionäre den Raum, verfrachteten uns in ein Armeefahrzeug und brachten uns zu ihrem Stützpunkt. Dort erfuhren wir, dass wir uns in Tompa am bewachten Grenzübergang nach Jugoslawien befanden. Die Bauern waren sicherlich verpflichtet, jede fremde Person, die sich in dem Gebiet aufhielt, sofort der Miliz zu melden. Wir mussten uns hier einer gründlichen Leibesvisitation unterziehen, der Inhalt unserer Rucksäcke wurde untersucht und anschließend wurden wir getrennt verhört. Vorher hatten wir uns schon abgesprochen, dass wir, falls wir unterwegs von irgendwelchen Leuten nach unserem Ziel befragt werden sollten, angeben wollten, dass wir per Anhalter auf dem Weg nach Szeged wären. Nach dem

Verhör bekamen wir die unmissverständliche Anweisung, Ungarn auf dem kürzesten Weg zu verlassen. Wir wurden mit einem Armeefahrzeug unter Bewachung von zwei Soldaten bis zur nächsten Bahnstation transportiert und in den nächsten Zug nach Budapest gesetzt. Nun fuhren wir aber nicht, wie angewiesen, nach Hause, sondern begaben uns wieder per Anhalter nach Balatonfüred, um auf dem Zeltplatz unseren nunmehr wohlverdienten Urlaub fortzusetzen. Unser Freund und seine Freundin staunten nicht schlecht, als wir wieder dort aufkreuzten.

Nach dem Urlaub fuhren wir mit dem Zug nach Hause, überstanden unbehelligt die Passkontrolle an der Grenze und erwarteten nun eigentlich, dass die Staatssicherheit, in Kurzform Stasi, sich bei uns melden würde. Aber nichts dergleichen geschah. Erst ein Jahr später, ich hatte inzwischen ein Abendstudium an der Ingenieurschule für Maschinenbau Bautzen, Außenstelle Dresden, begonnen, wurde ich eines Tages von meinem Abteilungsleiter aufgefordert, in sein Arbeitszimmer zu kommen. Dort saßen zwei gutgekleidete Herren, die sich als Mitarbeiter der Staatssicherheit zu erkennen gaben. Ich wurde aufgefordert, den gesamten Ablauf unseres Urlaubes in Ungarn noch einmal zu schildern. Ich wies sie darauf hin, dass ich nach über einem Jahr nicht mehr in der Lage wäre, einhundertprozentig den genauen Ablauf zu schildern und dass ich mich wundere, dass sie das erst jetzt von mir verlangten.

Im Verlauf des Gespräches stellte ich fest, dass ich schon das gesamte vergangene Jahr unter Beobachtung stand, das heißt, sie wussten tatsächlich über all meine privaten und beruflichen Aktivitäten während dieser Zeit Bescheid. Anschließend nach diesem Gespräch wurde ich aufgefordert, einen schriftlichen Bericht über die Geschehnisse in Ungarn anzufertigen und ihn zu einem vereinbarten Zeitpunkt an einem bestimmten Ort in einem kleinen Park am damaligen Karl-Marx-Platz zu übergeben. Ich fand diese Vorgehensweise sehr verdächtig und setzte meine Freunde davon in Kenntnis. Wir vereinbarten, dass sie sich zum vereinbarten Zeitpunkt versteckt dort aufhalten sollten, um bei irgendwelchen verdächtigen Begebenheiten sofort eingreifen zu können. In diesem Zusammenhang soll erwähnt sein, dass dies wahrlich keine Überreaktion unsererseits darstellte, denn es war nicht das erste Mal, dass die Stasi ihr unbequeme Leute auf Nimmerwiedersehen verschwinden ließ. Bei den Freunden von mir handelte es sich im Übrigen um einen Freundeskreis, der bis in die heutigen Tage noch Bestand hat. Jedenfalls lief bei mir die Übergabe der Unterlagen ohne Zwischenfall ab und es passierte auch sonst in der folgenden Zeit nichts Gravierendes.

Wie ich schon erwähnte, hatte ich ein Jahr nach Beginn meiner Tätigkeit im Reglerwerk ein fünfjähriges Abendstudium an der Ingenieurschule für Maschinenbau Bautzen zum „Ingenieurökonom für

Datenverarbeitung" begonnen. Mit Beginn des zweiten Semesters hatte ich sogar meinen Freund dazu gebracht, sich nachträglich auch noch für dieses Studium zu bewerben, und dem wurde auch stattgegeben. Um es vorwegzunehmen kann ich sagen, dass wir dieses Studium auch erfolgreich abgeschlossen haben, obwohl es mit sehr großem zeitlichem Aufwand verbunden war. Wir hatten an vier Tagen in der Woche nach der Arbeit vier Stunden Unterricht und das fünf Jahre lang. Dazu kam noch ein gehöriges Pensum an mit dem Studium verbundenen Hausaufgaben. Was uns beide betraf, so muss man ehrlicherweise sagen, dass das Niveau natürlich keinesfalls mit dem an der TU Dresden zu vergleichen war, deswegen fiel uns dieses Studium auch relativ leicht. Alle anderen Mitschüler von uns trafen sich regelmäßig jeden Samstagvormittag, um das Stoffgebiet noch einmal durchzugehen. Wir beteiligten uns jedenfalls nie daran, weil wirklich keine Notwendigkeit dazu bestand, denn es war tatsächlich so, dass wir wahrscheinlich, bedingt durch die sechs Semester TU Dresden, schon einen gewaltigen Wissensvorsprung gegenüber den anderen hatten. Dieses Studium habe ich schließlich nach den fünf Jahren mit dem Prädikat „Gut" abgeschlossen und sogar auf die damit verbundene Abschlussarbeit, die die permanente Qualitätsanalyse in einem metallverarbeitenden Betrieb zum Inhalt hatte, die Note „1" erhalten. Meine Frau, die ich kurz vor Beginn des Abendstudiums kennenlernte, behauptet zwar heute noch, dass ich nur durch ihren positiven Einfluss zu derartigen Leistungen beflügelt wurde, was natürlich keinesfalls stimmt.

Die Zulassung zum Abendstudium war jedoch mit einem Ereignis verbunden, das mich damals emotional stark belastete und wobei mir heute noch unwohl ist, wenn ich davon berichte. In meinem Betrieb wurde nämlich die Delegierung zum Abendstudium mit der Forderung verbunden, dass ich in die sogenannte „Kampfgruppe der Arbeiterklasse" eintrete. Man begründete dies damit, dass ich ja mit dem abgebrochenen Studium an der TU Dresden dem Staat schon einmal hohe Kosten verursacht hätte und nun sozusagen mit dem Eintritt in die Kampfgruppe eine gewisse Wiedergutmachung vollziehen könnte. Normalerweise hätte ich dieses Ansinnen ablehnen müssen, da ich wusste, auf was ich mich damit einlasse, aber ich ließ mich um des Studiums willen erpressen. Damit der Leser erfährt, wofür die Kampfgruppe stand, möchte ich an dieser Stelle das Gelöbnis aufführen, das jedes Mitglied mit Eintritt ablegen musste.

„Ich bin bereit, als Kämpfer der Arbeiterklasse die Weisungen der Partei zu erfüllen, die DDR, ihre sozialistischen Errungenschaften jederzeit mit der Waffe in der Hand zu schützen und mein Leben für sie einzusetzen. Das gelobe ich."

Die Mitglieder der Kampfgruppe waren größtenteils Genossen der SED, also der „Sozialistischen Einheitspartei Deutschland", und die Führungspositionen wurden ebenfalls von Genossen der SED wahrgenommen. Im Prinzip hatte jeder größere Betrieb eine Kampfgruppenhundertschaft. Die Bewaffnung bestand zur damaligen Zeit aus den sowjetischen Sturmgewehren „Kalaschnikow", die im Polizeihauptquartier der Stadt zusammen mit der Bekleidung und anderen Ausrüstungsgegenständen eingelagert waren. Einmal im Monat fanden zu vorher bekannten Terminen Übungen statt, die den ganzen Tag lang dauerten. Hierbei mussten wir uns in den frühen Morgenstunden am Polizeihauptquartier in der Nähe des damaligen Pirnaischen Platzes einfinden, legten dort die Kampfgruppenuniform an und bekamen unsere Waffen. Dort bestiegen wir einen zum Personentransport umfunktionierten LKW „W 50", der eine mit Zeltbahn überdachte Ladefläche hatte, auf welcher sich längs zur Fahrtrichtung Holzbänke befanden, wo ungefähr 40 Personen Platz fanden. Dann fuhren wir in das jeweilige Einsatzgebiet in irgendwelchen ländlichen Gegenden, wo dann die Kriegsspiele durchgeführt wurden. Meisten wurde die Hundertschaft dabei immer in Freund und Feind unterteilt, wobei der Feind immer ein Aggressor aus dem kapitalistischen Ausland war. Natürlich wurde der Feind immer besiegt. Anschließend am späten Abend fuhren wir dreckverkrustet zurück, duschten uns und der Einsatztag war beendet. Was mich betrifft, so nahm ich mir öfters die Freiheit, nicht zu den festgelegten Einsatzterminen zu erscheinen. In diesen Fällen wurde ich immer vor die Parteileitung zitiert, obwohl ich gar kein SED-Mitglied war, und ich musste vor den Genossen Rede und Antwort für mein unsozialistisches Verhalten stehen. Da das, wie gesagt, bei mir öfters vorkam, führte dies einmal sogar zu einem Eintrag in die Kaderakte, was sich bei Wiederholung solcher Vorfälle sehr negativ auf die weitere berufliche Entwicklung auswirken konnte.

Manchmal kam es auch vor, dass die Kampfgruppeneinsätze völlig sporadisch angesetzt und durch einen Alarm ausgelöst wurden. In solchen Fällen wurde man oftmals mitten in der Nacht aus dem Bett geklingelt und man musste sich sofort anziehen und sich auf die Straße begeben, wo schon der W 50-Mannschaftswagen wartete. Aber es war nicht nur so, dass man in diesen Fällen lediglich den Klingelknopf des Betroffenen betätigte, sondern es wurden meistens alle Klingeln des Hauses gleichzeitig gedrückt, in der Hoffnung, dass irgendeiner schon den Türöffner betätigen würde. Wenn sich die Tür dann öffnen ließ, wurde unten „Alarm" gebrüllt und somit auch die nicht betroffenen Mitbewohner aus dem Schlaf gerissen. Man kann sich vorstellen, dass mir das jedes Mal mehr als peinlich war, noch dazu, wo mir die ideologische Überzeugung des ganzen Kampfgruppenbrimboriums total fehlte.

Ebenso peinlich war mir zu Mute, wenn ich anlässlich von politischen Feiertagen, wie z.B. am 1.Mai, dem internationalem Kampf- und Feiertag der Werktätigen, dem Tag der Befreiung am 8.Mai sowie am Tag der Republik am 7. Oktober, wo sich möglichst alle Angehörigen der Betriebe zu Groß-demonstrationen einfinden sollten, im Kampfgrup-penblock mitmarschieren musste. Da hatte ich immer Angst, dass mich einer meiner Freunde entdeckte, denn sie hatten keine Ahnung, dass ich Mit-glied dieses Vereins war.

Außer der Mitgliedschaft in der Kampfgruppe kann ich ansonsten auf eine erfolgreiche berufliche Entwicklung im VEB Reglerwerk Dresden zurück-blicken. Selbst im außerberuflichen Bereich hatte ich gewisse Erfolge zu verzeichnen, ich wurde so-gar in unserem Betrieb zum Vorsitzenden der Woh-nungskommission ernannt. Diese Funktion stand nicht unter Kontrolle der Parteileitung, sondern man wurde dafür von den Mitgliedern des Freien Deutschen Gewerkschaftsbundes, kurz genannt „FDGB" gewählt. In dieser Organisation waren fast alle Werktätigen von größeren Betrieben. Ich er-wähnte sie vormals bereits im Zusammenhang mit der Vergabe von preisgünstigen Urlaubsplätzen. Wie ich eingangs bereits anführte, konnte man sich in der DDR nicht einfach eine Mietwohnung suchen und diese, in Absprache mit dem Vermieter, sei es ein privater Vermieter oder eine Wohnungsgenos-senschaft, beziehen. Alle Mietwohnungen unter-standen der Kommunalen Wohnungsverwaltung des jeweiligen Stadtbezirkes und nur von dieser Stelle wurden die sogenannten Wohnungszuwei-sungen vergeben. Zu ihrer Entlastung vergab diese

Stelle gewisse Wohnungskontingente an die größeren Betriebe, die sie dann je nach Dringlichkeit ihren Mitarbeitern in Eigenverantwortung zuteilen konnten. Hinsichtlich der in der DDR herrschenden Wohnungsnot war das gewissermaßen eine sehr verantwortungsvolle Tätigkeit, denn sie erforderte sehr viel Einfühlungsvermögen und Objektivität. Oftmals funkte auch hier die Partei dazwischen, wenn sie bevorzugt ihre Genossen außer der Reihe mit Wohnraum versorgen wollte, aber in diesen Fällen behielten wir meistens die Oberhand.

Die berufliche Tätigkeit in der Abteilung Materialwirtschat des Betriebes war, nebenbei gesagt, für mich der Ausgangspunkt für viele Erlebnisse, auf die ich noch heute gerne zurückblicke. Auslöser dafür war ein Kollege, der mit einer Polin verheiratet war und eine Tochter hatte, die kurz vor der Abiturprüfung stand. Diese Tochter wollte ein Studium auf dem Gebiet der Rechtswissenschaften beginnen, stand aber im Fach Mathematik auf der Note „Ungenügend". Da der Kollege von mir wusste, dass ich das Abitur hatte und auch sechs Semester an der TU Dresden war, fragte er mich, ob ich gegen ein geringes Entgelt bereit wäre, seiner Tochter einige Nachhilfestunden zu geben, damit sie das Abitur besteht. Ich kreuzte also bei ihm zu Hause auf und vertiefte die zum Abitur notwendigen Grundkenntnisse seiner Tochter mehrere Wochen lang an mehreren Abenden pro Woche. Irgendwie mussten meine abendlichen Nachhilfestunden doch gefruchtet haben, denn sie erzielte in der Abschlussprüfung die Note „Befriedigend", was in der damaligen Zeit ausreichend für die Aufnahme des Studiums der Rechtswissenschaften war.

Das Wichtigste an der Angelegenheit war jedoch, dass ich durch die Frau meines Kollegen an Geschäfte herangeführt wurde, die ich wahrscheinlich sonst nie in Erwägung gezogen hätte. Wie ich schon erwähnte, war sie Polin und unterrichtete an der Grundschule die Fächer Russisch und Deutsch. Sie war eine sehr resolute Persönlichkeit und passte vom Erscheinungsbild her eigentlich gar nicht zu meinem Kollegen, denn er gab, meiner Meinung nach, eine ziemlich lasche Erscheinung ab. Ich zumindest muss auf sie einen sehr positiven Eindruck gemacht haben, denn sie führte mich in das Gebiet des sogenannten grenzübergreifenden Schwarzhandels ein, oder anders ausgedrückt, sie schuf für mich die Voraussetzung, mit Schmuggelgeschäften meine finanzielle Situation zu verbessern. Dazu klärte sie mich erst einmal über bestimmte Engpässe in Polen auf und kaufte die betreffenden Artikel sogleich mit mir zusammen ein. Für die erste Polenreise ging sie z.B. mit mir in ein Miederwarengeschäft am Wasaplatz in Dresden und ließ sich Büstenhalter von der kleinsten bis zur größten verfügbaren Größe zeigen. Ich stand neben ihr und man kann sich vorstellen, wie mir dabei zumute war. Als dann so ca. 10 Büstenhalter auf der Ladentheke lagen, wurde die Verkäuferin langsam ungeduldig und fragte, welchen wir denn nun kaufen wollten. Als meine Begleitung dann ganz trocken sagte, dass wir alle wollten, schaute sie uns zuerst entgeistert an und packte sie uns schließlich ein. Im gleichen Geschäft erwarben wir dann noch 100 Haarnetze, die von älteren Frauen zum Schutz nach einer Haarwäsche getragen wurden. Ein Haarnetz kostete 0,10 Mark und man konnte dafür in Polen das Fünffache verlangen, d. h. also bei einem damaligen Umrechnungskurs von Mark zu Zloty im Verhältnis 1:5 waren das 2,5 Zloty. Dieses Gewinnverhältnis konnte man im Prinzip fast bei allen Artikeln, die wir in Polen verkauften, ansetzen. Man sieht schon jetzt, dass diese Polengeschäfte sehr lukrativ waren. Nach dem Besuch des Miederwarengeschäftes suchte sie mit mir einen orthopädischen Schuhmacher auf, bei dem wir einen großen Sack Lederreste kauften. Nun hatten wir für die erste Reise alles beisammen. Speziell für den Absatz der Lederreste nannte sie mir noch eine Adresse eines Schuhmachers aus Legnica, ehemals Liegnitz. In diesem Zusammenhang sei erwähnt, dass meine Familie mütterlicherseits aus diesem Gebiet stammt, denn vor dem Krieg gehörte es zu Schlesien, aber sie mussten nach dem verlorenen Krieg flüchten.

Nun fehlte uns für die erste Tour nur noch ein Visum, das man bei der Polizei beantragen musste und wofür man jedoch eine Einladung von einem polnischen Staatsbürger benötigte. Diese beschaffte mir die Frau meines Arbeitskollegen über ihre Bekannten in Polen, mit denen sie noch in Kontakt stand.

Die erste Reise machte ich zusammen mit meinem Freund, der auch mit mir an der TU Dresden war und den damals das gleiche Schicksal wie mich ereilte.

In diesem Zusammenhang möchte ich noch erwähnen, dass wir seit Beginn des Studiums an der TU Dresden eine Gruppe von sechs Studenten waren, die bis heute größtenteils noch freundschaftlich miteinander verbunden sind. Wir trafen uns an und für sich in letzter Zeit mindestens jährlich einmal an vorher vereinbarten Orten, wie z.B. Wernigerode und Drei Annen Hohe im Harz und natürlich auch in Dresden selbst, um in feucht fröhlicher Runde die Erinnerungen an die alten Zeiten wieder aufleben zu lassen. Das letzte Treffen liegt zwar inzwischen einige Jahre zurück, da viele infolge des fortgeschrittenen Alters nicht mehr ganz so agil sind, wir gehen ja nun alle schon langsam auf das achtzigste Lebensjahr zu. Aber vielleicht passiert doch noch ein kleines Wunder und wir schaffen es, noch einmal alle gemeinsam ein paar Tage zu verbringen.

Nun aber zurück zur ersten Polenreise. Zunächst mussten wir erst einmal unsere „wertvolle" Ware dahingehend präparieren, dass sie bei der Zollkontrolle nicht als Handelsware eingestuft wurde, d. h., als Ware, mit der man einen Handel betrieb, um Gewinn zu erzielen, denn das war für Privatreisende verboten. Bei den Miederwaren und den Haarnetzen war genau dies der Fall, denn wir konnten ja schlecht bei der Zollbefragung angeben, dass diese Artikel für unseren Eigenbedarf mitgeführt wurden. Bei dem Sack mit den Lederresten machten wir uns aus, bei einer Befragung zu antworten, dass diese Reste von einem Freund von uns zu Hobbyzwecken verwendet würden. In diesen Sack nun versteckten wir die Miederwaren und Haarnetze, indem wir sie gebündelt in der Mitte des Sackes versenkten.

Jetzt war endlich alles für unsere erste Polenreise bereitet, wir kauften am Neustädter Bahnhof die Fahrkarten nach Legnica und bestiegen Anfang November in den frühen Morgenstunden den Zug. Unseren wertvollen Sack und unsere Reisetaschen bugsierten wir ins Gepäcknetz und harrten nun der Ereignisse, die uns beim Passieren der Grenze durch die Zollorgane erwarteten. Ganz entgegen unserer Erwartungen wollte man nichts über den Inhalt des ominösen Sackes wissen, sondern es wurden lediglich unsere Papiere kontrolliert und damit war alles erledigt. In Legnica angekommen, suchten wir als Erstes die Adresse des uns genannten Schuhmachers auf und verkauften ihm den Sack mit den Lederresten, natürlich hatten wir vorher die Miederwaren und Haarnetze entnommen. Er war so erfreut darüber, dass er gleich eine Flasche Wodka auf den Tisch stellte und mit uns das für ihn erfreuliche Ereignis begießen wollte. Aber nicht, dass er nur die bei uns üblichen kleinen Schnaps-gläschen damit füllte, sondern, wie es in Polen und Russland üblich war, wurden 100 Gramm fassende Gläser gefüllt. Nachdem er uns immer wieder nach-schenken wollte, selbst seine Frau war dem Schnapsgenuss nicht abgeneigt, hatten wir regel-rechte Schwierigkeiten, seine Gastfreundschaft zu beenden, denn wir mussten ja unsere anderen Arti-kel noch an den Mann bringen.

Wie uns die Frau meines Arbeitskollegen emp-fohlen hatte, begaben wir uns zum Marktplatz von Legnica, packten dort unsere Waren aus und boten sie unter Verwendung unseres zu dieser Zeit noch geringfügigen polnischen Wortschatzes zum Ver-kauf an. Es formierte sich sofort eine große Menge von Menschen um uns, die uns unsere angebotenen Miederwaren und Haarnetze förmlich aus der Hand rissen.

Zu der wirtschaftlichen Situation der polnischen Bevölkerung in der damaligen Zeit muss erläuternd gesagt werden, dass es ihr fast an allem fehlte, was man für ein halbwegs normales Leben brauchte. Ich habe dort z.B. mit dem Fotoapparat Aufnahmen von Lebensmittel- und Metzgerläden gemacht, in denen die Regale und Wände total leer waren, das heißt, es gab fast keine Grundnahrungsmittel zu kaufen. Nur wer die entsprechenden finanziellen Mittel hatte, konnte sich auf dem Schwarzmarkt da-mit versorgen, aber das waren die wenigsten. Man kann die damalige Situation mit jener vergleichen, wie sie kurz nach dem Krieg in der DDR herrschte. Auf unseren folgenden Reisen nach Polen haben wir immer unseren Freunden dort bestimmte Erzeugnisse mitgebracht, wie z.B. Zucker, Butter, Kaffee und andere Engpassartikel, die sie uns vorher benannten.

Jedenfalls war noch nicht einmal eine Stunde vergangen und alles war verkauft. Wenn ich mich richtig erinnere, hatten wir damit zusammen mit dem Geld vom Schuhmacher ca. 8.000 Zloty zu unserer Verfügung. Da unser Einsatz gut 300 Mark ausmachte, war dies wie geplant gut das fünffache unseres dafür eingesetzten Geldes. Ein kleines Taschengeld verdienten wir uns außerdem noch hinzu, indem wir am nächsten Tag in der Poliklinik in Legnica Blut spenden gingen. Diesen Tipp bekamen wir übrigens auch von der Frau meines Kollegen. Erläuternd will ich hierzu erwähnen, dass ich einen Blutspenderausweis der DDR besaß und schon mehr als 20 Mal gespendet hatte. Mein Freund hingegen hatte noch nie Blut gespendet, wollte aber nicht auf das kleine Zubrot verzichten. Es war in Polen so, dass man für die Blutspende mehr als das Doppelte bezahlt bekam, als in der DDR. Bei uns gab es damals ca. 40 Mark und sonst nichts weiter. In Polen gab es umgerechnet fast 90 Mark und man bekam anschließend noch einen doppelten Wodka und ein Schnitzel mit Bratkartoffeln. Außerdem war die Blutspendestation wesentlich moderner als ich es von Dresden her kannte.

Während man sich in Dresden auf eine Liege legte und nach Einführen der Kanüle in die Ader durch Öffnen und Schließen der Hand solange Pumpbewegungen machen musste, bis ca. 400 ml die Flasche gefüllt hatten, ging in Polen der Prozess fast automatisch vonstatten. Hier gab es ein großes, gläsernes Rondell, auf dessen Außenseite ringsherum sechs Liegen standen, auf die man sich legen musste. Durch eine hermetisch gesicherte Öffnung steckte man den Arm hindurch und vom Personal im Inneren des Rondells wurde die Kanüle angelegt. Nun musste man aber nicht mit der Hand pumpen, wie bei uns, sondern das Blut wurde automatisch abgepumpt. Als ich dort das erste Mal lag, hoffte ich inbrünstig, dass die Schwestern im Innenraum auch rechtzeitig den Abpumpvorgang beendeten und wir nicht total leergepumpt wurden. Aber, wie man sieht, hat alles geklappt, sonst könnte ich heute dieses Buch nicht schreiben. Meinem Freund, der ja noch nie Blut gespendet hatte, ging es übrigens nach dem Spendevorgang nicht so gut, denn als er aufstand, wurde ihm schwindelig und er fiel der Länge nach um. Nun muss man wissen, dass er über 1,90 m Körperlänge besaß und die kleine Schwester, die ihn halten wollte, dazu nicht in der Lage war. Er fiel mit der Mundpartie direkt auf ein Waschbecken und schlug sich die Lippen auf, so dass er danach ein wenig deformiert aussah. Er hatte dabei noch riesiges Glück, denn er hätte auch einige Schneidezähne einbüßen können. Aber er war hart im Nehmen, denn in Breslau gingen wir zwei Wochen später noch einmal Blut spenden und er überstand es diesmal, ohne Schaden zu nehmen.

Nachdem sich in Legnica der Ankunftstag in den späten Nachtstunden dem Ende zuneigte, den Abend hatten wir in einem barähnlichen Nachtlokal verbracht, mussten wir uns schließlich eine Bleibe für die Nacht suchen. Eine Pension oder Hotel kam für uns nicht infrage, weil es erstens schon viel zu spät war und zweitens eine Zweckentfremdung unserer unter schwersten Bedingungen erlangten finanziellen Mittel darstellte. Wir suchten uns daher am Rand der Stadt ein Bauerngehöft und übernachteten in einer Scheune. Als wir am nächsten Morgen erwachten, machten wir die Bekanntschaft mit einem schon sehr alten aber total gutmütigen Bauern, der ganz allein auf dem Gehöft lebte und uns regelrecht freundschaftlich zugetan war. Er hieß Gomulka und konnte weder lesen noch schreiben, so dass die Verständigung mit ihm sehr mühselig war. Die nächsten zwei bis drei Tage, die wir noch in Legnica waren, durften wir dann schon in seiner sehr bedürftigen Hütte übernachten, was für uns sehr vorteilhaft war, denn die Nächte waren schon ganz schön bitterkalt.

Anschließend machten wir uns dann per Anhalter auf den Weg nach Breslau. Dort begaben wir uns in das Universitätsgelände, denn wir hofften, durch Bekanntschaften mit Studenten irgendeine Unterkunft zu bekommen. Die Breslauer Universität war zur damaligen Zeit die viertgrößte Universität von

Polen und es studierten ca. 40.000 Direktstudenten zu dieser Zeit dort. Uns war hier das Glück auch wieder hold, denn wir lernten durch Zufall einen jungen Mann kennen, der etwa in unserem Alter war und ein Studium auf dem Gebiet der Veterinärmedizin begonnen hatte. Er sprach fließend Deutsch, denn wie sich später herausstellte, war seine Mutter eine gebürtige Deutsche, die nach dem Krieg einen Polen geheiratet hatte und dort ansässig wurde. Seine Eltern betrieben in einem kleinen Dorf unweit von Breslau eine Bauernwirtschaft. Er selbst war so geartet wie wir, denn er hatte schon lange Zeit vor uns Schwarzgeschäfte getätigt, aber nicht in der DDR, sondern im anderen Teil Deutschlands, wohin er als polnischer Staatsbürger im Gegensatz zu uns mehrmals im Jahr fahren durfte. Bei ihm fanden wir die restlichen Tage unseres Polenaufenthaltes Unterkunft. Ich kann mich noch genau an den ersten Tag nach unserer Ankunft erinnern, weil wir dort sprichwörtlich den Schweinen, sie hatten davon vier Stück im Stall stehen, die Kartoffeln weggegessen haben. Die Kartoffeln stammten von ihrem eigenen Acker, der aber noch mit richtigem Mist gedüngt wurde, so dass sie einen wesentlich besseren Geschmack hatten als die LPG-Kartoffeln in der DDR, die nur mit Kunstdünger gedüngt wurden. Auf einem großen Herd, der mit Steinkohle beheizt wurde, also nicht mit Braunkohle oder Braunkohlenbriketts, wie damals in der DDR, stand jeden Tag ein riesiger Kochtopf mit Kartoffeln, die zum größten Teil als Futter für die

Schweine verwendet wurden und aus dem wir uns immer bedienten. Was die Steinkohle betraf, so war es, glaube ich, das erste Mal, dass ich Bekanntschaft mit diesem Brennstoff machte.

Durch diesen Studenten wiederum wurden wir mit einer sehr wohlhabenden jüdischen Familie bekannt gemacht, deren Tochter ebenfalls an der Universität studierte und die mit ihm befreundet war. Diese Familie betrieb ein kleines Unternehmen, das Verkehrsschilder jeglicher Art herstellte. Sie bewohnten ein großes, fast herrschaftliches Anwesen und beschäftigten mehrere Bedienstete, die sich um alles kümmerten. Die Frau selbst war eine resolute Persönlichkeit, bei der wir von Beginn an sozusagen ein Stein im Brett hatten und die ebenfalls verbotenen Handelsgeschäften nicht abgeneigt war. Jedes Mal, wenn wir danach in Breslau waren, übernachteten wir dort und es war uns manchmal richtig peinlich, von den Bediensteten regelrecht verwöhnt zu werden. Über diese Frau bekamen wir Zugang zu Personenkreisen, die die Basis für weitere, sehr erträgliche Geschäfte für uns bildeten, die weit über unsere anfänglichen Unternehmungen hinausgingen. Umsonst war das jedoch auch nicht, denn ab diesem Zeitpunkt traf sie öfters nach kurzer vorheriger Ankündigung mit ihrer Freundin in Dresden ein, um ausgedehnte Einkaufstouren zu absolvieren. Da ich ja nun fast direkt am Bahnhof Neustadt wohnte, hatte ich immer das Vergnügen, sie bei ihren Streifzügen durch die Stadt zu begleiten.

Welche seelische Belastung damit verbunden ist, kann sich jeder vorstellen, der mit seiner Frau schon einmal einen ausgedehnten Einkaufsbummel durch die Stadt gemacht hat. Erschwerend kommt hier noch hinzu, dass ich es hier nicht nur mit einer, sondern mit zwei einkaufswütigen Frauen zu tun hatte. Mein Freund war in dieser Hinsicht fein raus, denn er wohnte auf dem Weißen Hirsch und war für die umfangreichen Einkaufstouren zu weit vom Zentrum entfernt. Aber, wie schon vorher angedeutet, wurden wir dafür auch mit Geschäftsbeziehungen belohnt, die sehr lukrativ waren, aber die andererseits auch eine sehr hohe Einsatzbereitschaft von uns erforderten.

In einem Fall wurden wir mit einer großen Schneiderei bekannt gemacht, wo ausschließlich hochwertige Hochzeitsbekleidung hergestellt wurde. Man kann sich vorstellen, dass in Polen, wo ca. 90 % der Bürger dem katholischen Glauben angehören und diesen auch mit Hingabe ausüben, speziell dem Brautkleid eine größere Bedeutung zukam, als es bei uns der Fall ist. Nun fehlte es in dieser Schneiderei an dem dafür notwendigen Material aus Plauener- und sonstigen Spitzenstoffen, um den Wünschen ihrer zahlreichen Kundschaft gerecht werden zu können. Da in der DDR damals die Textilindustrie noch sehr stark vertreten war, trat der Schneidermeister mit der Bitte an uns heran, ihm, natürlich gegen gute Bezahlung, bei der Beschaffung von preiswerter Spitzenware behilflich zu sein. Als wir wieder zurück in der DDR waren, begannen wir sofort mit umfangreichen Nachforschungen und uns war wieder einmal das Glück sehr hold, denn wir machten ein Geschäft ausfindig, wo wir diese Plauener Spitzenstoffe als stark preisreduzierte Meterware kaufen konnten. Es handelte sich hierbei um Plauener Spitze, die eine Breite von 3,20 m hatte, aber in Längsrichtung des Ballens in der Mitte teilweise fehlerhafte Stellen aufwies. Nach kurzer Rücksprache mit dem Schneider über unseren polnischen Bekannten, bekamen wir das O.K. und kauften den gesamten vorhandenen Restballen in dem Geschäft. Ich kann heute nicht mehr sagen, wieviel Meter wir erwarben, ich weiß nur so viel, dass wir mindesten zwei bis drei Touren nach Polen brauchten, um alles unversehrt über die Grenze bringen zu können. Wie man sich vorstellen kann, konnte man den Stoff nicht einfach als transportablen Ballen durch den Zoll schmuggeln, denn es gab im Abteil nirgendwo ein Versteck, das von den Zollbeamten nicht untersucht worden wäre. Außerdem mussten wir mit in Betracht ziehen, dass eventuell noch andere Passagiere mit in unserem Abteil sitzen könnten, denen das alles nicht verborgen geblieben wäre. Wir hatten deshalb den für uns heute noch grandiosen Einfall, uns selbst mit dem Stoff zu präparieren. Für diesen Zweck falteten wir die Spitze zu einer Breite von etwa einem halben Meter zusammen, umwickelten damit unseren Oberkörper oberhalb des Bauchnabels mit einigen Metern des Stoffes und banden alles mit mehreren

Metern fester Kordelschnur am Körper fest. Jetzt zogen wir einen dicken und langen Pullover darüber, der alles verdeckte. Weil wir nun im Falle einer Zollkontrolle nicht mehr die Arme heben konnten, um unsere Reisetaschen für eventuelle Kontrollen aus dem Gepäcknetz zu holen, da man sonst durch den sich hochschiebenden Pullover die Spitze entdeckt hätte, stellten wir die Taschen gleich neben uns auf den Sitz. Es klappte alles so, wie wir es uns vorgestellt hatten, und wir kamen glücklich und zufrieden in Breslau an. Dort suchten wir sogleich den Schneidermeister auf und verließen ihn mit einem Betrag in Höhe von 15.000 Zloty, den er uns in einer Stückelung von dreißig Scheinen zu je 500 Zloty übergab. Nun hatten wir erstens noch nie solch eine so große polnische Banknote in den Händen gehabt und zweitens war immer noch in unserem Hinterkopf verankert, dass man in Polen sehr leicht Betrügern aufsitzen konnte. Deshalb suchten wir als Erstes eine Gastwirtschaft auf, um unseren Erfolg gebührlich zu begießen und bei der Gelegenheit die Echtheit des Geldes zu testen. Aber unser Misstrauen erwies sich als unbegründet, wir sind also mit keinen sogenannten Blüten abgespeist worden.

Damit wir das Geld auch sinnvoll verwendeten und wir andeuteten, dass wir uns unter anderem einen guten Anzug kaufen wollten, bot sich die Frau des jüdischen Geschäftsmannes an, uns bei der Auswahl behilflich zu sein. Auch unter dem

Gesichtspunkt, dass man uns bei unseren Einkäufen, auf Grund dessen, dass wir ja kaum die polnische Sprache beherrschten, sicherlich übers Ohr gehauen hätte, nahmen wir das Angebot dankend an. Sie führte uns in Breslau in eines der besten Modehäuser und wir kleideten uns ein, wie wir es zuvor in unserem gesamten Leben noch nie getan hatten. Wir beide kauften uns einen sehr schicken dreiteiligen Anzug und dazu einen schwarzen Ledermantel. In meiner Größe gab es leider den Ledermantel nicht, so kaufte ich ihn kurzerhand eine Nummer grösser, denn irgendwie musste das Geld ja verbraucht werden. Es war zwar schade für mich, denn der Mantel war wirklich sehr schön, aber ich habe ihn in der DDR später verkauft, weil ich wirklich zu kurz für ihn geraten war. Da nach diesen Einkäufen immer noch viel Geld übrig war, kauften wir uns noch jeder einen wunderbaren Anorak, der mit einem schönen Kunstpelz versehen war. Ich weiß zwar nicht mehr, was diese Anoraks damals in Polen gekostet haben, aber wir wussten zumindest soweit Bescheid, dass sie in einem normalen Geschäft in der DDR in dieser Preisklasse nicht erhältlich waren. Ausgestattet mit unseren Neuanschaffungen fuhren wir jetzt am nächsten Tag mit dem Zug zurück nach Dresden. Den Anzug und den Mantel zogen wir auf der Rückreise gleich an und die Anoraks verstauten wir in unseren Reisetaschen. Mit dem Ledermantel bekleidet sahen wir, nebenbei bemerkt, aus, als wären wir von der Staatssicherheit. So piekfein gekleidet, die Mäntel hingen rechts und links hinter uns am Garderobenhaken und unsere Reisetaschen befanden sich auf der Gepäckablage, erwarteten wir mit einem flauen Gefühl in der Bauchgegend an der Grenze die Zollkontrolle. Natürlich hatten wir uns vorher schon abgesprochen, dass wir bei einer Befragung bezüglich unserer Garderobe angeben wollten, dass wir schon in dieser Aufmachung eingereist wären und in Polen lediglich einen Anorak gekauft hätten. An der Grenze gab es zwar kritische Blicke seitens der Zollbeamten, aber wir kamen unbeschadet wieder in Dresden an. Die Anoraks, die wir von vorn herein unter dem Gesichtspunkt erworben hatten, um sie bei uns weiter zu veräußern, verkauften wir an zwei Bekannte von uns. Bei unseren nächsten zwei bis drei Reisen nach Polen, die in etwa im Abstand von drei bis vier Monaten stattfanden, brachten wir immer zwei von diesen Anoraks mit, da eine sehr hohe Nachfrage danach bestand. Einmal jedoch wurden wir übermütig und kauften gleich sechs von diesen Anoraks, weil wir dachten, dass wir sie schon irgendwie durch den Zoll bekommen würden. Zum gleichen Zeitpunkt kauften wir auch vier goldene Eheringe aus 585-er Gold, die Bekannte von uns bestellt hatten und die in Polen relativ preisgünstig zu erwerben waren. In der DDR konnte man sich damals lediglich Ringe aus 333-er Gold anfertigen lassen, es sei denn, man konnte die benötigte Menge an 585-er Gold beisteuern. Ich muss gestehen, dass ich selbst, als ich 1970 heiratete, nur Eheringe aus 333-er Gold hatte, aber ich hatte ja nie einen

Gedanken daran verloren, dass ich selbst einmal solche Ringe benötigen würde. Also, wie gesagt, kauften wir die vier Ringe und versteckten sie in einer Streichholzschachtel unter den Streichhölzern, die mein Freund an sich nahm. Bei der Heimreise mit dem Zug zogen wir jeder einen Anorak an, zwei verstauten wir in unseren Reisetaschen und die restlichen zwei deponierten wir unter den Sitzen von zwei unbesetzten Abteilen, rechts und links von unserem Abteil. An der Grenze ging zuerst die Zollkontrolle ohne Beanstandungen vonstatten, bis einer der Zöllner den für uns nicht gerade grandiosen Einfall hatte, doch mal die unbesetzten Nachbarabteile zu untersuchen. Wie man sich denken kann, wurden sie natürlich fündig und obwohl wir zuerst abstritten, dass diese Anoraks uns gehörten, mussten wir den Zug verlassen und uns im Zollgebäude einer tiefgründigen Gepäck- und Leibesvisitation unterziehen. Mein Freund war noch so geistesgegenwärtig, dass er die Streichholzschachtel mit den Ringen beim Eintreten in das Zollgebäude auf einen Fenstersims neben der Eingangstür legte. Als wir nach Erledigung der Protokollformalitäten ca. drei Stunden später das Gebäude verlassen durften, natürlich ohne unsere Anoraks, lag diese Schachtel noch unversehrt auf dem Fenstersims und wir konnten sie unbemerkt einstecken. Mit dem Erlös aus dem Verkauf der Ringe erhielten wir damit zumindest unser eingesetztes Geld zurück, aber es war das erste Mal, dass wir keinen direkten Gewinn aus der Reise schlugen.

Auf Grund dieses Vorfalles war zumindest für mich klar, dass die Zollbehörde in Dresden davon Kenntnis erhalten und entsprechende Maßnahmen einleiten würde. In meinem Fall traf das auch voll und ganz zu, denn ich musste ein Zollverfahren über mich ergehen lassen, das erstaunlicherweise in meinem Betrieb im Beisein meines Abteilungsleiters durchgeführt wurde. Das Ergebnis des Verfahrens bestand darin, dass ich für die Dauer von einem Jahr, in diesem Fall bis Mitte Mai 1970, ein Verbot für jegliche Reisen nach Polen ausgesprochen bekam. Lustig für mich war in dem Zusammenhang die Frage meines Abteilungsleiters am nächsten Tag, wie man denn zu solch einem Anorak kommen könnte, denn er hatte ihn ja in Augenschein nehmen können, da der Zollbeamte einen davon als Beweismaterial zur Verhandlung mitbrachte.

Vor dem Zwischenfall mit den Anoraks hatten wir in den Jahren 1968/1969 aber noch einige sogenannte Geschäftsreisen nach Polen getätigt, die immer ohne nennenswerte Zwischenfälle verliefen und die ich der Vollständigkeit halber noch kurz aufführen möchte.

Da wir in der Regel so ca. aller Vierteljahre eine solche Reise unternahmen, kann man sich vorstellen, dass sowohl die deutschen, als auch die polnischen Zöllner uns, übertrieben gesagt, schon fast mit dem Vornamen kannten. Wir mussten uns also jedes Mal etwas einfallen lassen, um sie auszutricksen, was uns immer wieder ein diebisches

Vergnügen bereitete. Zwei dieser Reisen möchte ich kurz schildern, da sie für mich irgendwie etwas Besonderes darstellten.

Wie vormals schon aufgeführt, betrieb die Familie unseres polnischen Freundes eine Bauernwirtschaft und neben der Haltung von allerlei Nutztieren bewirtschafteten sie auch ein mehrere Hektar großes Stück Ackerland. Der größte Teil des Feldes wurde für den Kartoffelanbau genutzt und ein kleinerer Teil war dem Anbau von Erbsen vorbehalten. Da die Erbsenpflanzen immer sehr stark unter einem bestimmten Schädlingsbefall zu leiden hatten, wurden wir gebeten, ein bestimmtes Schädlingsbekämpfungsmittel zu besorgen, an das sie in Polen nicht herankamen, da es nur über den Großhandel der DDR beziehbar war. Einem Freund von mir, nämlich derjenige, der bei meinem Verfahren in Riesa den Einfall hatte, den mit uns befreundeten Afrikaner als Zeugen zu beantragen, gelang es nach umfangreichen Recherchen, uns einen Sack mit 25 kg dieses Mittels zu beschaffen. Er war also bei dieser Reise mein neuer Partner. Das Mittel war in sehr hochkonzentrierter fast pulverförmiger Form in dem Sack und war nebenbei noch sehr stark ätzend. Das heißt, man durfte dort nicht mit bloßen Händen hineinlangen, da ansonsten die Haut sehr stark in Mitleidenschaft gezogen würde. In der praktischen Anwendung wurde es stark mit Wasser verdünnt und mit einem Sprühgerät über dem Feld ausgebracht. Um es über die Grenze zu bekommen, packten wir diesen Sack wieder in unseren bewährten Sack mit den Lederresten, wo sich nun aber nur im oberen Teil die Reste befanden, da die untere Hälfte von dem Sack mit dem Pulver eingenommen wurde. Hätte uns der Zoll in diesem Fall einer näheren Kontrolle unterzogen und, was noch schlimmer wäre, den Sack mit dem Pulver entdeckt und die Hände dort reingesteckt, wären wir wahrscheinlich nicht nur mit einer Verwarnung davongekommen. Aber glücklicherweise ist alles glatt abgelaufen und wir hatten wieder einmal dem Zoll ein Schnippchen geschlagen.

Die zweite Reise, von der ich noch kurz berichten möchte, war nicht gefährlich, dafür aber sehr lustig. Wir sollten nämlich für einen Schneidermeister, der Jagdbekleidung herstellte, sogenannte Wappenknöpfe besorgen. Das waren also Metallknöpfe, auf denen irgendwelche Wappen eingestanzt waren, und davon benötigte er so ca. 1.000 Stück. Diese Tour unternahm ich ebenfalls mit letztgenanntem Freund. Das war übrigens die letzte geschäftliche Polenreise von mir, denn ich war inzwischen schon verheiratet und meine Frau erwartete unser erstes Kind. Mein Freund besorgte jedenfalls die benötigten Knöpfe und wir fädelten sie bei mir zu Hause zu je 500 Stück auf eine stabile Kordelschnur auf. Diese Schnur mit den Knöpfen banden wir uns dann oberhalb des Bauchnabels ganz fest um den Körper. Darüber zogen wir nun jeder einen langen Rollkragenpullover an, der alles verdeckte. So präpariert setzten wir uns in den Zug und stellten unsere Reisetaschen gleich auf den Sitz neben uns, damit wir bei einer eventuellen Kontrolle nicht die Arme anheben mussten und die Knöpfe sichtbar würden. Auch diesmal konnten wir unbehelligt die Grenze überqueren. Gott sei Dank verlangten sie nicht von uns, dass wir mal hüpfen sollen, denn dann hätten wir geklungen wie ein Schellenbaum.

Abschließend hinsichtlich unserer Polentrips möchte ich aber noch darauf hinweisen, dass wir nicht ausschließlich nur, um Schmuggelgeschäfte zu machen, in Polen waren, sondern wir durchstreiften per Anhalter viele interessante Gegenden. Einmal z.B. kamen wir spät abends mit einem LKW in Krakow an und wollten uns gerade eine Unterkunft suchen, als wir von einem Mann, der uns beobachtete und mit dem wir ins Gespräch kamen, eine Schlafmöglichkeit für eine geringe Miete angeboten bekamen. Wir bezogen ein kleines Zimmer in seinem Häuschen und er bewirtete uns sogar mit ein paar Scheiben Brot und einer Holundersuppe. Wir konnten von Glück reden, dass er uns beim Essen nicht noch Gesellschaft leistete, denn die Suppe löste vom Geschmack her fast einen Brechreiz bei uns aus. Wir entleerten die Teller kurzerhand aus dem Fenster und äußerten uns anschließend ihm gegenüber sehr anerkennend über den Geschmack dieser Suppe.

Nach einer Stadtbesichtigung am folgenden Tag trampten wir weiter nach Zakopane, wo wir am nächsten Tag den 1.894 m hohen Wielki Giewont, den höchsten Gipfel der polnischen Westtatra, bestiegen. Dort habe ich übrigens das erste Mal in meinem Leben echtes Edelweiß in Augenschein nehmen dürfen.

Eine weitere Reise nach Polen unternahm ich noch einmal im Juni 2011 anlässlich eines Urlaubes mit meiner Frau und meiner Mutter in Bad Schandau, wo wir einen eintägigen Abstecher in den Geburtsort meiner Mutter nach Großläswitz, heute Lasowice, machten, damit sie ihre Erinnerungen an die Jugendzeit noch einmal Revue passieren lassen konnte. Sie wurde sogar von den jetzigen Bewohnern ihres Geburtshauses eingeladen, das Haus selbst mitsamt Grundstück zu besichtigen. Die jetzigen Bewohner waren auch zwangsumgesiedelte Polen aus dem Buggebiet, was sich Russland nach dem zweiten Weltkrieg völkerrechtswidrig angeeignet hatte. Ihnen war damit im Prinzip das gleiche Schicksal widerfahren, wie meinen Eltern und Großeltern.

Reifeperiode

So, nun will ich aber diesen Teil meines Lebens verlassen und mich dem nachfolgenden Lebensabschnitt zuwenden, wo ich, bedingt durch meine meiner Meinung nach positive berufliche und private Entwicklung, wieder zu einem geachteten vollwertigen Mitglied der Gesellschaft wurde. Mit der Aufnahme meines Arbeitsverhältnisses im VEB Reglerwerk Dresden ging es an und für sich bezüglich meiner beruflichen Entwicklung stetig aufwärts. Vormals erwähnte ich schon, dass ich in der Abteilung Materialwirtschaft als stellvertretender Gruppenleiter in der Materialplanung eingesetzt wurde. Unser Betrieb gehörte damals zu einem Kombinat, zu dem mehrere Betriebe gehörten, die Erzeugnisse auf dem Gebiet der Betriebsmess-, Steuer- und Reglungstechnik produzierten. Ein Kombinat im Sinne der DDR ist zu vergleichen mit dem Begriff des Konzerns in der westlichen Hemisphäre. Die Mitarbeiterzahl in unserem Kombinat betrug ca. 25.000 Arbeiter und Angestellte und die einzelnen Betriebe waren über die ganze DDR verteilt. Die Zeit meines Einstiegs in das Berufsleben war geprägt durch die Anfangsphase der Einführung der Elektronischen Datenverarbeitung, EDV, in den größeren Betrieben. Bis zu diesem Zeitpunkt erfolgte z. B. eine Stücklistenauflösung in der Materialwirtschaft total manuell. Es wäre hier zu umfangreich, einem Laien die Prozedur zu erläutern;

es erforderte jedenfalls einen Zeitraum von mehreren Wochen, um als Grundlage der Materialplanung den Materialbedarf für die zu fertigenden Stückzahlen der Erzeugnisse zu ermitteln. Ich wurde damals hauptamtlich in eine Arbeitsgruppe des Kombinates delegiert, die die organisatorischen Grundlagen dafür schaffen sollte, dass alle betrieblichen Prozesse unter Einsatz der EDV ablaufen konnten. Ich selbst wurde der Gruppe Materialplanung, -abrechnung und -berichterstattung zugeteilt. In diesem Zusammenhang wurde ich zu einem sechswöchigen Lehrgang nach Leipzig delegiert, wo man mit dem Grundlagenwissen der EDV auf der Basis des einzigen in der DDR produzierten Großrechners Robotron 300, kurz genannt R 300, vertraut gemacht wurde. Den Lehrgang schloss ich mit dem Qualifikationsnachweis „EDV-Organisator" ab. Um noch einmal auf den R 300 zurückzukommen, möchte ich erläuternd erwähnen, dass dieser Rechner eine Hauptspeicherkapazität von nur 40.000 Speicherplätzen hatte und mit allen dazugehörigen peripheren Geräten den Platzbedarf einer großen Turnhalle beanspruchte. Mit den Computern von heute ist im Prinzip kein Vergleich möglich, denn selbst ein einfaches Handy, das auch als Grundlage seiner Funktion einen Minicomputer enthält, hat eine unendlich vielfache Kapazität gegenüber den damaligen Großrechnern. Auf der Basis dieses R 300 jedenfalls rationalisierten wir sämtliche betrieblichen Organisationsprozesse, wobei der Zeitraum von der Analyse des Istzustandes der betrieblichen Abläufe bis zur Umstellung auf die EDV-Anwendung in unserem Kombinat ca. zwei Jahre in Anspruch nahm. Tiefgründiger will ich den Prozess aber nicht beleuchten, denn ich möchte den Leser damit nicht noch mehr langweilen.

Nach Abschluss des erwähnten Lehrganges zum EDV-Organisator wechselte ich in die Abteilung Rechentechnik, wo, wie eingangs angedeutet, die Voraussetzungen dafür geschaffen wurden, dass die organisatorisch-betrieblichen Prozesse mit Unterstützung der EDV durchgeführt werden konnten. Mein Schwerpunktgebiet war hierbei der gesamte Komplex der Materialwirtschaft von der Materialplanung bis hin zur Abrechnung und Berichterstattung. Für diesen Aufgabenkomplex wurde außerdem noch eine Kollegin abgestellt, die über ein sogenanntes Frauensonderstudium einen Ökonomieabschluss erworben hatte, mit der ich jedoch nie so richtig warm wurde, da sie irgendwie eigenartige Eigenschaften hatte. Zum Begriff des Frauensonderstudiums möchte ich zur Erläuterung zwischenfügen, dass dies eine Studienform für berufstätige Frauen war, die für das Studium, das parallel zur Berufsausübung durchgeführt wurde, eine teilweise Freistellung von der Arbeit erhielten.

In dieser Abteilung fühlte ich mich sehr wohl, es bahnten sich sogar enge Freundschaftsbeziehungen zu meinem Abteilungsleiter sowie dessen Vertreter an. Über den Abteilungsleiter hatte ich eingangs schon einmal berichtet, denn er war derjenige, der auf Dienstreisen nie im Hotel mit übernachtete, sondern immer bei irgendwelchen weiblichen Bekanntschaften Unterschlupf suchte. Speziell zwischen seinem Vertreter, der ungefähr acht Jahre älter als ich war, und mir hatte sich in den Folgejahren eine sehr tiefe Freundschaft gebildet. Er war vormals verheiratet und wohnte in Weixdorf, einem kleinen Örtchen bei Dresden. Nach seiner Scheidung bezog er in Dresden eine Mietswohnung. In dieser Wohnung trafen wir uns immer, um uns gemeinsam mit einem anderen Arbeitskollegen ausgewählte Fußballereignisse zu Gemüte zu führen. Dabei verspeisten wir immer dicke, geräucherte Speckscheiben mit Brot, riesengroße, scharfe Gemüsezwiebeln und spülten diese Speise natürlich mit einer entsprechenden Anzahl an Flaschenbier hinunter. Man kann sich vorstellen, dass meine Frau von dem Mundgeruch, den ich bei meiner Heimkehr ausströmte, nicht gerade sehr begeistert war.

Er heiratete übrigens später eine ehemalige Kollegin aus dem Reglerwerk, die dort in der Datenerfassung der Abteilung Rechentechnik als Locherin arbeitete; sie stanzte also auf einer Maschine Lochkarten, die für das Betreiben des schon vormals erwähnten Großrechners R 300 als Eingabemedium dienten. Diese Kollegin war genau 20 Jahre jünger, aber die beiden passten sehr gut zusammen. Mit ihr zog er schließlich mit in das Grundstück ihrer Eltern ein, das ziemlich nah an der Elbe lag und wo er die oberste leerstehende Etage zu einem wirklich gemütlichen Heim ausbaute. Ihre Eltern, schon ziemlich hochbetagt, waren ganz bescheidene Leute, die dort eine kleine Bauernwirtschaft mit zwei Pferden, ein paar Schweinen und etwas Nutzgeflügel betrieben. Von dort bezog ich übrigens immer den Düngemist für mein Gewächshaus, worauf ich zu gegebener Zeit noch einmal zurückkomme. Da es in dem Wohngebäude seiner Schwiegereltern aber doch ein wenig beengt zuging, vor allem mangelte es an einem eigenen Badezimmer, bezogen sie nach kurzer Zeit ein paar Meter elbaufwärts eine neue Wohnung. Es war eine Maisonettenwohnung, die aus Erd- und Obergeschoss bestand und sich ebenfalls sehr nahe der Elbe befand. Nachdem sie sich dort richtig eingerichtet hatten, wurden sie jedoch im Jahr 2002 Opfer der damaligen Hochwasserkatastrophe an der Elbe, denn das Wasser vernichtete mit einem Schlag alles, was die beiden sich im Laufe der Jahre gemeinsam aufgebaut hatten. Das Wasser überschwemmte das gesamte Haus bis in die oberste Etage, so dass anschließend das ganze Inventar nicht mehr zu gebrauchen war. Da trotz aller möglichen staatlichen Maßnahmen sich die Hochwasser an der Elbe nie richtig verhindern lassen, sondern laut Voraussage von Fachleuten sogar noch verheerender würden, das nächste war übrigens 2006, entschieden sie sich, eine neue und vor allem nicht vom Hochwasser bedrohte Wohnung zu suchen. Diese fanden sie dann auch in Dresden-Pappritz, wo sie eine hübsche kleine Wohnung mit Blick auf die Elbe bekamen. Da dieser Ortsteil gut

100 Meter über dem Niveau der Elbe lag, konnte sie hier selbst das schlimmste Hochwasser nicht mehr behelligen. Leider konnte mein Freund dieses neue, glückliche Leben nur noch wenige Jahre genießen, denn im Laufe der Zeit stellte sich bei ihm eine extreme Herzschwäche ein, so dass er kaum in der Lage war, 100 Meter am Stück zu laufen. Kurz bevor er gänzlich körperlich abbaute, waren seine Frau und er noch einmal eine Woche bei uns zu Besuch, wo wir noch einmal die alten Zeiten Revue passieren ließen. Eines Tages, es war kurz vor Weihnachten und wir hatten schon längere Zeit nicht mehr miteinander telefoniert, wollte ich ihn wieder mal anrufen und da teilte mir seine Frau mit, dass er vor wenigen Wochen im Alter von knapp 79 Jahren gestorben sei. Sie hatte in der Aufregung ganz vergessen, uns davon in Kenntnis zu setzen, so dass wir anlässlich seiner Beerdigung auch nicht mehr Abschied von ihm nehmen konnten.

Die Zeit des Beginns meiner neuen Tätigkeit in der Abteilung Rechentechnik fiel übrigens zusammen mit dem Jahr meiner Eheschließung. Ich hatte ja eingangs schon einmal von meinen ersten beiden tiefgründigeren weiblichen Bekanntschaften berichtet. Den Weg bis zum Kennenlernen meiner jetzigen Frau möchte ich an dieser Stelle kurz zwischenschieben, da er ja prägend für mein weiteres Leben war.

Mein Leben in Dresden war neben der Arbeit und den schon beschriebenen Polentouren auch geprägt durch viele ausschweifende Besuche der gängigsten Tanzlokale, wobei meine Freunde und ich meistens die „Kakadu-Bar" auf dem Weißen Hirsch, den „Schillergarten" und das „Kurhaus Bülau" bevorzugten. Manchmal gingen wir auch schon mal am Sonntagnachmittag zum Tanztee nach Ullersdorf, um uns sozusagen schon ein wenig in Stimmung zu versetzen, denn danach ging es am Abend mit dem „Kurhaus Bülau" weiter. Nun war es so, dass ich am Wochenende mit meinem Freund öfters auf einem Sportplatz in Bülau war, um der Fußballmannschaft „Vekoma Bülau" bei Punktspielen zuzuschauen, da wir mit vielen Spielern befreundet waren. Die Freundin meiner späteren Frau wiederum hatte zur damaligen Zeit einen festen Freund, der in dieser Mannschaft mitspielte. An einem Sonntagabend ging ich mit meinem Freund in das „Kurhaus Bülau" und wir gesellten uns zur Runde der Fußballspieler, die dort immer an einem großen Tisch ihren Stammplatz hatten. Kurz darauf erschien meine spätere Frau zusammen mit ihrer Freundin und die beiden setzten sich zu uns an den Stammtisch. Als sich der Tanzabend so langsam dem Ende näherte, forderte ich meine spätere Frau zum Tanz auf und bat darum, sie am Schluss der Tanzveranstaltung nach Hause begleiten zu dürfen. Ich erhielt natürlich die Erlaubnis, aber schon im Verlauf des Abends merkte ich, dass sie vom Charakter her ganz anders geartet war, als meine bisherigen flüchtigen Bekanntschaften. Der Nachhausegang endete demzufolge auch nur mit einem flüchtigen Küsschen auf die Wange und keiner direkten Verabredung, sondern wir verblieben solchermaßen, dass wir uns bestimmt anlässlich eines Fußballspieles auf dem Sportplatz wiedersehen würden. In der Folgezeit spürte ich jedoch immer mehr, dass sie mir doch mehr bedeutete, als ich zuvor annahm, aber es bedurfte der Zeitspanne eines geschlagenen halben Jahres, bevor ich sie wiedersah. Danach vertieften sich unsere Beziehungen dergestalt, dass wir fühlten, dass sich zwischen uns mehr, als nur eine flüchtige Bekanntschaft anbahnte. Ich erfuhr nun auch, dass sie seit 1965 an der TU Dresden in der Fakultät Technologie ein Studium absolvierte, was auch mit der Grund dafür war, dass sie durch die damit verbundene zeitliche Belastung fast ein halbes Jahr lang nicht mehr auf dem Fußballplatz war. Als wir so ca. ein Jahr lang richtig zusammen waren, musste sie im Sommer 1969 für drei Monate zu einem Praktikum nach Jena. So alle zwei Wochen kam sie über das Wochenende nach Dresden und meistens übernachtete sie dann bei mir. Dann durften wir uns nicht in der Gegend Weißer Hirsch und Bülau blicken lassen, da ihre Eltern ja nicht erfahren sollten, dass sie in Dresden war, aber nicht bei ihnen übernachtete. Hinsichtlich ihrer Eltern muss erwähnt werden, dass die Mutter meiner Frau im Alter von 45 Jahren an einer Krebserkrankung gestorben ist. Zu dieser Zeit war meine Frau gerade 18 Jahre alt und musste sich zusammen mit ihrem Vater neben dem Studium auch noch den alltäglichen Haushaltsgeschäften widmen. Knapp zwei Jahre nach dem Tod ihrer Mutter verheiratete sich ihr Vater wieder mit einer Frau, die er bei einem sogenannten Witwenball in der Gaststätte „Heiderand" kennenlernte und die kurz zuvor von ihrem ehemaligen Mann geschieden wurde. Den geschiedenen Mann würde ich als Glückspilz bezeichnen, denn diese Frau war der Teufel in leibhaftiger Person. Ich weiß nicht, was meinen späteren Schwiegervater geritten hatte, aber sie hatte es jedenfalls geschafft, dass sie mit in seine Wohnung einzog und er sie sogar später heiratete. Seine Wohnung war für damalige Verhältnisse sehr groß und bestand aus vier Zimmern, Küche, Bad, geräumigem Korridor und zwei kleinen Balkonen. Mit ihrem Einzug gestaltete sich das Zusammenleben meiner späteren Frau mit ihr etwas kompliziert, denn es gab öfters Diskrepanzen wegen Nichtigkeiten. Jetzt kann wohl jeder verstehen, dass sie nicht darauf erpicht war, dort zu übernachten, wenn sie über das Wochenende nach Dresden kam.

Die Früchte dieser häufigen Übernachtungen bei mir ließen dann auch nicht lange auf sich warten, denn eines Tages überraschte sie mich mit der Mitteilung, dass sich wahrscheinlich bei ihr eine Schwangerschaft andeutete. Der Zeitpunkt war an und für sich sehr ungünstig, denn sie befand sich gerade in der Phase ihres Diplomabschlusses, aber trotz aller mit der Schwangerschaft verbundenen körperlichen Unbilden schloss sie das Studium mit dem Titel „Diplomingenieur für Fertigungstechnik Maschinenbau" erfolgreich ab.

Vorher aber, nämlich Ende März 1970, verlobten wir uns heimlich und da trat der Umstand ein, den ich im Zusammenhang mit den Polengeschäften schon erwähnte, dass ich die Ringe, die nur aus 333-Gold bestanden, in der DDR teuer kaufen musste, obwohl ich früher damit gehandelt hatte.

Da die Niederkunft meiner Frau planmäßig Mitte November eintreten sollte, bestand das Hauptproblem, das wir lösen mussten, in der Beschaffung einer Wohnung für uns, denn in meinem bisherigen Zimmer konnte wir als zukünftige dreiköpfige Familie nicht wohnen. Erschwerend hinzu kam noch, dass meine Wirtin inzwischen verstorben war und eine Familie mit zwei Kindern die Zuweisung für diese Wohnung erhalten hatte und auf einen kurzfristigen Auszug von mir drängte. Nun erläuterte ich eingangs schon, wie prekär in der DDR damals die Wohnungssituation war. Über die kommunale Wohnungsverwaltung meines Betriebes hätte ich erst nach einer Wartezeit von mindestens drei bis vier Jahren einen Anspruch auf eine Wohnung geltend machen können. Selbst die Tatsache, dass ich Vorsitzender der Betrieblichen Wohnungskommission war, hätte daran nichts geändert. Belastend wirkte sich für uns außerdem aus, dass mein zukünftiger Schwiegervater eine für seine familiären Verhältnisse viel zu große Wohnung bewohnte und wir dort mit eingewiesen worden wären. Aber mit der etwas schwierigen und launischen Stiefschwiegermutter zusammen zu wohnen, kam für uns nicht in Frage. Wir machten uns also auf den Weg, um irgendeine Wohnung zu entdecken, die von außen aussah, als ob sie unbewohnt wäre. Im Stadtteil Loschwitz wurden wir fündig. In einem alten Mehrfamilienhaus, Baujahr 1870, war in der ersten Etage eine Miniwohnung unbelegt. Sie bestand aus einer Küche von 6 m², wo auch die Eingangstür war, von dort ging es in das Schlafzimmer von ca. 16 m², von dort übergangslos in das Wohnzimmer von ebenfalls 16 m² und von dort führte wieder eine Tür in das Treppenhaus, wo sich die Gemeinschaftstoilette befand, die man sich mit der Nachbarwohnung teilte. Als einziger Komfort befand sich in der Küche in einer Ecke ein gusseisernes Waschbecken sowie ein alter Kohleherd auf vier Füssen, Abmessung in etwa 80 cm x 50 cm. Die Fenster waren einfachverglast und der Holzrahmen total verwittert. Im Winter konnte man von außen noch Vorfenster vorhängen, aber die waren schon so in Mitleidenschaft gezogen, dass sie sich beim bloßen Anfassen zu einem Parallelogramm verzogen. Die Nachbarwohnung war ebenso aufgeteilt und wurde von einem freundlichen älteren Herrn von ca. 80 Jahren bewohnt, der gleichzeitig als Hausverwalter fungierte. Die zweite Etage bestand aus einer zusammenhängenden Wohnung, wo eine Enkelin des älteren Herrn mit ihrer Familie zu viert lebte. Wie man sich vorstellen kann, war das Gebäude total baufällig; im unteren

Eingangsbereich blühte schon der Salpeter in herrlich gelben Farben an den Wänden. Im linken Erdgeschoss gab es ebenfalls so eine kleine Wohnung. In einem Zimmer davon lebte eine ältere Dame, die immer auf sehr fein machte und sich jeden Nachmittag im Café des „Parkhotel Weißer Hirsch" stundenlang an einer Tasse Kaffee aufhielt. Sie gehörte vor dem Krieg einmal zur gehobenen Gesellschaft und fühlte sich weiterhin dazugehörig. Das andere Zimmer und die Küche gehörten dem Hauseigentümer, der diese aber nicht nutzte. Im rechten Erdgeschoss hatte einmal jemand angefangen, die Räume zu entkernen, das Vorhaben jedoch unvollendet abgebrochen, sodass die Räumlichkeiten unbewohnbar waren. Ungefähr drei Meter gegenüber der Hauslängsseite befand sich eine Schuppenfront, an die sich in ca. drei Meter Höhe eine Terrasse von etwa 5 m x 5 m anschloss. Oberhalb dieser Schuppenfront befand sich ein drei Meter breites Stück Wiese, das über eine Steintreppe an der Terrasse vorbei zu erreichen war. An die Wiese schloss sich in ihrer gesamten Länge eine 1,5 m hohe Trockensteinmauer an. Dahinter lag leicht ansteigend eine weitere Wiese von ungefähr 30 m Tiefe, die teilweise als Wäschetrocknungsplatz genutzt wurde. Zu dem Wohnkomplex gehörte außerdem noch ein festes Steingebäude, in dem sich eine von vielen Bürgern der Umgebung genutzte Wäschemangel befand. Ich glaube, damit ist das Wichtigste zu diesem Grundstück gesagt, wo wir nun versuchen wollten, ohne Wohnungszuweisung die Schlüssel für die leerstehende Wohnung im ersten Stock zu bekommen.

Wir sprachen den älteren Herrn dahingehend an und erfuhren, dass diese Wohnung schon seit mehreren Monaten unbelegt war und alle, die mit einer Zuweisung von der kommunalen Wohnungskommission dort eingewiesen werden sollten, diese nach einer Besichtigung abgelehnt hätten. Ich zeigte ihm ein Gewerkschaftsschreiben meines Betriebes, in dem ich zum Vorsitzenden der betrieblichen Wohnungskommission ernannt wurde, und überredete ihn, dass er mir auf dieser Grundlage unbeschadet die Schlüssel zu dieser Wohnung übergeben könnte. Nach einigen zögerlichen Momenten und meiner Zusage, dass ich sämtliche eventuell doch auftretenden Schwierigkeiten auf mein Kappe nehmen würde, willigte er schließlich ein und wir konnten im Juli 1970 in die Wohnung einziehen.

Der Umzug ging problemlos vonstatten, denn viel Mobiliar hatten wir nicht zu transportieren und unsere Freunde halfen uns dabei, da wir zu diesem Zeitpunkt ja noch kein Auto besaßen. Wir machten uns als Erstes sogleich daran, die Wohnung vorzurichten, das heißt, alle alten Anstriche und Tapeten der Wohnung zu entfernen und Wände sowie Decken mit frischer Farbe zu versehen. Ich stand gerade auf der Leiter, um die Küche zu streichen, als es klingelte und eine junge Frau mit einer gültigen Wohnungszuweisung vor der Tür stand. Sie war alleinstehend mit einem Kleinkind und es war wirklich eine bodenlose Frechheit der Wohnungsverwaltung, solch eine heruntergekommene Wohnung dieser Frau zuzumuten. Wir klärten sie über den inzwischen eingetretenen Sachverhalt auf und sagten ihr, dass sie die Zuweisungsbehörde davon in Kenntnis setzen sollte, dass die Wohnung schon belegt ist. Es dauerte nicht lange und wir bekamen von den Behörden eine Aufforderung, die Wohnung innerhalb von zwei Wochen zu räumen. Daraufhin setzte ich ein umfangreiches Schreiben an die zuständige Behörde auf, in dem ich darauf hinwies, dass meine Frau hochschwanger wäre und ich die Kommunale Wohnungsverwaltung dafür verantwortlich machen würde, wenn durch die mit der Auszugsaufforderung verbundene Aufregung meine Frau und das ungeborene Kind Schaden erleiden würden. Es dauerte wieder nicht lange und wir bekamen eine nochmalige Auszugsaufforderung, diesmal jedoch verbunden mit einer Strafzahlung in Höhe von 400 Mark, wegen unberechtigtem Bezug einer Wohnung. Da die Angelegenheit für uns langsam kritisch wurde, informierte ich einen Freund von mir, nämlich den, der in einem größeren Betrieb in Dresden Leiter der Endmontage war. Er war mit seinem Betriebsjustitiar eng befreundet und ich hatte bei mehreren Treffen unseres Freundeskreises schon öfters Kontakt mit ihm. Dieser Justitiar nahm sich unserer Sache nun als eine Art Freundschaftsdienst an und half uns bei der Führung des weiteren Schriftverkehrs mit den Behörden. Er wies uns zuallererst darauf hin, dass die

Schreiben der Wohnungsverwaltung viele Fehler des geltenden Rechtes beinhalteten, die man jedoch im Antwortschreiben nicht auf einmal bemängeln, sondern immer nur auf einen Fehler hinweisen sollte. Dadurch wäre die Behörde gezwungen, wieder zu antworten, wobei die restlichen Rechtsfehler im neuen Schreiben sicherlich noch enthalten wären. Wenn man es nun auf diese Art und Weise schafft, den Schriftverkehr ohne endgültiges Ergebnis über ein halbes Jahr hinauszuzögern, so tritt die sogenannte Verjährungsfrist in Kraft und der Fall hätte sich zu unseren Gunsten erledigt. Letztendlich war dies auch so und wir bekamen die Zuweisung, ohne einen Pfennig Strafe zahlen zu müssen.

In meinen ersten Ehejahren hatte ich übrigens eine Phase, wo ich mich verpflichtet fühlte, mich bei vielen, teilweise auch nichtigen Problemen, mit den Behörden anzulegen. Ich hatte im Laufe der Zeit einen richtig satt gefüllten Ordner mit Eingaben an irgendwelche Behörden. Im Prinzip hatte ich für mich die Einstellung, dass ich alle Widrigkeiten, die mich und meine Familie betrafen, einer für uns befriedigenden Lösung zuführen wollte. Wie gesagt, vieles, was ich aufgriff, war tatsächlich nicht allzu wichtig, aber über eine Sache möchte ich kurz berichten, auch in der Hinsicht, um dem Leser zu schildern, was man alles für Probleme in der DDR lösen konnte, wenn man nur wollte.

Direkt mitten vor unserem Haus befand sich eine Bushaltestelle. Immer wenn der dieselbetriebene

Bus nach dem Halt wieder bergauf anfuhr, stieß er dermaßen starke Abgaswolken aus, so dass man unser Wohngebäude kaum noch sehen konnte. Das mich das gewaltig störte, kann wohl jeder verstehen. Ich verfasste also eine Eingabe an die zuständige Behörde, schilderte den Sachverhalt und verlangte eine Verlegung der Haltestelle, damit wir wieder gesunde Luft einatmen konnten. Als ich eines Abends von der Arbeit nach Hause kam, traute ich meinen Augen nicht, denn sie hatten die Haltestelle zwar einige Meter nach oben verlegt, aber sie befand sich jetzt genau vor dem Nachbargrundstück, die Probleme hatte also jetzt unser Nachbar. Ich muss hierbei noch erwähnen, dass für die Verlegung ein ziemlicher Aufwand notwendig war, denn die alte Haltestellensäule musste aus ihrem einbetonierten Bett herausgeholt und an anderer Stelle wieder einbetoniert werden. Ich erinnere mich noch genau, dass dies am vierten April stattfand und deswegen rief ich bei der verantwortlichen Stelle an und erkundigte mich, ob das ein verspäteter Aprilscherz wäre, was man sich hier geleistet hatte. Kurze Zeit später kam erneut ein Bautrupp und die Haltestelle wurde dorthin verlegt, wo keine Abgasbelästigungen mehr für die Bewohner des Nachbargrundstückes auftraten.

Die Zeit ab dem Einzug in unsere neue Wohnung war mit vielen freudigen und weniger freudigen Ereignissen verbunden, die uns immer wieder ein sehr abwechslungsreiches Leben bescherten. Ich möchte mit den weniger freudigen Ereignissen beginnen.

Gleich am Anfang z.B. wollte ich ein neues Spülbecken anstelle der gusseisernen Gosse anbringen. Das Spülbecken stammte aus einer Neubausiedlung, in der ein Kollege von mir wohnte und wo die alten Becken gegen neue ausgetauscht wurden, obwohl sie noch wie neu aussahen. Aber so war das nun mal in der sozialistischen Planwirtschaft, der Austauschzeitpunkt war vor Jahren eben einmal festgelegt worden und musste nun auch eingehalten werden, koste es was es wolle, wie man so sagt. Aber ich möchte mich diesmal nicht darüber beschweren, denn mir kam es ja zugute. Zum Anbringen des Waschbeckens musste ich zwei Dübellöcher in die Wand zur nachbarlichen Wohnung bohren. Ich hatte noch gar nicht angefangen, richtig zu bohren, da löste sich der zu bohrende Stein aus der Mauer und lag beim Nachbar auf dem Küchentisch. Ich musste feststellen, dass die Wand lediglich aus Ziegelsteinen bestand, die man mit ihren Schmalflächen übereinander gemauert hatte und man schwerere Gegenstände nicht daran befestigen konnte. Als der Nachbar abends nach Hause kam, konnte ich ihm in direkter Sprachverbindung durch das entstandene Loch hindurch den Sachverhalt erklären und nachdem er mir den Stein zurückgegeben hatte, den Schaden wieder beheben.

Ein anderes Mal war es notwendig, in der Küche eine elektrische Deckenlampe anzubringen, denn in der ersten Zeit nach dem Umzug hatten wir nur eine einfache Glühbirne als Beleuchtung. Nun erachtete ich es als nicht notwendig, zuerst ein Loch in die Decke zu bohren, um einen Haken für die Lampenaufhängung dort einzuschrauben, denn das war mir zu aufwendig. Ich verband die aus der Decke herausragenden zwei Kabel, mehr gab es in der alten Wohnung nicht, einfach mit den Lampenanschlüssen und ließ die Lampe, solchermaßen befestigt, einfach daran unter der Decke hängen. Als mich kurz darauf ein Freund besuchte, machte er mich auf die Gefährlichkeit meiner Konstruktion aufmerksam und gemeinsam setzten wir dann doch noch einen Haken in die Decke ein. Ich muss hierzu noch erwähnen, dass später, als im November unsere Tochter geboren wurde, meine Frau immer ziemlich unter der Lampe eine kleine Plastebadewanne platzierte, um sie darin zu baden. Man kann sich denken, was passiert wäre, wenn gerade in diesem Augenblick eventuell durch einen Kurzschluss die Leitung bei meiner vormaligen Konstruktion durchgebrannt wäre und sich dabei die Lampe gelöst hätte. Ja, da sieht man mal, was die Note 2 in Elektrotechnik auf einem Zeugnis wert ist, denn die stand auf meinem Abendschulzeugnis, wenn man sie nicht in die Praxis umsetzen kann. Dass ich es mit der Elektrotechnik nicht so sehr hatte, machte sich auch bei einem weiteren Vorfall bemerkbar, den ich, obwohl er mich in einem ganz schlechten Licht erscheinen lässt, kurz schildern möchte.

Eines Tages kauften wir uns einen Kühlschrank, den ich im Schlafzimmer anschließen wollte. Nun hätte ich erst aus den Abstellräumen im Erdgeschoss eine Leiter hochholen müssen, um die Verteilerdose unter der Decke für den Anschluss nutzen zu können. Das wiederum war mir zu aufwendig und ich schloss den Kühlschrank einfach an die Anschlussbuchsen des Lichtschalters an, der in Bauchhöhe bequem zu erreichen war. Jetzt trat ein für mich unergründlicher Effekt auf, der mich in Erstaunen versetzte. Der Kühlschrank war nämlich immer nur im Betrieb, wenn ich im Schlafzimmer abends das Licht anmachte. Es gelang mir nicht zu ergründen, was da eventuell schiefgelaufen sein könnte, obwohl ich nach meiner guten Note in Elektrotechnik zu urteilen, durchaus den Kenntnisstand für diese Problematik gehabt haben müsste. Als ich am nächsten Tag meinem Abteilungsleiter davon berichtete, kam er nach Feierabend mit zu mir und konnte sich vor Lachen kaum auf den Beinen halten, als er sich das Ergebnis meiner Arbeit zu Gemüte zog.

In einem anderen Fall, der aber nichts mit elektrischem Strom, sondern mit Kohle zum Heizen zu tun hatte, musste ich auch folgenschweres Lehrgeld bezahlen. Ich erwähnte vormals bereits, dass als Heizungsmöglichkeit in der Küche ein einfacher Kohleherd diente. Normalerweise wurde er mit Braunkohle beheizt, lediglich vor dem Schlafengehen legte man noch zwei bis drei Briketts rein, um die Glut bis zum nächsten Morgen zu halten, natürlich auch, damit die Küche in der Nacht nicht total auskühlte. Eines Tages erhielten wir ein Angebot für den Erwerb von einigen Zentnern Eierbriketts, die sehr preiswert zu erhalten waren. Eierbriketts werden aus dem bei der Brikettherstellung anfallenden Kohlestaub gepresst und brennen im Gegensatz zu den normalen Braunkohlebriketts wesentlich schneller ab. Wir kauften also ein paar Zentner davon, weil sie, wie schon gesagt, eine sehr preiswerte Ergänzung unseres Kohlevorrates darstellten. Zu Beginn der Heizperiode beschickte ich unseren Ofen damit und erlebte eine unerfreuliche Überraschung. Nachdem sie richtig zu brennen anfingen, bildete sich nicht nur einfach Rauch, der im Normalfall durch das Ofenrohr in den Schornstein geleitet wurde, sondern es entstand bei der Verbrennung ein dermaßen gewaltiges, flockenartiges Abgasgemisch, welches das Fassungsvermögen des Ofenrohres bei weitem überstieg und infolgedessen aus allen Ritzen des Ofens sowie des Ofenrohres in den freien Raum der Küche geleitet wurde. Die Küche war im Nu schwarz vernebelt, aber das Schlimmste jedoch war, dass der Ruß an den Wänden haften blieb und eine totale Neurenovierung erforderlich wurde.

Ein anderes, nicht gerade erquickendes Erlebnis hatten wir an einem Ostermontag, als wir gerade meine Schwiegereltern besuchen wollten. Wir hatten uns aus diesem Grund ein wenig in Schale geworfen und stellten im Erdgeschoss fest, dass ohne Gummistiefel eine Durchquerung desselben fast unmöglich war, da es mit Wasser überschwemmt war. Ich war demzufolge gezwungen, mich wieder umzuziehen, um die Ursache der Überschwemmung zu ergründen und das Wasser mittels Scheuerhader und Eimer zu beseitigen. Den Grund dieses Fiaskos entdeckte ich in der Toilette der älteren Dame. Sie hatte, wahrscheinlich mangels fehlenden Toilettenpapiers, nach der Erledigung ihrer Notdurft die anschließenden Säuberungsarbeiten ihres Allerwertesten mit fast kompletten Zeitungsseiten durchgeführt. Da diese natürlich durch den Spülvorgang nicht verschwanden, half sie mit der Toilettenbürste nach und verstopfte somit den Abfluss, sodass das Wasser überlief und sich im Erdgeschoss ausbreitete.

Ein anders Mal kam sie an einem Sonntagmorgen total aufgeregt zu mir hoch und rief mir zu, dass es bei ihr in der Wohnung brennt und schon alles vernebelt wäre. Ich rannte schnell runter und stellte fest, dass nicht ein Brand die Ursache des Nebels war, sondern ein Scheuerhader, der leicht schwelte. Sie hatte nämlich den Aschebehälter aus dem Ofen geholt, diesen in einen Eimer entleert und damit es nicht so sehr staubt, einen Scheuerhader darüber ausgebreitet. Dabei hatte sie nicht bemerkt, dass die Asche noch einen hohen Glutanteil aufwies, der letztendlich den Scheuerhader fast in Brand setzte.

164

Da die ältere Dame sich auf Dauer nicht mehr selbst versorgen konnte und andererseits durch ihr unkontrolliertes Verhalten oftmals eine echte Gefahr für uns Hausbewohner darstellte, sah sie mit der Zeit ein, dass sie nicht mehr in der Lage war, sich selbstständig zu versorgen. Mit ihrem Einverständnis und in Absprache mit dem Sozialamt bekam sie einen Platz in einem Pflegeheim und ein Künstler, der zwischenzeitlich schon in die ungenutzten Räume neben der Dame eingezogen war, bezog nun die gesamte untere Wohnung. Wie eben Künstler so sind, achtete er weniger auf Ordnung und Sauberkeit, denn es sah bei ihm immer aus, als hätte eine Bombe eingeschlagen.

Zum Schluss möchte ich noch von einem Ereignis berichten, das sehr schlimm hätte ausgehen können, wenn wir nicht zufällig zu Hause gewesen wären. Eines Abends klingelte der ältere Herr, der in der ersten Etage wohnte, bei uns und bat mich, einen Blick auf seinen Fernsehapparat zu werfen, da das Bild plötzlich unscharf geworden sei. Als ich das Zimmer betrat, sah ich, dass bereits auf der Rückseite dichte Rauchwolken heraustraten und das Innerste des Apparates lichterloh brannte. Ich zog das Kabel aus der Steckdose, trug den Apparat ins Treppenhaus und löschte den Brand mit einem Schwall Wasser. Es ist nicht auszudenken, was passiert wäre, wenn wir nicht zu Hause gewesen wären, denn außer uns war nur noch die ältere Dame anwesend. Damals hatten wir wirklich das Glück auf unserer Seite. Hinsichtlich des Fernsehers setzte ich ein gepfeffertes Schreiben an die Herstellerfirma auf, mit der Aufforderung, dem älteren Herrn einen Ersatzfernseher zu liefern sowie die Ursache der Selbstentzündung zu beheben und mich über die eingeleiteten Maßnahmen in Kenntnis zu setzen. Einige Tage später kam dann auch der neue Apparat an. Wiederum einige Tage später klingelte es an unserer Tür und der Paketdienst wollte uns ebenfalls einen solchen Fernseher zustellen. Da ich den gesamten Schriftverkehr abgewickelt hatte, waren sie in der Herstellerfirma irrtümlicherweise der Meinung, dass ich der Betroffene wäre, weil dort scheinbar keiner so richtig über den Stand der Dinge Bescheid wusste. Meine Frau, die damals wegen unseres Kleinkindes nicht berufstätig und deswegen zu Hause war, war wie immer ehrlich und nahm den schönen Fernseher nicht an. Wäre ich zu Hause gewesen, hätte ich den Apparat dankend angenommen.

Wie ich bereits andeutete, waren aber mit dem Einzug in unser neues Domizil auch sehr viele schöne Erlebnisse verbunden.

Auf dem Terrassenplateau errichtete ich später ein Gewächshaus, da ich die Möglichkeit hatte, über einen Kombinatsbetrieb kostenlos einen Restposten von 5 mm starken Glasscheiben zu erhalten. In dem Gewächshaus baute ich Tomaten, Paprika und Gurken an und war somit in der Lage, uns wesentlich früher und vor allem preisgünstiger mit diesen

Erzeugnissen zu versorgen, als wir sie über die einschlägigen Geschäfte erhalten hätten. Die ersten Gurken z.B. erntete ich bereits Mitte April, wo man im Gemüseladen für eine Gurke fünf Mark hätte bezahlen müssen. Fünf Mark waren für die damalige Zeit sehr viel Geld, wenn man bedenkt, dass unsere Nettoeinkünfte, zusammen mit denen meiner Frau, die die ersten drei Jahre verkürzt arbeitete, gerade einmal knapp unter 1.000 Mark betrugen.

Von dem schmalen Rasenstück über der Schuppenfront, die von keinem Mitbewohner genutzt wurde, machten wir einen schmalen Streifen urbar und setzten dort Rosenstöcke und viele andere Sommerblumen ein. Die Knospen der Rosen wurden zwar oftmals von Rehen abgefressen, die uns aus dem angrenzenden Wald oberhalb des Grundstückes regelmäßig Besuche abstatteten, aber damit musste man eben leben. Dann kauften wir einfache Gartenstühle mit einem Tisch, so wie man sie oftmals in Biergärten findet. Sie waren aus Metall, Sitze und Lehne mit Holzleisten bestückt und zusammenklappbar. Nun hatten wir ein schönes Fleckchen, wo wir bei schönem Wetter ungestört die Seele baumeln lassen konnten. Zusammen mit unseren Freunden veranstalteten wir hier unzählige Grillpartys, wobei dafür immer viele Hürden überwunden werden mussten.

Da war zum ersten das Problem der Beschaffung von Holzkohle, denn die gab es nicht einfach so zu kaufen. Entweder man hatte irgendwelche

Beziehungen zu Leuten, die beruflich damit zu tun hatten und heimlich etwas für private Zwecke abzweigen konnten oder man musste informationsmäßig immer auf dem Laufenden sein, um zu erfahren, wo man sie zu bestimmten Zeiten reell käuflich erwerben konnte. Hinsichtlich der erst genannten Möglichkeit, hatte ich z.B. einen Bruder in Halle/Saale, der damals als Fernmeldebaumonteur arbeitete. Sie brauchten zum Verschweißen der Kabelschuhe unter der Erde immer Holzkohle, um diese Arbeit durchführen zu können. Jedes Mal, wenn ich in Halle zu Besuch war, nahm ich mir dann einen kleinen Sack davon mit, den mein Bruder für mich beiseitegelegt hatte. Also wir reden hier von einer Menge von ca. ein bis zwei kg, was für höchstens zwei Grillabende reichte. Den Ablauf der zweiten Möglichkeit, nämlich auf reellem Weg die Holzkohle zu erwerben, möchte ich an einem Beispielfall kurz erörtern. Ich erfuhr eines Tages, dass auf der Leipziger Straße in Dresden in einer Handelsgenossenschaft Holzkohle für private Nutzer angeboten wurde. Das Geschäft öffnete um 9 Uhr und ich war Punkt 6 Uhr vor Ort, um in der vermuteten Warteschlange eine aussichtsreiche Position einnehmen zu können. Der Verkauf ging auch pünktlich ab 9 Uhr vonstatten, jeder bekam einen kleinen Papiersack mit dem Inhalt von 5 kg Holzkohle. Als ich endlich an der Reihe war und freudig erregt meinen Sack in Empfang nehmen wollte, stellte sich heraus, dass lediglich 60 Sack zu verkaufen waren, ich war der 61. in der Schlange und ging demzufolge mit leeren Händen nach Hause.

Ein weiteres Problem, um grillen zu können, stellte die Beschaffung des entsprechenden Grillfleisches dar. Zur damaligen Zeit war es schon im normalen Alltag schwierig, für die geplante Sonntagsmalzeit das Fleisch zu bekommen, welches man sich dafür vorgestellt hatte. Bei meiner Frau und mir war es immer so, dass ich mich am Freitag nach dem Feierabend beim Fleischer anstellte, während sie ca. 100 Stufen auf dem Stufenweg nach Oberloschwitz erklomm, um unsere Tochter aus dem Kindergarten abzuholen. Beim Fleischer stand ich immer mindestens eine Stunde an, um dann zu erfahren, dass z.B. die Schnitzel, die bei uns geplant waren, ausverkauft waren. Nun musste man blitzschnell umdisponieren, um ein halbwegs vernünftiges Sonntagsmal auf den Tisch zu bekommen. Falls einer sogar auf den Gedanken kam, ein Fischgericht zubereiten zu wollen, und dazu z.B. Kabeljau oder Rotbarsch usw. in handfiletierten Portionen kaufen wollte, der musste ein wahrer Glückspilz sein, um diesen Traum verwirklichen zu können. Obwohl unsere Fischereigenossenschaften an der Küste ausreichende Fänge einholten, kam fast nichts in den DDR-Läden an, denn alles wurde aus Devisengründen, wie ich eingangs schon einmal erwähnte, in das sogenannte Nichtsozialistische Wirtschaftsgebiet, kurz NSW, ausgeführt. Selbst simple Heringe kamen selten in unseren Läden an, sondern meistens nur die minderwertigeren Makrelen. Mit Fischbüchsen war es ähnlich; wenn es einmal welche gab, dann immer nur eine einzige Sorte. Weil ich einmal beim Fisch bin, will ich auch anführen, dass es in Dresden mit damals ca. 500.000 Einwohnern lediglich ein einziges Fischrestaurant gab. Wenn man dort essen wollte, musste man vor der Eingangstür mindestens eine geschlagene Stunde anstehen, um danach vom Kellner einen Platz zugewiesen zu bekommen, denn hier war der Kellner König, nicht etwa der Gast. Diese Gepflogenheit war übrigens in fast allen gehobenen Gaststätten der damaligen Zeit gang und gäbe. Jetzt bin ich ein wenig vom Thema des Grillens abgewichen, aber zum allgemeinen Verständnis erachtete ich diese Erläuterungen als notwendig, um die Gesamtsituation zu verstehen.

Um zum Grillbedarf zurückzukehren, bedarf es dafür natürlich auch größerer Mengen an Grillfleisch als für den normalen familiären Mittagstisch. Wir waren mit meinen Freunden bei solchen Abenden immer so ungefähr 10 bis 12 Personen. Um an die dafür notwendige Menge an Steaks, Bratwürstchen usw. zu gelangen, musste man auch wieder gewisse Beziehungen spielen lassen, sonst wäre der Abend ziemlich bedürftig vonstattengegangen. Hier kam nun die Freundin meiner Frau ins Spiel, also diejenige, über die ich das Glück erleben durfte, meine Frau kennenzulernen. Sie hatte nämlich wiederum eine Freundin, deren Mann Fleischer in einer Fleischerei am anderen Ende der Stadt war. Bei ihm brauchte ich in solchen Fällen lediglich anrufen und er stellte die Ware zusammen, so dass man sie nur noch abholen und zu bezahlen brauchte, sogar ohne sich lange anstellen zu müssen.

Damit der Grillabend nicht allzu trocken ablief, war zumindest für uns Männer ein gewisser Vorrat an halbwegs gutem Bier eine unbedingte Voraussetzung. Die Frauen tranken meistens Wasser und Wein. Mit dem Bier war das nun auch wieder eine Sache für sich, denn die normalen Biersorten waren nicht gerade eine Gaumenfreude. Die von uns damals bevorzugten Biersorten waren Radeberger und Wernesgrüner Bier. Das Radeberger gab es im Dresdner Raum, da es in Radeberg, unweit von Dresden, gebraut wurde. Es fiel aber unter die Kategorie der sogenannten „Bückware". Das bedeutet, dass es für den normalen Bürger nur über Beziehungen unter der Ladentafel erhältlich war. Fast die gesamte Produktion wurde nämlich gegen Devisen exportiert und nur ein geringer Teil blieb im Land. Das Wernesgrüner gab es normalerweise im Dresdner Raum gar nicht, das brachte ich immer mit, wenn ich, bedingt durch meine Arbeit, dienstlich im Thüringer Raum zu tun hatte. Man sieht, dass es eines gewissen Aufwandes bedurfte, um den Grillabend zu einem Erfolgserlebnis werden zu lassen. Aber auf der anderen Seite hatte man immer ein gewisses Hochgefühl, wenn es gelungen war, irgendeinen Engpassartikel zu ergattern.

Einmal z. B. erfuhren wir, dass an einem Samstag im „Centrum Warenhaus", das war damals das größte Kaufhaus in Dresden, Wanderschuhe verkauft werden sollten. Das waren Schuhe aus der Tschechoslowakei, denn in der DDR wurden keine vernünftigen Wanderschuhe hergestellt. Ich fuhr mit meiner Frau zum Kaufhaus und wir reihten uns ca. eine Stunde vor Einlassbeginn in eine viele Meter lange Schlange ein. Als sich um 10 Uhr die Türen öffneten, stürmte die Menge ohne Rücksicht auf Verluste in die Schuhabteilung und jeder griff sich so viele Paar Schuhe, wie er fassen konnte, ohne auf die Größe zu achten. Meine Frau und ich handelten natürlich ebenso. Anschließend tauschte man mit anderen Kunden die tatsächlich benötigten Größen und alle waren zufrieden und glücklich.

Nun möchte ich mich aber wieder dem weiteren Verlauf meines Lebens zuwenden, der sowohl in beruflicher als auch in privater Hinsicht durch sehr abwechslungsreiche Phasen gekennzeichnet war. Was den beruflichen Verlauf betrifft, so kündigte ich nach siebenjähriger Tätigkeit Ende April 1974 im VEB Reglerwerk Dresden, weil sich dort für mich keine weiteren Entwicklungsmöglichkeiten anboten und ich außerdem auch einmal ein anderes Aufgabengebiet kennenlernen wollte.

Anfang Mai 1974 schließlich wechselte ich in den VEB Ingenieurbüro der Möbelindustrie Dresden und fing dort als Organisations-Ingenieur an. Das Aufgabengebiet der Abteilung, der ich zugeordnet wurde, bestand schwerpunktmäßig in der Entwicklung organisatorischer Lösungen für die Unternehmen der Möbelindustrie. Die Betriebe traten also mit bestimmten Aufgabenstellungen an uns heran und wir erarbeiteten in enger Zusammenarbeit mit ihnen realisierbare Lösungswege. Mein Hauptaufgabengebiet bestand unter anderem darin, Untersuchungen für die Schaffung der organisatorischen Voraussetzungen zum Einsatz einer Produktionskontroll- und Lenkanlage für das VEB Möbelkombinat Zeulenroda-Triebes durchzuführen und den Einsatz einer solchen Anlage bis zur Realisierung zu begleiten. Diesen Aufgabenkomplex bearbeitete ich zusammen mit einem Kollegen, der einen Abschluss als Diplomingenieur der Holz- und Faserwerkstofftechnik hatte. Er war sozusagen für den technischen Teil der Aufgabe verantwortlich und ich für die Konzipierung der damit verbundenen betriebsorganisatorischen Probleme.

Das Ingenieurbüro selbst befand sich auf dem Weißen Hirsch, war jedoch nicht in einem zusammenhängenden Gebäude, sondern in mehreren örtlich voneinander getrennten Räumlichkeiten in Wohngebäuden untergebracht. Der Sitz unseres Direktors befand sich direkt neben dem „Parkhotel" in den vormals als Gaststätte genutzten Räumen der Gastwirtschaft „Weihenstephan". Das Objekt, wo ich meinen Arbeitsplatz hatte, befand sich in einem Wohngebäude, in dem wir drei Zimmer im Erdgeschoss belegten. Im Keller befand sich die Toilette. Dies war ein länglicher Raum von etwa 2 m x 4 m und das eigentliche Toilettenbecken befand sich auf einem erhöhten Sockel, so dass man während seines Geschäftes wie von einem Thron aus auf die Tür herunterschaute. Ferner befand sich im Keller noch ein Raum, der von der vorhergehenden Firma als Küche genutzt wurde und vollständig mit allem dazugehörigen technischen Gerätschaften einschließlich Geschirr ausgestattet war. In einem Zimmer im Erdgeschoss war unser Gruppenleiter untergebracht und die anderen zwei Räume waren für je vier Mitarbeiter vorgesehen. In den ersten Wochen war ich in einem Zimmer allein mit einem Kollegen, der ein Hochschulstudium als Ökonom absolviert hatte und, wie ich im Laufe der Zeit mitbekam, gleichzeitig ehrenamtlich als Vorsitzender der Betriebsparteileitung der SED fungierte. Später kamen dann noch der oben aufgeführte Diplomingenieur und eine Kollegin, die ein Studium an der Technischen Hochschule Karl-Marx-Stadt zum Diplom-Ingenieureurökonom absolviert hatte, hinzu. Nebenbei gesagt, stellten sich im Laufe der Zeit zwischen uns Dreien tiefgründige freundschaftliche Beziehungen ein, die bis in die heutige Zeit andauern.

Ich kann mich noch ziemlich genau an meinen ersten Arbeitstag erinnern. Der Kollege, der mir gegen über saß, also der Genosse, hatte kurz zuvor

174

eine neue Prothese für den kompletten Ober- und Unterkiefer bekommen, die er an und für sich immer hätte tragen müssen. Aber jedes Mal, wenn er sie einsetzte, wurde er dermaßen vom Brechreiz geschüttelt, so dass er sie wieder herausnahm. Das führte schließlich dazu, dass er sie nie mehr einsetzte und demzufolge mit eingefallenen Wangen wie ein zahnloser Greis aussah. Jedes Mal, wenn ich in der ersten Zeit mit ihm allein auf einer Dienstreise war, habe ich mich für ihn regelrecht geschämt, noch dazu, da er in meinen Augen nicht gerade der hellste Kopf war und oftmals unqualifizierte Redebeiträge lieferte. Als ich an einem der ersten Tage in dem Ingenieurbüro einmal auf dem sogenannten Thron im Keller auf der Toilette saß, kamen in mir ernsthafte Zweifel auf, ob der Wechsel in dieses Ingenieurbüro von mir die richtige Entscheidung war. Aber als kurz darauf der bereits erwähnte Diplomingenieur hinzukam und wir beide die oben aufgeführte Aufgabe für das Möbelkombinat Zeulenroda-Triebes übertragen bekamen, war die Welt für mich wieder in Ordnung. Das lag unter anderem auch mit daran, dass wir zusammen mit den Kollegen des anderen Zimmers eine wirklich großartige Truppe waren, wo nicht nur stur vor sich hingearbeitet wurde, sondern der Arbeitstag mit vielen abwechslungsreichen Begebenheiten ausgefüllt war. Eine davon war z.B., dass infolge des Vorhandenseins einer Küche täglich am Vormittag zwei Mann für den Küchendienst abgestellt wurden. Das heißt, sie waren für die Zubereitung eines schmackhaften Mittagessens verantwortlich, natürlich nur für die Zimmerbesatzungen unseres Objektes. Zuerst wurden nur relativ einfache Gerichte gekocht, aber mit der Zeit wurden immer anspruchsvollere Gerichte zubereitet, wobei immer ein gewisser finanzieller Rahmen eingehalten werden musste.

Die Zeit im Ingenieurbüro war geprägt durch sehr viele Dienstreisen, da ja die Möbelbetriebe, für die wir tätig waren, über die gesamte DDR verstreut waren. Die überwiegende Zeit davon verbrachte ich mit meinem Kollegen in Zeulenroda-Triebes, wo wir uns fast jede Woche ca. zwei bis drei Tage aufhielten. Meistens bekamen wir dafür einen Dienstwagen mit Fahrer gestellt, der die gesamte Zeit zu unserer Verfügung stand, da wir oftmals zwischen vielen territorial getrennten Betriebsteilen hin und herpendeln mussten. Übernachtet haben wir immer in einer kleinen Pension in Triebes, zu der eine Fleischerei mit Gaststätte gehörte. Da wir ja nach unserer Arbeit regelmäßig der Gaststätte einen ausgiebigen Besuch abstatteten, um unseren Hunger und natürlich auch den Durst zu stillen, waren die finanziellen Mittel, die man für Dienstreisekosten pro Tag in Höhe von 7 Mark bekam, bei weitem nicht ausreichend. Nun gab es in Triebes einen An- und Verkaufsladen, wo man gebrauchte Kleidungsstücke als Kommissionsware abgeben konnte und, nach dem sie verkauft waren, dafür einen vorher verhandelten Preis bezahlt bekam. Wir bekamen zur damaligen Zeit von einer entfernten Verwandten meiner Frau aus der Bundesrepublik öfters Pakete mit gebrauchten Kleidungsstücken, wie ältere Jeans und andere getragene Sachen jeglicher Art. Viele dieser Kleidungsstücke waren ganz passabel, das heißt, wir fanden sie schön und man konnte sie durchaus noch tragen. Immer öfter jedoch bekamen wir Sachen, die auch wir nicht mehr gern angezogen hätten oder die uns gar nicht passten. Später erfuhr ich dann den wahren Grund der vielen Pakete mit für uns nicht mehr verwendbaren Kleidungsstücken, denn der Bundesbürger durfte den Versand der Pakete in bestimmten Grenzen steuerlich geltend machen. Ich nahm jedenfalls viele der für uns nicht mehr zu gebrauchenden Kleidungsstücke mit nach Triebes in den An- und Verkaufsladen und gab sie dort in Kommission zum Verkauf, denn sonst hätte ich sie bei uns entsorgen müssen. Bei meinen nächsten Besuchen waren einige Stücke davon verkauft worden und ich hatte damit immer eine kleine Aufbesserung meines Budgets. In diesem Zusammenhang möchte ich kurz eine lustige Begebenheit schildern, die sich beim Verkauf einer von mir in Kommission gegebenen Hose ereignete. Als ich wieder einmal das Geschäft aufsuchte, berichtete mir der Verkäufer, dass ein Kunde eine Hose von meiner Kommissionsware gekauft hatte. Da seine alte Hose schon ziemlich verschlissen war, hatte er sie gleich im Geschäft ausgezogen und die frisch erworbene dafür angezogen. Nach einer Weile kam er jedoch wieder zurück und beschwerte sich, dass diese Hose im Gesäßteil einen fast 10 cm langen Riss hatte, den er erst bemerkte, als er ein Jucken in seinem Hinterteil mit der Hand beheben wollte. Mir war das natürlich sehr peinlich und ich musste das dafür erhaltene Geld wieder zurückerstatten.

Nun zurück zum Möbelkombinat Zeulenroda-Triebes. Nach umfangreichen Recherchen hatten wir zum Schluss zwei Produktionskontroll- und Lenkanlagen, kurz PKLA, zur Auswahl. Eine Anlage kam aus der BRD, wurde von der Fa. Siemens hergestellt und nannte sich PKLA Produktograph. Da sie nur gegen Devisen erhältlich war, kam sie von vorn herein für uns nicht in Frage. Die andere wurde in Ungarn hergestellt unter der Bezeichnung PKLA Processograph. Um uns ein Bild von den Möglichkeiten dieser Anlage zu machen sowie den Einsatz in Betrieben in Ungarn begutachten zu können, flog ich mit meinem Abteilungsleiter für eine Woche nach Budapest. Dort erläuterten uns Mitarbeiter der Produktionsfirma dieser Anlage in ausgewählten Einsatzbetrieben die Funktionsweise. Auch nach Arbeitsschluss wurden wir während unseres Aufenthaltes von diesen Kollegen betreut. Untergebracht waren wir in dieser Woche in einem möblierten Zimmer in einem Mehrfamilienhaus. Als wir am ersten Tag spätabends nach Hause kamen, stellten wir fest, dass unsere Koffer wieder im Korridor standen und der Vermieter das Zimmer an andere Leute vermietet hatte, obwohl es von der

Firma, bei der wir waren, bereits bezahlt war. Die Vermieter dachten, dass sie mit uns in Anbetracht fehlender Sprachkenntnisse leichtes Spiel hätten und die Miete auf diese Weise zweimal kassieren könnten. In erster Konsequenz mussten wir tatsächlich das Feld räumen und uns mitten in der Nacht eine neue Unterkunft suchen. Da gerade zu dieser Zeit in Budapest eine internationale Messe stattfand, war das mit großen Schwierigkeiten verbunden, aber nachdem wir fast zwei Stunden mit einem Taxi von Hotel zu Hotel gefahren sind, fanden wir im Hotel Excelsior, einem der teuersten Hotels von Budapest, ein freies Doppelzimmer. Mein Abteilungsleiter hatte für solche Fälle ein ausreichendes finanzielles Budget, so dass wir letztendlich durch diese unangenehme Sache noch den angenehmen Vorteil hatten, in einem Hotel der gehobenen Preisklasse mit Frühstück untergebracht zu sein. Unser Gastbetrieb regelte am nächsten Tag mit den betrügerischen Vermietern das Problem und bestätigte in einem Protokoll die für uns damit verbundenen finanziellen Konsequenzen, denn wir hatten schließlich unverschuldet unser Budget in nicht geplanter Höhe in Anspruch nehmen müssen.

Das war aber nicht der einzige unangenehme Zwischenfall, der uns in Budapest widerfuhr. An einem Abend besuchten wir ein uns von einem ungarischen Kollegen empfohlenes Lokal, wo man im Obergeschoss preiswert essen und anschließend im Kellergeschoss die Tanzbar besuchen konnte. Nach dem wir oben unser Abendbrot eingenommen hatten, gingen wir also runter in die Bar und bestellten beim Kellner, der ausgezeichnet deutsch sprach, zwei Bier. Als wir schon ein paar Schluck von dem Bier genommen hatten, kam der Kellner wieder zu uns, brachte uns die Speisekarte und wartete auf unsere Speisebestellung. Nachdem wir ihm erklärten, dass wir schon im Obergeschoss gegessen hätten, nahm er einfach unsere Biergläser und ging mit der Bemerkung fort, dass er uns ohne Speisebestellung nicht mehr bedienen würde. Wir verlangten daraufhin, den Restaurantleiter zu sprechen, um uns zu beschweren, aber weder er und selbst der Kellner verstanden auf einmal nicht mehr die deutsche Sprache, obwohl seltsamerweise letzterer vorher sehr gut deutsch sprach. Wir wurden tatsächlich nicht mehr bedient und mussten die Bar verlassen.

Zurück in Dresden begann für uns jetzt die Zeit der Einsatzvorbereitung im Möbelkombinat bis hin zur Realisierung einschließlich Schulung des davon betroffenen Personenkreises. Da alles insgesamt fast einen Zeitraum von knapp drei Jahren beanspruchte, bildeten sich enge freundschaftliche Bande zwischen dem dafür verantwortlichen Abteilungsleiter des Möbelkombinates und uns, so dass ich heute noch gerne zurück an diese Zeit denke. Dem Einsatz in Zeulenroda hatte ich, nebenbei erwähnt, auch zu verdanken, dass ich zwischenzeitlich nicht noch zur Armee musste. Denn kurz nachdem ich für diese Aufgabe dort eingesetzt wurde, bekam ich von der NVA, Nationale Volksarmee, einen Einberufungsbefehl für eine 1,5-jährige Dienstzeit. Mein Betriebsleiter setzte sich daraufhin mit dem Wehrkreiskommando in Verbindung und erreichte die Rücknahme der Einberufung, indem er auf die immense Wichtigkeit der von mir bearbeiteten Aufgabe für die Möbelindustrie der DDR hinwies. Nun war ich schon das zweite Mal von einer Einberufung verschont geblieben, aber als ich das 35. Lebensjahr erreicht hatte, konnte ich mich nicht mehr herauswinden und musste für ein viertel Jahr in einer Nachrichteneinheit in Halle/Saale, also meiner Geburtsstadt, als Reservist den Dienst antreten. Was ich bei dieser Truppe alles erlebt habe, hätte ich vormals nie für möglich gehalten. Wir mussten z.B. als Strafmaßnahme einmal den Rasen vor der Kaserne mit einer normalen Schere kurz schneiden. Ein anderes Mal mussten wir den vertrockneten Rasen vor dem Besuch eines hohen Generals mit Farbe grün spritzen und vieles andere mehr. Außerdem wurde dort in einem solch hohem Umfang heimlich Alkohol getrunken, dass ich die Truppe mit einem schweren Leberschaden verlassen hätte, wenn ich länger als ein viertel Jahr bei diesem Verein hätte dienen müssen.

Nach dieser kleinen Abschweifung nun wieder zurück zu unserem 1970 erfolgten Einzug in die Wohnung in der ersten Etage.

Drei Jahre später trat der Mieter, der die gesamte obere Etage bewohnte, an mich heran und fragte mich, ob ich Interesse am Einzug in diese Wohnung hätte, da er von seinem Betrieb die Zuweisung für eine schöne Neubauwohnung bekommen hätte. Irgendwie konnte er uns sehr gut leiden und machte uns deshalb dieses Angebot. Nun hätte ich ja nie und nimmer von der kommunalen Wohnungsverwaltung die Berechtigung zum Bezug dieser Wohnung bekommen. Besagter Mieter, der nebenbei bemerkt auch ein sehr bewusster Genosse der SED war, arbeitete aber in einem Betrieb der Nationalen Volksarmee. Er verschaffte uns die Zuweisung über seinen Betrieb und überging somit die Zuständigkeit der Kommunalen Wohnungsverwaltung, die sich infolge der nationalen Wichtigkeit dieses Betriebes wohl oder übel fügen musste. Nun endlich waren wir im Besitz einer für unsere Begriffe wunderbaren Wohnung, bestehend aus Wohn-, Schlaf- und Kinderzimmer, einer schönen großen Küche, einem geräumigen Korridor, der zwischen Badezimmer- und Küchenwand eine zusätzliche Freifläche von 2,00 m x 2,00 m mit Fenster zum Garten hinaus hatte, sowie einem Bad mit Badeofen. Die Küche gestalteten wir zu einer Art Bauernküche um, indem wir zwei Wände teilweise mit Kiefernholz verkleideten mit einem aufgesetzten Bord in 1,80 m Höhe. An diesen beiden Wänden stand schon vormals eine Holzeckbank, die wir für unsere Zwecke umarbeiteten. Zum Abschluss konstruierten wir nach eigenen Vorstellungen einen rustikalen

Bauerntisch mit den Abmessungen 1,80 m x 0,80 m sowie drei dazu passende Bauernstühle, die ich von einem Bekannten aus von mir besorgtem Kiefernholz anfertigen ließ, so dass wir jetzt eine schöne gemütliche Sitzecke hatten. Da ich gerade bei von uns nach eigenen Vorstellungen entworfenen Möbelstücken bin, möchte ich auch einen Einrichtungsgegenstand erwähnen, mit dem ich einen Traum von mir Wirklichkeit werden ließ, nämlich den der Orchideenzucht. Heute versteht das vielleicht keiner, da diese Pflanzen in allen Variationen in jedem Bau- und Pflanzenmarkt erhältlich sind, aber zur damaligen Zeit stellten sie eine absolute Besonderheit dar. Um mir das notwendige Fachwissen anzueignen trat ich einem Orchideenclub bei, wodurch ich später dann auch die Möglichkeit hatte, bestimmte Pflanzen zu erwerben, denn wie vormals erwähnt, waren sie auf dem freien Markt nicht erhältlich. Für die dekorative Unterbringung der Orchideen entwarf ich eine Vitrine 1,80 m breit, 2,00 m hoch und 0,80 m tief, die ich quer zum Fenster in der Freifläche im Korridor platzierte. Das untere Drittel der Vitrine bestand aus einem Schrankteil, der für die Unterbringung der gesamten Technik vorgesehen war. Darüber befand sich der Schauteil, der an den Hinter- und den beiden Seitenwänden aus fest zwischen Holzprofilen eingebrachten Glasscheiben bestand und vorne zwei verschiebbare Scheiben hatte. Den oberen Abschluss bildete ein 10 cm hoher Sockel, wo besonders leistungsstarke Leuchtstoffröhren untergebracht waren. Als die

Vitrine angeliefert wurde und wir sie in die zweite Etage transportieren wollten, stellten wir fest, dass sie für das enge Treppenhaus zu groß war. Zufällig war aber ein Freund zu diesem Zeitpunkt anwesend, der mir mit einem ganz simplen Trick aus der Patsche half. Er sägte einfach die vier Profilholzpfosten über dem Schrankteil ab, so dass wir nun die zwei getrennten Teile problemlos hochtragen konnten und oben fügte er beide Teile mittels Holzdübel wieder zusammen. Probleme traten dann noch bei der Lösung von technischen Details auf, denn die Tag- und Nachttemperatur und -beleuchtung sollten automatisch gesteuert werden. Damit beauftragte ich einen Elektriker, den ich von Gastwirtschaftsbesuchen auf dem Weißen Hirsch her kannte. Aber damit hatte ich einen gewaltigen Fehlgriff getan, denn selbst nach zwei Tagen hatte er keinen Durchblick in den von ihm selbst fabrizierten Kabelsalat. Ich sprach letztendlich meinen früheren Abteilungsleiter an, also denjenigen, der vormals schon einmal, als ich noch in der ersten Etage wohnte, das Kühlschrankproblem gelöst hatte. Er brauchte keine volle Stunde und alles funktionierte wie gewünscht. Jedenfalls war diese Vitrine eine wahre Augenweide, nachdem sie komplett eingerichtet und bepflanzt in ihrer ganzen Pracht erstrahlte.

Nun weiter im Werdegang nach unserem Umzug in die oberste Etage. Da der ältere Herr, der bisher neben mir wohnte, infolge seines hohen Alters die Pflichten des Hausverwalters nicht mehr vollumfänglich wahrnehmen konnte, vereinbarte ich mit dem Hausbesitzer, dass ich diese Aufgaben übernehme. Zu diesem Hausbesitzer muss erwähnt werden, dass er das Grundstück einige Jahre vorher von seiner inzwischen verstorbenen Mutter geerbt und die von ihr für eine Totalinstandsetzung des Grundstückes vorgesehenen Gelder privat verbraucht hatte. Die Mieteinnahmen landeten auf seinem Konto und das Grundstück verfiel immer mehr. Er selbst war etwas jünger als ich und beruflich hauptamtlich als stellvertretender Parteisekretär bei der Sächsischen Zeitung tätig. Die Sächsische Zeitung fungierte damals als das wichtigste Organ der SED-Bezirksleitung Dresden, war also gewissermaßen das Sprachrohr der Partei der Arbeiterklasse von Dresden. Da ich nunmehr in der obersten Etage eine Wohnung hatte, in die es sich auch lohnte, zur Erhöhung des Wohnkomforts zu investieren, hatte ich vor Bezug schon den Entschluss gefasst, den Hausbesitzer zu überzeugen, das Gebäude instand setzen zu lassen. Auf Grund der extremen Wohnungsknappheit war es damals in der DDR strafbar, Wohnraum verkommen zu lassen, das heißt, selbst private Eigentümer konnten mit hohen Strafen belegt werden, wenn man ihnen ein solches Verhalten nachweisen konnte. Ich deutete vormals schon einmal an, dass die Zuweisung von Wohnraum in private Wohnhäuser nur durch die kommunale Wohnungsverwaltung erfolgte, ohne Mitspracherecht des Eigentümers. Ich war mir also von vornherein hundertprozentig sicher, dass ich den Hauswirt, der mir sowieso äußerst unsympathisch war, zu einer Kreditaufnahme zur Durchführung der wichtigsten Instandsetzungsmaßnahmen zwingen konnte, denn es ging schließlich um vier Wohnungen, die vom Verfall bedroht waren. Aus diesem Grund ließ ich über einen mir befreundeten Architekten einen Kostenanschlag für die wichtigsten Instandsetzungsarbeiten erstellen. Es betraf die vollständige Erneuerung des Außenputzes, komplette Erneuerung aller Fenster, Anbringen neuer Dachrinnen und Fallrohre, Abwasseranschluss an die öffentliche Kanalisation, vorher ging alles in eine Sickergrube, die vierteljährlich von einem Unternehmen geleert werden musste, und weitere kleinere Maßnahmen. Der für diese Maßnahmen notwendige Kreditbedarf belief sich auf 30.000 Mark. Nachdem der Eigentümer sich zuerst weigerte, den Kredit aufzunehmen, wandte ich mich an das zuständige Bauamt im Stadtbezirk Dresden-Ost mit der Bitte, ihn zur Unterzeichnung des Kreditvertrages zu veranlassen. Daraufhin bekam er die amtliche Aufforderung zur Unterzeichnung mit gleichzeitiger Androhung einer Strafe in Höhe von 3.000 Mark bei Verweigerung der Unterschrift, der er dann schließlich nachkam. Im gleichen Zusammenhang bekam ich die vorher von mir erbetene alleinige Bankvollmacht zur Begleichung sämtlicher mit der Maßnahme anfallenden Rechnungen unter Hinzuziehung des oben erwähnten Architekten. Nun stand dem Beginn der

Instandsetzungsmaßnahmen nichts mehr im Wege und ich musste sehr viele Hürden aus dem Weg räumen, mit denen ich vorher gar nicht so richtig gerechnet hatte.

Da ich ja sozusagen als privater Bauausführender auf keinerlei staatliche Materialkontingente zugreifen konnte, mussten sämtliche Baustoffe auf dem freien Markt aufwendig organisiert werden. Das Gerüst für die Außenarbeiten z. B. musste ich mir aus Geising im Erzgebirge anliefern lassen durch Vermittlung eines Hausbewohners, der zwischenzeitlich mit seiner Familie in unsere bisherige Wohnung eingezogen war. Dessen Schwiegereltern stellten es mir für eine Leihgebühr für die Dauer der Bauzeit zur Verfügung. Wenn hier von einem Gerüst die Rede ist, so meine ich damit nicht die heute gebräuchlichen Fertiggerüste, die aus kompletten Leiterelementen bestehen und wo nur noch die Laufbretter eingeschoben werden müssen. In unserem Fall handelte es sich um ein einfaches Stangengerüst, das in loser Form, bestehend aus Fichtenholz-Rundstangen, Lauf- und Verbindungsbohlen sowie Bauklammern, angeliefert wurde. Das Gerüst selbst wurde nun vor Ort zusammengebaut und an der Hauswand verankert. Die Gerüstbauer, die ich mit dem Auf- und Abbau beauftragt hatte, waren jedoch in ihrer Arbeitsweise nicht die Akkuratesten, denn es stand immer ziemlich windschief an der Hauswand. Der Maurer, der den Außenputz am Haus aufbrachte, bezeichnete es immer als

„Seemannsgerüst", da es bei jeder Bewegung leicht hin- und herschwankte. Das größte Problem stellte jedoch die Beschaffung des für die Außenputzarbeiten notwendigen Zementes dar. Ich hatte zu dieser Zeit noch kein Auto und immer, wenn ich erfuhr, dass irgendwo ein paar Sack Zement frei verkäuflich zu haben waren, musste ein Kollege von mir herhalten, um mit seinem Auto zwei bis maximal drei Sack zu mir nach Hause zu transportieren. Die gesamte Baumaßnahme zog sich fast über drei Jahre hin und man kann sich vorstellen, dass ich heilfroh war, als alles vorbei war und wir wieder ein normales Leben führen konnten. Die Freude hielt jedoch nur ca. sieben Jahre an, denn im Zusammenhang der Erneuerung der Dachrinnen mussten auch drei Lagen der alten Dachziegel, die zwar schon viele Jahre auf dem Buckel hatten, aber noch völlig unversehrt waren, erneuert werden. Diese neuen Dachziegel zerfielen nach besagten sieben Jahren wie Blätterteig und an den Stellen hatten wir ab diesem Zeitpunkt mit eindringendem Regenwasser zu kämpfen, aber darauf komme ich später noch einmal zurück.

1978 schließlich verstarb der ältere Herr in der ersten Etage und ein Medizinstudent, dessen Vater bei der Nationalen Volksarmee als Arzt im Rang eines Majors diente, zog in diese Wohnung ein. Bei dem Studenten zweifelte ich manchmal, ob in seinem Kopf einige Gehirnwindungen nicht ganz funktionierten. Eines Abends z.B. hörte ich von dem

Weg her, der seitlich an unserem Haus vorbeiführte, ein lautes klirrendes Geräusch. Als ich aus dem Fenster schaute, sah ich, wie der Student mit einem Luftgewehr absichtlich auf die von seinem Fenster aus erreichbaren Straßenlampen dieses Weges schoss, so dass zwei davon schon zersplittert waren. Als ich ihn daraufhin zur Rede stellte, meinte er, dass er lediglich schauen wollte, wie weit man mit dem Gewehr schießen könnte. Bei einem anderen Ereignis wurden wir ebenfalls durch seine Handlungsweise überrascht. Auf unserem Grundstück stand ein großer Süßkirschenbaum, der immer sehr gut trug und von mir, sozusagen als Lohn für meinen laufenden Aufwand als Hausverwalter, abgeerntet wurde. Als ich eines Tages mit meiner Familie aus dem Urlaub kam, sah ich, dass dieser Baum total abgeerntet war. Auf meine Nachfrage hin, gab der Student unumwunden zu, dass er die Kirschen geerntet hätte, weil wir ja im Urlaub waren, und er sie bereits alle eingeweckt hat. Man kann sich vorstellen, dass ich leicht aufgebracht reagierte und von ihm unverzüglich Ersatz forderte. Zu meinem Erstaunen kam er dieser Forderung gleich am übernächsten Tag nach und stellte uns zwei Eimer mit Kirschen vor die Tür. Wir waren dadurch gezwungen, eine große Einweckaktion zu starten, zu der wir eigentlich in diesem Moment gar keine Lust hatten.

Nach der Familie, über die ich das Gerüst bekommen hatte, zog eine für uns sehr angenehme

Familie mit einem Kind ein und kurze Zeit später, als der Student ausgezogen war, bekam sie die Zuweisung für die gesamte erste Etage. Der neue Mieter war in der Kältetechnik als Monteur tätig und durch ihn inspiriert, fassten wir den Entschluss, die Heizung einschließlich Warmwasseraufbereitung in unseren beiden Etagen mittels Wärmepumpentechnik zu realisieren. Den Anstoß dazu lieferte ein Brunnenschacht in unserem Grundstück, der nach Anbindung des Hauses an die Städtische Wasserversorgung mit Schutt verfüllt und mit einer Steinplatte verschlossen wurde. Da wir als Trägermedium für die Wärmepumpe das Grundwasser nutzen wollten, war unser Plan, den Brunnen so tief auszuschachten, bis wir den Grundwasserspiegel erreichen, denn der Brunnen diente früher ja einmal zur Versorgung der Bewohner mit Wasser. Schon kurz nachdem wir ca. zwei Meter tief vorgedrungen waren, brach von allen Seiten dermaßen viel Wasser ein, dass wir eine starke Pumpe zum Abführen des Wassers einsetzen mussten. Als wir dann so ungefähr fünf Meter Tiefe erreicht hatten und der Grundwasserspiegel ca. ein Meter betrug, waren wir der Annahme, dass das Wasser den Brunnen laufend durchfließt, da sich unser Grundstück ja an einer stark abfallenden Straße befand. Ich möchte an dieser Stelle nicht tiefer auf die Funktionsweise einer Wärmepumpe eingehen, bloß so viel, dass man hierfür dem Medium, in diesem Fall dem Grundwasser, Wärme entzieht und deshalb immer neues Wasser zugeführt werden muss. Im Prinzip kann man das mit einem Kühlschrank vergleichen, bei dem den Speisen die Wärme entzogen und auf der Rückseite in die Wohnung abgegeben wird. Bei der Wärmepumpe nun wird diese entzogene Wärme nicht an die Luft abgegeben, sondern zum Aufheizen der Heizkörper verwendet. Als Heizkörper hatte mein Mitbewohner ausgediente Lamellenelemente organisiert, womit die Bäckereien die überschüssige Hitze durch ein an den Elementen angebrachtes Gebläse aus der Backstube ableiteten. Sie hatten die Abmessungen von ungefähr 60 cm x 60 cm x 15 cm, waren also ganz schön wuchtig anzuschauen. Diese Elemente dienten uns in der Wohnung als Heizkörper und standen in allen Zimmern. Des Weiteren hatten wir in der Schuppenfront einen großen zylindrischen, verzinkten Behälter untergebracht, wie ihn die Bauern zum Tränken der Kühe auf der Weide verwenden. In diesen Behälter wurde eine Kupferrohrschlange gelegt, die in einer Schleife im Grundwasser des Brunnens endete. Im Schuppen selbst befand sich außerdem noch die gesamte für die Wärmepumpe erforderliche Technik. Da uns das zur Verbindung der Heizkörper in den Wohnräumen notwendige Kupferrohr nicht in der benötigten Menge zur Verfügung stand, verwendeten wir dafür sogenannte Milchschläuche, wie sie beim Melken der Kühe verwendet werden. Diese Schläuche verbanden wir mittels einfacher Rohrschellen mit den Heizkörpern. Vorher mussten natürlich alle Möbelstücke von der Wand gerückt werden, damit die Schläuche an der Wand entlang bis zu den Heizkörpern geführt werden konnten. Der gesamte Fußboden war demzufolge übersäht mit dem Inhalt der Schränke, wie z. B. Bücher und Geschirr, damit man sie leichter von der Wand rücken konnte. Nun wollten wir die Dichtheit unseres Systems prüfen, schlossen dazu einen provisorischen Wasserschlauch an und öffneten den Wasserhahn. Dabei stellte sich heraus, dass wir in der oberen Etage, also bei mir, vergessen hatten, eine Schelle anzuschließen. Ehe wir dieses Malheur bemerkten, breitete sich das Wasser schon bei mir im Wohnzimmer aus, so dass sich die Teppichfließen an den Seiten nach oben wölbten und natürlich auch die Bücher ihr Aussehen veränderten. Die Wohnung unter mir blieb davon verschont, da wir den Wasserhahn danach natürlich sofort zudrehten. Nachdem wir jetzt alles noch einmal gründlich kontrolliert hatten, führten wir noch einmal eine Dichtheitsprüfung durch und als keine Beanstandungen mehr auftraten, starteten wir den Betrieb der eigentlichen Wärmepumpenanlage. Die ersten 14 Tage breitete sich eine wohlige Wärme in unseren Wohnungen aus, das heißt also, dass die Anlage funktionierte. Nach den zwei Wochen jedoch nahm die Wärmeleistung immer mehr ab, bis die Heizkörper schließlich ganz kalt blieben. Als wir daraufhin in den Brunnen schauten, um die Fehlerursache zu ergründen, stellten wir zu unserem Erschrecken fest, dass das Wasser bis auf den Grund zu einer Stange Eis erstarrt war. Nun wandten wir uns an einen Brunnenbauer, der in Bülau seinen Sitz hatte, und baten ihn um Rat. Er klärte uns dann auch dahingehend auf, dass dieser Brunnen keinerlei Wasserdurchfluss hatte und das Wasser beim Ausschachten nur in dem Umfang nachgeflossen war, wie es abgepumpt wurde. Unsere Annahme, dass das Wasser laufend durch den Brunnen fließt, da der Brunnen sich auf einem abfallenden Gelände befindet, war also falsch. Pro Stunde wäre in unserem Fall ein Durchfluss von ca. 2 m³ erforderlich gewesen. Ja, das war`s dann mit der Idee von der Wärmepumpe. Wir bauten daraufhin alles wieder ab, blieben aber trotzdem auf einem Teil der Kosten sitzen. Kurz darauf teilte mir dieser Mieter auch noch mit, dass er die DDR in Richtung BRD verlässt, da seinem Ausreiseantrag, den er kurz nach dem Scheitern unseres Vorhabens gestellt und uns aber davon nichts erzählt hatte, relativ kurzfristig stattgegeben wurde.

Irgendwie war mir das Glück aber wieder hold, denn unser Ingenieurbüro, das zwischenzeitlich schon vom Weißen Hirsch in ein Übergangsbarackenobjekt in der Nähe des Fucikplatzes, heute Straßburger Platz, umgezogen war, bekam nun seinen endgültigen Sitz in einem festen Gebäudekomplex an der Caspar-David-Friedrich-Straße. Der Hausmeister dieses Objektes, zu dem ich ein sehr gutes Verhältnis hatte und der meine mit der Heizung verbundenen Probleme kannte, gab mir den Tipp, dass ein einzelnes, altes Gebäude auf dem Gelände des Ingenieurbüros abgerissen werden sollte.

In diesem Gebäude befanden sich unter anderem ein alter Gliederkessel für eine Schwerkraftheizung sowie diverse gusseiserne Rippenheizkörper, die entsorgt werden sollten. Ich begutachtete alles mit einem mir befreundeten Heizungsmonteur und wir transportierten die von mir benötigten Bestandteile zu mir nach Hause. An dem Gliederkessel fehlte lediglich die Tür zum Brennraum, ansonsten war alles andere in Ordnung. Die fehlende Tür fertigte mir ein Schlossermeister aus 10 mm starken Stahl, obwohl er der Meinung war, dass, vom Ausdehnungsverhalten aus betrachtet, sich Guss und Stahl nicht miteinander vertragen. Aber wie sich später herausstellte, klappte es wunderbar. Als alles für den Einbau des Gliederkessels sowie der Heizkörper vorbereitet war, fuhr meine Frau mit den Kindern, denn ich hatte inzwischen zwei Töchter, nach Halle zu meinen Eltern und wir konnten in Ruhe alle notwendigen Arbeiten erfolgreich zu Ende führen. Nun benötigte ich lediglich noch eine Ladung Koks, die man normalerweise ohne ein vom Stadtbezirk erteiltes Kontingent leider nicht bekam. Dieses wiederum wurde nur zugeteilt, wenn man eine vom Bauamt des Stadtbezirkes offizielle Genehmigung zum Einbau eines Gliederkessels hatte, die in meinem Fall natürlich nicht existierte. Aber das Problem konnten wir auch unter der Hand mit unserem Kohlelieferanten problemlos lösen. Ein wichtiges, sehr arbeitsaufwendiges Detail für die Inbetriebnahme der Anlage muss ich aber noch nachfügen. Der Schornstein in diesem alten Haus wies nämlich zum Ersten schon Anzeichen einer Versottung auf und war zweitens von der Ziegelbeschaffenheit her auch nicht für die hohen Abgastemperaturen, die ein Gliederkessel erzeugt, geeignet. Als Erstes musste ich also die benötigte Menge von sogenannten hartgebrannten Ziegeln für einen neuen Schornstein besorgen. Dabei half mir ein Nachbar, der als Heizer im Krankenhaus Weißer Hirsch arbeitete. Hinter seinem Heizhaus lag ein großer Haufen dieser Steine schon sehr lange, wie er mir sagte, nutzlos herum. Wir machten mit meinem Trabant in der Dunkelheit einige Touren und schon hatten wir die Steine einem vernünftigen Zweck zugeführt. Mit dem Schwager meines Vormieters, der von Beruf Maurer war, brachen wir den alten Schornstein durch alle Etagen hindurch bis in das Erdgeschoß ab und ersetzten ihn unter Verwendung der organisierten Hartbrandziegel. In diesem Zusammenhang kam mir nun der Umstand entgegen, dass die erste Etage durch die inzwischen erfolgte Übersiedlung der Mieter in die BRD unbelegt war, so dass der mit dem Abriss und Wiederaufbau des Schornsteins verbundene Heidendreck keinen belästigte. Kurz vor Beginn der Heizperiode war alles erledigt und der Winter konnte kommen.

Zwischenzeitlich zog dann auch wieder eine Familie mit zwei Töchtern in der ersten Etage ein, die in etwa das Alter unserer Kinder hatten. Vormals erwähnte ich schon, dass sich auf unserem Grundstück auch eine Wäschemangel befand, die oft von den in der Nähe wohnenden Anwohnern genutzt wurde. Nach dem Ableben des älteren Herrn übernahmen wir die damit verbundenen organisatorischen Aufgaben, aber da der ganze Aufwand überhaupt nicht die damit verbundenen Einnahmen rechtfertigte, stellte ich den Betrieb kurzerhand ein. Für eine Benutzung der Mangel gab es lediglich 1 Mark und dafür musste man aber immer für saubere Mangeltücher sorgen, ganz abgesehen von den dafür anfallenden Stromkosten. Nach der Schließung der Wäschemangel gab es zwar viele Beschwerden, aber man konnte uns schließlich nicht zwingen, den Betrieb weiterhin zu gewährleisten. Zusammen mit einem Freund demontierten wir die Mangel und aus dem kompakten Untergestell bauten wir für uns beide je eine schöne kräftige Werkbank. In der Folgezeit funktionierte ich das nun leerstehende Gebäude als Garage um, so dass ich ab jetzt unser Auto nicht mehr auf der Straße abstellen musste.

Bevor ich mich dem weiteren Geschehen zuwende, möchte ich noch kurz zurück einen Blick auf die Zeit in dem vormals erwähnten Übergangsbarackenobjekt meines Betriebes werfen. Von unseren Büroräumen aus hatten wir dort einen direkten Blick auf die Warenanlieferungsrampe einer Lebensmittelkaufhalle. Wir bekamen also immer mit, wenn irgendwelche Waren angeliefert wurden, die es selten gab. Einmal z.B. wurden Kisten mit Äpfeln abgeladen, die es in der damaligen Zeit tatsächlich selten gab. Wir unterbrachen daraufhin sofort alle unsere Tätigkeit, rannten zur Kaufhalle und konnten nach dem Feierabend unseren Familien glückstrahlend ein Netz mit Äpfeln präsentieren. In diesem Objekt wurden wir übrigens zu Mittag mit einem Assietten-Essen versorgt, das aber sehr oft nicht unserem Geschmack entsprach. Aus diesem Grund versorgten wir uns auch hier wieder öfter selbst, wie wir es ja schon vom Standort auf dem Weißen Hirsch gewohnt waren. Ich kann mich noch erinnern, als wir einmal eine gepökelte Schweinskopfhälfte auf dem Tisch liegen hatten und gerade dabei waren, sie zu zerlegen. In diesem Augenblick betrat unser Direktor das Zimmer und man kann sich vorstellen, dass er nicht sehr erbaut war von dem Anblick, der sich ihm da bot.

In dem Objekt befand sich außerdem ein großer Raum mit einer Tischtennisplatte, der von uns auch regelmäßig nach Feierabend genutzt wurde, so dass wir letztendlich einen Grad an Perfektion erreichten, hinter dem sich fast die Profis verstecken konnten.

Ich fühlte mich in diesem Objekt übrigens für zwei, die Allgemeinheit betreffende Aufgaben zuständig und zwar zum Ersten für die Mäusebekämpfung und zweitens für die Pflege der Grünpflanzen in unserem Zimmer. Was das erste Problem betraf, so hatten wir in der Baracke eine regelrechte Mäuseplage. Ich besorgte daher Mausefallen, stellte sie in allen Zimmern auf und dezimierte damit den Mäusebestand erheblich. Mit den gefangenen, toten Mäusen machte ich mir manchmal den Spaß, sie an einem langen Faden festzubinden und sie unter dem Schreibtisch unserer weiblichen Mitarbeiterinnen zu verstecken, wobei ich den Faden gut sichtbar auf dem Fußboden platzierte. Wenn diese nun am Arbeitsbeginn vor ihrem Schreibtisch, ordnungsliebend, wie Frauen nun mal sind, den Faden aufheben wollten, so kam ihnen natürlich die daran festgebundene Maus entgegen. Bei den Frauen endete das, wie man sich vorstellen kann, mit einem lautstarken Gekreische und bei uns Männern mit nicht zu zügelnden Lachanfällen. Bei der zweiten Aufgabe, für die ich mich zuständig fühlte, nämlich die Pflege der Grünpflanzen, hatte ich einmal den grandiosen Einfall, getrocknete Kuhfladen von den Elbwiesen zu sammeln und sie als Dünger für unsere Zimmerpflanzen zu verwenden. Diese Art der Versorgung der Pflanzen mit hochwertigen Nährstoffen ging natürlich total daneben, denn bereits einige Tage später wimmelte es im Zimmer nur so von Schmeißfliegen, die wahrscheinlich aus den in die Kuhfladen gelegten Eiern dieser Fliegen geschlüpft waren. Nachdem ich sämtliche Pflanzen in saubere Erde umgetopft hatte, konnten wir wieder normal arbeiten, ohne dass wir laufend von umherschwirrenden Fliegenschwärmen gestört wurden.

Nun möchte ich noch einmal auf die Zeit nach der Geburt unseres zweiten Kindes eingehen.

Da meine Frau sich schon immer für künstlerische Tätigkeiten interessierte, sie hatte z. B. schon vormals einen Lehrgang für künstlerische Textilgestaltung absolviert, kam die Idee auf, sich auf dieser Basis einen kleinen Nebenverdienst zu schaffen. Irgendwie hatten wir die Idee, ovale Spanschachteln als Dreiersatz herzustellen, diese mit Blumenornamenten zu bemalen und dem Kunsthandel zum Verkauf anzubieten. Die größte Spanschachtel hatte in etwa die Abmessung von 18 cm x 10 cm x 7 cm und die anderen beiden waren entsprechend kleiner, so dass wir drei verschiedene Größen im Angebot hatten. Die Böden und Deckel bestanden aus 5 mm starken Sperrholzplatten, die von Furnierstreifen ummantelt waren, welche mit Berliner Kaltleim angeleimt wurden. Die Furnierstreifen besorgte ich natürlich aus den Möbelbetrieben, wo ich ja laufend tätig war. Zur Herstellung der Böden und Deckel funktionierte ich eine alte Tretnähmaschine zu einer elektrischen Laubsäge um. Für das Anbringen der Furnierumleimer schuf ich eine Vorrichtung, so dass ich letztendlich in der Lage war, immer 10 Satz dieser Schachteln wie in Serienproduktion herzustellen. Jetzt besorgten wir uns in der Gewerbestelle des Stadtbezirkes Ost eine Genehmigung als Kleingewerbetreibende und konnten nun mit der Produktion beginnen. Was den Absatz der Schmuckschachteln betraf, so hatten wir schon im Vorfeld Verbindung mit der Inhaberin eines Kunstgewerbegeschäftes in Dresden-Gruna aufgenommen, die stark an unserem Produkt interessiert war. Der

Preis für einen Satz betrug 35 Mark und man konnte sagen, dass die Schachteln abgingen wie warme Semmeln.

Was meinen weiteren beruflichen Werdegang betrifft, so wechselte ich 1978 vom Ingenieurbüro der Möbelindustrie in das Wissenschaftlich Technische Zentrum der holzverarbeitenden Industrie Dresden, kurz WTZ. Dort war ich als stellvertretender Abteilungsleiter Produktionsorganisation schwerpunktmäßig verantwortlich für die Zuschnitt-Optimierung von Spanplatten sowie die Zuteilung von Dekorfolie für die Betriebe der Möbelkombinate, denn bei diesen Materialien kam es immer wieder zu Engpässen bei den bedarfsgerechten Zuweisungen für die Betriebe. Erläuternd muss hierzu gesagt werden, dass es in der DDR nur einen Betrieb gab, in dem Spanplatten produziert wurden und der lag in Ribnitz-Dammgarten. Gleiches traf auf die Folienproduktion zu; hier befand sich der einzige Betrieb in Biesenthal. Dieser Ort lag ca. 40 km nördlich von Berlin, hatte etwa 4.000 Einwohner und zufälligerweise wohnten dort Verwandte mütterlicherseits von mir. Immer, wenn ich dienstlich in Biesenthal zu tun hatte, übernachtete ich bei meinen Verwandten und an diese Zeit denke ich heute noch sehr gern zurück. Mein Onkel hatte ein nicht alltägliches Hobby; er züchtete nämlich Rassekaninchen, genauer gesagt, sogenannte „Blaue Wiener". Ich hatte vorher nicht gewusst, was damit für ein Aufwand verbunden war. Die durften z.B. nicht x-beliebiges Grünfutter fressen, sondern bekamen eine genau ausgewogene Menge an Körnerfutter, wobei dieses wiederum aus verschiedenen Getreidearten bestehen musste, damit das Fell der Tiere einen unvergleichlichen Glanz bekam. Er hatte demzufolge auch einen ganzen Schrank voller Trophäen, die er bei Wettkämpfen mit seinen Tieren gewonnen hatte. Aber die schönsten Erinnerungen an diese Besuche habe ich auf kulinarischem Gebiet. Mein Onkel hatte hinter seinem Haus einen ziemlich großen Garten, den er zum größten Teil für den Anbau von Spargel nutzte. Immer, wenn ich dort war, kam Spargel in den verschiedensten Variationen auf den Tisch. Ich glaube, ich habe in meinem gesamten Leben noch nie so viel Spargel konsumiert, wie während dieser Zeit in Biesenthal.

Die Dienstreisen nach Biesenthal hatten übrigens noch einen weiteren angenehmen Nebeneffekt. Wir machten nämlich jedes Mal einen Abstecher nach Berlin, um uns dort mit Dingen zu versorgen, die es in der übrigen Republik fast nie gab. Wenn wir z.B. im zeitigen Frühjahr dort waren, kehrten wir immer mit einem Netz Frühkartoffeln heim, denn dort gab es sie ca. einen Monat eher, als in der Provinz. Ein unbedingtes Muss war außerdem ein Besuch des „Centrum Warenhaus" am Alex, denn da gab es all jene Artikel, von denen der Rest der Republik nur träumen konnte. Einmal besuchte ich dort die Werkzeugabteilung und traute meinen Augen nicht, denn ich entdeckte Widia-Bohrer in allen

Abmessungen. Das sind Bohrer mit einer Hartmetallspitze, die speziell für das Bohren von Löchern in Stein- und Betonwände verwendet wurden. Gerade in Neubauwohnungen, wo die Wände nur aus vorgefertigten Betonplatten bestanden, konnte jemand, der solche Bohrer besaß, damals richtig Geld machen. Für das Bohren eines Loches dort wurde gerne der Betrag von 1 Mark bezahlt, denn es besaß ja fast keiner die dafür erforderlichen Bohrer sowie die dafür notwendige Schlagbohrmaschine. Ich wählte für mich in dem Warenhaus die fünf gängigsten Abmessungen aus und reihte mich in die Warteschlange an der Kasse ein. Dann kam das böse Erwachen aus meinen Traumvorstellungen, denn ich durfte lediglich einen einzigen Bohrer kaufen und musste mich nun blitzschnell entscheiden, welche Abmessung für mich am wichtigsten war. Was die angeführte Schlagbohrmaschine betraf, so möchte ich dazu auch eine kleine Begebenheit einfügen. Eines Tages kurz vor Weihnachten sah meine Frau in der Stadt eine Frau, die einen Originalkarton mit einer Schlagbohrmaschine bei sich trug. Sie erkundigte sich natürlich, wo es dieses, für uns wertvolle Werkzeug zu kaufen gab, eilte sofort dorthin und kaufte auch eine solche Maschine. Mir erzählte sie aber nichts davon, sondern verpackte sie mit Geschenkpapier und legte sie zu Weihnachten unter den Weihnachtsbaum. Ich dachte zuerst, als ich das Paket anhob, dass sie sich einen Scherz mit mir erlaubt und einen Ziegelstein verpackt hätte, aber nach dem Öffnen des Paketes war ihr die schönste Überraschung für mich gelungen.

Aber wir kauften in Berlin nicht nur ein, sondern immer, wenn wir manchmal vor Weihnachten im Möbelkombinat Berlin zu tun hatten, mussten wir den Kollegen dort Original Dresdner Christstollen mitbringen, denn sie behaupteten, dass der Berliner Stollen den Geschmack eines missratenen Rosinenkuchens hatte.

1982 schließlich wurde das WTZ der holzverarbeitenden Industrie aufgelöst und in den VEB Möbelkombinat Dresden Hellerau eingegliedert. Meine Funktion als stellvertretender Abteilungsleiter Produktionsorganisation behielt ich bei, nur dass ich jetzt der Kombinatsleitung angehörte und sich das Einsatzgebiet speziell auf die Betriebe unseres Kombinates konzentrierte. Zu unserem Kombinatsdirektor, der etwa in meinem Alter und ein sehr umgänglicher Typ war, hatte ich fast ein freundschaftliches Verhältnis, obwohl ich von der gesamten Führungsriege in der Kombinatsleitung der einzige Nichtgenosse war. Durch irgendwie für mich glückliche Zusammenhänge wurde ich im Jahr 1984 sogar zum Abteilungsleiter Produktionsorganisation ernannt, denn in dieser Funktion war eigentlich die Mitgliedschaft in der SED unbedingte Voraussetzung. Ich verdiente nun das für mich für die damalige Zeit sagenhafte Gehalt von brutto 1.550 Mark. Davon gingen, wie ich vormals schon erwähnte, bei Angestellten knapp 20 % Lohnsteuer

ab, aber es blieb trotzdem ein beträchtliches Sümmchen übrig. Nun, wie ich schon vermutete, wollte
man mich nach relativ kurzer Zeit davon überzeugen, dass es in dieser Funktion doch wohl notwendig sei, dass ich der Partei beitrete. Noch dazu, weil
in den Parteiversammlungen viele betriebliche
Probleme erörtert wurden, die ich nicht mitbekam,
weil ich ja als Nichtgenosse nicht an den Versammlungen teilnehmen durfte. Einige Zeit konnte ich
mich mit irgendwelchen Ausreden aus der Angelegenheit herauswinden, bis mir regelrecht ein Ulti-
matum gestellt wurde, entweder Eintritt in die Partei oder Verlust meiner Funktion.

Nun war es damals so, dass ich nach Dienst-
schluss, sofern er pünktlich möglich war, zusammen mit einem Freund, der noch in dem zum Kombinat gehörenden Ingenieurbüro arbeitete, manchmal auf ein paar Bier in das „Carolaschlösschen"
ging. An dem Tag, als mir das oben genannte Ulti-
matum gestellt wurde, unterhielten wir uns über
mein Problem und fällten den Entschluss, einen
Ausreiseantrag zur Übersiedlung in die BRD zu
stellen. Bei ihm wusste ich, dass er sich schon lange
mit diesem Gedanken befasst hatte, aber sich allein
nicht getraute, einen Antrag zu stellen. Als ich
abends nach Hause kam, konfrontierte ich meine
Frau mit meinem Ansinnen und sie war sofort mit
dieser Idee einverstanden. Hier muss ich erwähnen,
dass sie schon seit der Zeit, als ihre Mutter krebs-
krank und nach dem Mauerbau 1961 nicht mehr in

ihre Heimat zur Mutter und den Geschwistern fahren durfte, diesen Schritt in ihrem Kopf hatte. Aber ich war lange Zeit, geblendet durch meinen beruflichen Aufstieg, noch nicht reif genug für diese einschneidende Entscheidung. Jedenfalls formulierten wir sofort am nächsten Tag, genau gesagt am 30.09.1985, einen formlosen Antrag auf die endgültige Ausreise aus der DDR und schickten ihn per Einschreiben an die dafür zuständige Stelle der Abteilung Inneres des Rates des Stadtbezirkes, die wiederum dem Ministerium für Staatssicherheit, MfS, unterstellt war.

Nebenbei gesagt wurde unsere Entscheidung sehr stark beeinflusst von den vormals erwähnten Auflösungserscheinungen der vor sieben Jahren erneuerten Dachränder und den damit verbundenen Problemen mit eindringendem Regenwasser. Denn zur Behebung dieses Schadens hätte es wieder einer größeren Baumaßnahme bedurft und dazu war uns nun endgültig die Lust vergangen.

Ab diesem Zeitpunkt wurden wir jede Woche einmal bei der für den Ausreiseantrag zuständigen Behörde vorstellig, um uns nach dem Bearbeitungsstand unseres Antrages zu erkundigen. Der Bearbeiter dort war ein netter, älterer Herr, der uns jedes Mal nach maximal fünfminütiger Unterhaltung die gleiche Antwort gab, nämlich, dass sich noch nichts ergeben hat. Diese wöchentliche Prozedur zog sich über ca. 3,5 Jahre hin, bis wir endlich die Ausreise genehmigt bekamen. Aber darauf gehe ich später noch detaillierter ein.

Um unserem Vorhaben einen gewissen Nachdruck zu verleihen, beantragten wir auch einen Termin beim MfS in Berlin. Anlässlich dieses Termines fuhren wir zu meinen Verwandten nach Biesenthal, ließen unsere beiden Töchter dort und nahmen den Termin beim MfS in Berlin war. Dort saßen wir wieder einem Bearbeiter gegenüber, mit dem wir uns über den Bearbeitungsstand in unserer Angelegenheit unterhielten. Ich muss hierbei meine Sichtweise ziemlich laut und direkt geäußert haben, ohne mir darüber im Klaren gewesen zu sein, dass ich mich im Gebäude der Staatssicherheit befand, wo ja jedes Gespräch abgehört und aufgezeichnet wird. Der Bearbeiter jedenfalls wies mich unmissverständlich darauf hin, dass ich meinen Unmut zügeln sollte, wenn ich das Gebäude als freier Bürger verlassen wollte. Ich leistete diesem ernsthaften Ansinnen natürlich Folge und er unterhielt sich anschließend nur noch mit meiner Frau. Später, als wir schon in der BRD waren, erfuhren wir dann von ähnlich gelagerten Fällen, die aber für die Beteiligten nach dem Gespräch im MfS in Berlin dahingehend endeten, dass sie für mehrere Jahre in die Justizvollzugsanstalt Bautzen überführt und die Kinder in ein Kinderheim verfrachtet wurden. Ich muss im Nachhinein dem damaligen Mitarbeiter noch dankbar sein, dass er uns durch seine Gesprächsführung davor bewahrt hatte.

Nun aber wieder zurück zum Zeitpunkt der Ausreiseantragstellung und den damit verbundenen Ereignissen. Zuerst informierte ich natürlich den Kombinatsdirektor über meinen Schritt und kann mich noch ganz genau an seine darauffolgende Reaktion erinnern. Er sagte danach wörtlich „So eine Scheiße, so etwas hatten wir hier ja noch nie.". Ich wurde sofort von der bisherigen Stellung als Abteilungsleiter entbunden und war jetzt nur noch Mitarbeiter in meiner ehemaligen Abteilung. Damit verbunden war natürlich auch die Herabsetzung des Gehaltes von ehemals brutto 1.550 Mark auf brutto 1.170 Mark. Aber einen positiven Nebeneffekt hatte die Ausreiseantragstellung für mich dennoch, denn ab sofort wurde ich aus der Kampfgruppe, die ich vormals schon erwähnte, ausgegliedert. Als übrigens mein Freund, mit dem ich im Möbelkombinat Zeulenroda-Triebes beim Einsatz der Produktionskontroll- und -lenkanlage tätig war, von meiner Antragstellung erfuhr, stellte er ebenfalls einen Ausreiseantrag. Er hatte zwischenzeitlich die Tischlerei seines Vaters übernommen, weil er keine Entwicklungsmöglichkeiten entsprechend seiner Qualifikation im WTZ mehr sah. Unsere Ausreisen in die BRD erfolgten nebenbei gesagt fast zum gleichen Zeitpunkt.

Das mit meiner Degradierung zum Mitarbeiter verbundene neue Arbeitsgebiet beschränkte sich fortan auf die Zuteilung von Engpassmaterialien auf die Kombinatsbetriebe, was bei mir natürlich

keine arbeitsmäßigen Zufriedenheitsgefühle auslöste. Demzufolge leistete ich mir nun öfters krank-
heitsbedingte Erholungsphasen, wobei ich natürlich bei den Krankheiten immer selbst Hand an-
legte. Z.B. ging zur damaligen Zeit gerade ein sogenanntes Poliovirus um, was mit starkem Durchfall
verbunden und hoch ansteckend war. Wer damals
Durchfall hatte, wurde als Erstes sofort für mindestens zwei Wochen krankgeschrieben und musste
immer eine Stuhlprobe in der Jägerstrasse abgeben,
wo sich die Hygieneinspektion für den Bezirk Dresden befand. Egal, ob der Befund nun positiv oder
negativ ausfiel, an den zwei Wochen Krankschrei-
bung änderte sich nichts. Was den Durchfall betraf,
der dazu ja unbedingt notwendig war, so bediente
ich mich hierfür eines Kunstgriffes, indem ich am
Vorabend ein paar scharfe Peperonis zu mir nahm,
dazu einen oder zwei Schnaps trank und schon trat
am nächsten Morgen der gewünschte Zustand ein.
Da dieser von mir erwünschte Zustand aber nur am
Morgen auftrat und sich im Laufe des Tages norma-
lisierte, musste ich die benötigte Stuhlprobe immer
sofort nach dem Aufstehen sicherstellen.

Die letzten Jahre in der DDR

Ich muss schon sagen, dass die Zeit nach der Antragstellung für meine Familie und mich irgendwie ohne tieferen Sinn verlief. Da man nicht wusste, wann man herausgelassen wird, lebte man also nur vor sich hin und wartete auf die Genehmigung der Ausreise, wobei man noch nicht einmal wusste, ob man sie überhaupt bekam. Um unsere finanzielle Situation ein wenig aufzubessern, denn unsere Ersparnisse schrumpften immer mehr zusammen, wollte meine Frau schließlich wieder eine Arbeit entsprechend ihrer Qualifikation aufnehmen. Das erwies sich aber nun schwieriger als gedacht, denn immer, wenn sie beim Aufnahmegespräch den Ausreiseantrag erwähnte, wurde ihr eine Einstellung verweigert. Nun muss man wissen, dass man in der DDR laut Verfassung nicht nur die Pflicht, sondern auch das Recht auf Arbeit hatte. Nach weiteren Fehlversuchen, eine angemessene Arbeit zu erhalten, setzten wir ein Schreiben an den Staatsrat in Berlin auf und wiesen unter Bezugnahme auf die verfassungsrechtlichen Pflichten und Rechte auf die bestehende Situation hinsichtlich meiner Frau hin. Kurz darauf bekam sie eine Stellenzuweisung für einen kleinen Betrieb, aber nicht entsprechend ihrer Qualifikation, sondern als einfache Mitarbeiterin in der Produktionsvorbereitung, natürlich auch mit einem dementsprechend niedrigen Gehalt. Hier hatten wir wieder etwas Glück, denn in diesem Betrieb war der ehemalige Betriebsdirektor vom VEB Reglerwerk Dresden, in dem ich früher als EDV-Organisator gearbeitet hatte, als Produktionsleiter tätig. Er wurde damals infolge von nicht mit der Partei der Arbeiterklasse zu vereinbarenden, zahlreichen Frauengeschichten als Betriebsdirektor entlassen und war seitdem in diesem Betrieb tätig. Er setzte sich dafür ein, dass meine Frau zumindest eine Tätigkeit in seinem Bereich ausführen durfte, die in etwa ihrer Qualifikation entsprach. Intern gehörte sie zu einer Arbeitsgruppe, die sich mit der Erarbeitung eines Komplexsystems zur rechnergestützten Produktionsorganisation befasste, und hatte damit zumindest noch arbeitsmäßig eine befriedigende Beschäftigung. Mit der Leiterin der Abteilung Datenverarbeitung hatten wir noch viele Jahre nach unserer Ausreise einen sehr engen Kontakt.

Am 14.11.1989 schließlich kam Bewegung in unsere Ausreiseangelegenheit. An diesem Tag wurde unsere ältere Tochter nämlich 18 Jahre alt und musste nun für sich selbst entscheiden, ob sie in der DDR bleiben oder mit uns gemeinsam in die BRD übersiedeln wollte. Wir wurden an diesem Tag erstmals ohne unser Zutun zusammen mit unserer Tochter in die Ausreiseantragsstelle des Stadtbezirkes Dresden-Ost einbestellt und bekamen alle drei ein Antragsformular mit der Bezeichnung „Antrag auf ständige Ausreise aus der DDR" zum Ausfüllen ausgehändigt. Der von uns 1985 vormals gestellte Antrag war im Prinzip für die Behörden nur eine formlose Willenserklärung unsererseits ohne jegliche rechtliche Grundlage. Mit der nunmehrigen Abgabe des vorschriftsmäßigen Antrages war eine entsprechend der UNO-Charta kurzfristige Bearbeitung und Entscheidungsfindung verbunden. Es hätte also durchaus passieren können, dass unser Anliegen auf Ausreise abgelehnt worden wäre.

Unsere ältere Tochter, die ja am Tag der Abgabe des Ausreiseantrages das 18. Lebensjahr erreicht hatte, ging danach sofort in ihre Schule, um den obligatorischen Geburtstagskuchen mit ihren Klassenkameraden zu verzehren. Erläuternd muss ich hier einfügen, dass sie infolge ihrer sehr guten schulischen Leistungen auf eine Erweiterte Oberschule delegiert wurde und sich zu diesem Zeitpunkt kurz vor dem Abiturabschluss in der 12. Klasse befand. Als sie jedoch dort verkündigte, dass sie einen Antrag zur Ausreise aus der DDR gestellt hat, wurde sie mit sofortiger Wirkung am selben Tag von der Schule verwiesen und durfte sie auch nicht mehr betreten. Als wir dann viele Jahre später Einsicht in unsere Stasi-Akte bekamen, erfuhren wir durch ein darin enthaltenes Schriftstück, dass sich die Direktorin dieser Schule bei den Staatssicherheitsorganen beschwert hatte, warum sie nicht 1985 schon über unsere Antragstellung informiert worden sei, denn dann hätte sie unsere Tochter sofort von der Erweiterten Oberschule verwiesen. Wir selbst fragen uns heute noch, wieso wir mit keinem Gedanken an die Folgen für unsere Tochter mit unserem Schritt gedacht haben, denn wenn es nicht die von der Direktorin beklagte Informationslücke bei der Staatssicherheit gegeben hätte, wäre das Leben unserer Tochter total anders verlaufen. Sie hätte noch nicht einmal einen ordentlichen Beruf erlernen können, denn sie war ja gewissermaßen die Tochter einer dem sozialistischen Arbeiter- und Bauernstaat verräterisch gegenüberstehenden Familie, die sozusagen dafür mithaften musste. Irgendwie sind diese Gedanken an die Folgen in unserer Euphorie völlig untergegangen. Wir glauben, dass wir den Ausreiseantrag nie gestellt hätten, wenn wir damals diese Problematik mit ins Auge gefasst hätten. Aber das Glück war ja wieder mal auf unserer Seite und alles ist gut verlaufen.

Um noch einmal auf die Einsichtnahme in unsere Stasi-Akte einige Jahre nach unserer Übersiedlung zu sprechen zu kommen, fällt mir noch eine Begebenheit ein, aus der ersichtlich wird, was für ein totalitärer Überwachungsstaat der sogenannte Arbeiter- und Bauernstaat eigentlich war.

Von einem Freund, mit dem ich an der TU Dresden in einer Seminargruppe war, der aber sein Studium erfolgreich abgeschlossen hatte, erhielt ich Mitte der 70-er Jahre, ich war zu dem Zeitpunkt schon verheiratet, eine Ansichtskarte aus der BRD mit folgendem Inhalt:

„Lieber George, deine Träume sind für mich in Erfüllung gegangen, viele Grüße aus der BRD sendet dir Dein Freund..."

212

Daraufhin schrieb ich ihm einen langen Brief, in dem ich ihn bat, mir mitzuteilen, auf welche Art und Weise ihm das gelungen war und was man sonst noch so zu berücksichtigen hatte beim Einleiten der damit verbundenen Schritte. Da ich keine Antwort von ihm erhielt und annahm, dass er keinen Kontakt mehr wünschte, brach die Verbindung mit ihm gänzlich ab. In dem Zusammenhang muss ich erläuternd sagen, dass wir damals alle glaubten, dass er von der Stasi geködert und gezielt in die BRD eingeschleust wurde, denn er verließ letztendlich die DDR mit Frau und zwei Kindern zu einer Zeit, zu der die Möglichkeit einer legalen Ausreise noch nicht allgemein bekannt war. Na ja, die Aufklärung erhielt ich schließlich nach Einsichtnahme in die Stasi-Akte, denn dort waren nicht nur mein Antwortbrief an ihn im Original, sondern unser gesamter, belangloser Briefverkehr mit unserer Verwandtschaft in der BRD, teilweise als Original oder als Kopie, abgeheftet. Als es mir nach Aufklärung der Fakten durch die Stasi-Akte dann gelang, seine Adresse herauszubekommen, vereinbarten wir sogleich mit unseren Frauen ein Treffen in einem kleinen Weinlokal in der Nähe von Bonn, wo das Wiedersehen gebührlich gefeiert wurde. Die freundschaftlichen Beziehungen zwischen uns bestehen sehr intensiv bis in die heutige Zeit und wir haben schon mehrere interessante Kurzurlaube miteinander verbracht.

Nun weiter mit unseren Ausreisevorbereitungen.

Mit Abgabe des offiziellen Ausreiseantrags konnte man, herrührend von Erfahrungen aus unserem Bekanntenkreis, davon ausgehen, dass die Ausreise positiv entschieden wird. Man begann in diesem Zusammenhang sofort mit der Auflösung des Haushaltes, das heißt, sämtliche Möbel wurden, teilweise zu Schleuderpreisen, verkauft oder verschenkt. Unsere schöne, selbstentworfene, rustikale Küchensitzecke überließen wir z.B. kostenlos einem Mitbewohner des Hauses. Zum Schlafen dienten uns ab diesem Zeitpunkt lediglich einfache Matratzen, die in einem Zimmer auf dem Boden lagen.

Alle Genstände aus dem Haushalt, die man mitnehmen wollte, mussten ordentlich in entsprechende, transportsichere Kisten verpackt werden. Dazu besorgten wir uns aus der Teefabrik in Radebeul sogenannte Teekisten, in denen dort der Tee angeliefert wurde und die nach der Entleerung immer kostenfrei abgeholt werden konnten. Diese Kisten hatten die Abmessung von 50 cm x 50 cm x 60 cm und waren ideal für unsere Zwecke geeignet. Für größere Objekte, wie z.B. Skier, Besen und kompakteres Werkzeug zimmerte ich mir selbst ein stabiles Behältnis. Insgesamt standen nun 48 Kisten fertig gepackt in den Zimmern; in jeder Kiste befand sich ein Inhaltsverzeichnis und dazu hatten wir noch zusätzlich zwei weitere für irgendwelche Behördenstellen. Die Bekleidung für die nächste

Zeit hatten wir in sechs Koffern untergebracht, aus denen wir je nach Bedarf Kleidung entnahmen und nach der Reinigung auch wieder hinzufügten und zwar immer unter Berücksichtigung der damit verbundenen Aktualisierung der Inhaltsverzeichnisse, die ebenfalls in dreifacher Ausführung nötig waren. Die Koffer konnten wir direkt bei der Ausreise im Zug mitnehmen, währenddessen die Kisten zu einem unbestimmten, später von den Behörden vorgegebenen Zeitpunkt nachgeschickt wurden. Da wir ja noch nicht wussten, wo wir eventuell in der BRD landen würden, adressierten wir die Kisten an die Adresse eines Bekannten meiner Frau, der eine Firma besaß und demzufolge den zur Aufbewahrung notwendigen Platz hatte. Außerdem mussten wir zwei Bevollmächtigte aus unserem Freundeskreis benennen, die als Ansprechpartner für die damit verbundenen Schritte fungierten. Einem von den beiden hatten wir in diesem Zusammenhang einen größeren Geldbetrag ausgehändigt, um noch eventuell anfallende Kosten begleichen zu können. Er musste übrigens, als wir schon in der BRD angekommen waren, noch einige Schikanen seitens der Behörden über sich ergehen lassen. Bei der Erledigung der Zollformalitäten für die Ausführung unserer 48 Kisten verlangte man von ihm teilweise eine Konkretisierung der Inhaltsangaben. Z.B. wollte man bei der Kiste mit Spielsachen ganz genau wissen, was das für Spielsachen waren und wieviel von jeder Art. Oder bei der Kiste mit Werkzeugen und Normteilen sollte ganz genau angegeben werden, welche und wieviel von den jeweiligen Teilen dort drinnen waren. Also teilten wir ihm brieflich mit, was genau in der Spielzeugkiste war, obwohl wir es so ganz genau gar nicht wussten. Ebenso verfuhren wir im Fall der Kiste mit den Normteilen. Hier schlüsselte ich alle Teile nach Menge und Art auf, wobei ich alle Angaben frei erfand; wie z.B. 27 Unterlegscheiben mit Durchmesser 20 mm, 16 Schrauben M 12, 37 Muttern M 14 usw. Mit diesen Aufstellungen ergänzte er die betreffenden Inhaltsverzeichnisse und konnte, so lächerlich das auch klingt, die Behörden zufriedenstellen.

Erwähnenswert ist hierzu noch, dass die Beförderungskosten für unsere 48 Kisten nicht mit unserem DDR-Geld, sondern nur mit harter Währung aus der BRD beglichen werden durften, da hierfür eine Firma aus der BRD beauftragt wurde. Die Transportkosten beliefen sich auf insgesamt 1.939,50 DM, die aber erst mit Eintreffen der Kisten fällig wurden. Da wir drüben schon über ein sogenanntes Barvermögen in Höhe von genau 1.845,00 DM verfügten, das eine Tante von meiner Frau verwaltete und das sich aus Zuwendungen von Verwandten und Bekannten ergab; selbst ein Freund von uns drückte uns am Abend unserer Abreise auf dem Bahnsteig noch 50 DM in die Hand, konnten wir diese Kosten fast aus dieser Reserve begleichen.

Ja, nun lebte man auf unbestimmte Zeit in diesem Tohuwabohu und wartete auf die Zustimmung zur Ausreise, wenn sie denn überhaupt genehmigt wurde. Endlich am 09.01.1989 wurden wir in die Abteilung Inneres des Stadtbezirks Dresden-Ost bestellt und erhielten dort einen sogenannten Laufzettel, mit dem man sich bei den verschiedensten Stellen, wie z.B. Gasversorger, Stromversorger, Versicherungen, etc. abmelden musste, letztendlich war noch ein Gang zur Staatsbank der DDR in Dresden notwendig, um etwaige Bargeldbeträge an DDR-Geld einzuzahlen. Erst, nachdem von allen geforderten Stellen der Stempel auf dem Laufzettel vorhanden war, erhielt man vom zuständigen Volkspolizeikreisamt endlich gegen Bezahlung einer Gebühr die Entlassungsurkunde aus der Staatsbürgerschaft der DDR. Gleichzeitig mussten wir den Ausweis abgeben und erhielten im Gegenzug eine Identitätsbescheinigung und das lang ersehnte Ausreisevisum. Unter Vorlage dieses Visums konnte man nun die Fahrkarten für den von den Behörden festgelegten Zug kaufen und anschließend auch die Koffer aufgeben. Unser Zug fuhr am selben Tag 22:09 Uhr vom Bahnhof Neustadt ab und vorher, als unsere Freunde uns abends abholten, um beim Transport der Koffer mitzuhelfen, passierte noch ein Malheur. Ein Koffer platzte beim Zudrücken auseinander und ein Freund von uns musste blitzschnell zu sich nach Hause fahren, um uns mit einem Koffer von sich auszuhelfen. Aber wir kamen noch rechtzeitig auf dem Bahnhof an, wo schon etliche andere Freunde von uns warteten. Nun war es endlich soweit, dass wir von Allen

Abschied nehmen mussten; dass diese Zeremonie mit reichlich Tränenwasser verbunden war, kann sich wohl jeder vorstellen, sogar jetzt, wo ich das alles noch einmal Revue passieren lasse, stehen mir wieder die Tränen in den Augen.

Unser Abteil war mit 8 Personen voll besetzt, neben mir saß ein Bundesbürger, der schon 1955 die DDR verlassen hatte und von einer Besuchsreise zurückfuhr. Mit ihm teilte ich mir zwei Flaschen Dresdener Bier, die mir ein Freund als Wegzehrung mit auf die Reise gegeben hatte.

Neuanfang in der BRD

Der Grenzübergang erfolgte zwischen 3:25 Uhr und 4:05 Uhr völlig problemlos, ohne Kontrolle unseres Handgepäcks, wir brauchten sogar unsere dreifach angefertigten Inhaltsverzeichnisse nicht vorzuweisen. Aber als wir dann später im Aufnahmelager waren, erwiesen sich diese Inhaltsverzeichnisse als sehr nützlich, denn wir mussten nicht lange suchen, welche Kleidungsstücke in welchem Koffer waren. In Fulda mussten wir gegen 5:00 Uhr umsteigen und traten dann, durch den damit verbundenen Koffertransport völlig durchgeschwitzt, 5:24 Uhr die Weiterfahrt an. Gegen 7:30 Uhr erreichten wir Gießen, wo sich das zentrale Aufnahmelager befand. Dort wurden wir von zwei Damen der Caritas empfangen. Unsere Koffer, die wir in Dresden als Reisegepäck aufgegeben hatten, konnten wir gleich auf dem Bahnhof lassen; mit dem leichteren Handgepäck ging es zu Fuß ca. 10 min. zum Lager. Das Lager bestand aus mehreren Bettenhäusern, einem Bürogebäude mit verschiedenen Behörden, sowie einem Gebäude mit Küche und Speisesaal. Hier gab es erst einmal Frühstück, dann erfolgte die Anmeldung, wobei wir auch ein Taschengeld von 45 DM für uns zusammen erhielten, wovon wir zum Unmut unserer Kinder nichts ausgaben und es behüteten wie unseren Augapfel. Dann bekamen wir einen Laufzettel und ein Aufnahmeformular sowie Bettwäsche und Handtücher und bezogen im Haus Thüringen ein schönes Viermann-zimmer mit zwei Doppelstockbetten, einem Schrank, einem Tisch, zwei Sessel, zwei Stühlen und einem Waschbecken. In diesem Lager, wo wir die ersten drei Tage verbrachten, wurden wir voll verpflegt mit Frühstück-, Mittags- und Abendessen. Nachdem wir die Betten bezogen hatten, gönnten wir uns erst einmal einen zweistündigen Mittags-schlaf, denn den hatten wir mehr als dringend not-wendig.

An den folgenden Tagen waren wir mit Behör-dengängen im Lager beschäftigt. Es galt, Formulare mit Fragen über Fragen auszufüllen und man brauchte wiederum viel Geduld, denn man musste bei den verschiedensten Behördenstellen lange Wartezeiten auf sich nehmen. Doch darin waren wir ja geübt. So haben wir nacheinander Arbeits-amt, Meldestelle, Bundesverfassungsschutz, Bun-desnachrichtendienst usw. hinter uns gebracht. Zu-letzt ging es zu der Stelle, wo die Festlegung des Bundeslandes erfolgte, in dem wir zukünftig woh-nen sollten. Hier gab es die erste Enttäuschung für uns, denn wir hatten vorher schon für uns den Raum um Stuttgart herum in Erwägung gezogen. Die Beamtin von Baden-Württemberg gab uns nicht sehr freundlich zu verstehen, dass alle Übergangs-heime, Hotels und Pensionen in diesem Gebiet überfüllt sind und dass eigentlich nur noch diejeni-gen aufgenommen werden, die auch Verwandte in diesem Bundesland haben. Man riet uns deshalb, nach Nordrhein-Westfalen zu ziehen, wo viele unserer Verwandten wohnen. An und für sich wollten wir gerade das aber nicht, denn sie sollten nicht denken, dass sie uns nun durchfüttern müssten. Da die Bearbeiter sich nicht auf unsere Wünsche einließen, entschieden wir uns kurzerhand doch für Köln in NRW als zukünftigen Wohnort. Damit verbunden war ein weiterer Aufenthalt in dem Aufnahmelager von NRW in Unna-Massen. Für die Fahrt dorthin bekamen wir die Fahrkarten und einen Gepäckbeförderungsschein für unsere Koffer. Außerdem erhielten wir zum Abschluss ein Begrüßungsgeld von 200 DM pro Person und konnten uns in einer Bekleidungskammer nagelneue Sachen aussuchen. Wir bekamen für meine Frau und die ältere Tochter jeweils ein Paar Freizeitschuhe plus Sportsocken, für unsere jüngere Tochter einen Jogginganzug plus einmal Unterwäsche und für mich ebenfalls einen Jogginganzug plus Sportsocken.

Am nächsten Tag, dem 13.01.1989, ging es nach dem Frühstück und dem Empfang eines Verpflegungsbeutels zu Fuß zum Bahnhof. Dort holten wir unsere sechs Koffer aus der Gepäckaufbewahrung und warteten auf die Abfahrt des Zuges 11:08 Uhr nach Unna-Massen. Die Fahrt dorthin war sehr angenehm, der Zug war fast leer und auffallend sauber, wovon ein Bahnbenutzer von heute, also 2020, nur träumen kann. Kurz vor 14:00 Uhr kamen wir an und wurden fast ohne Wartezeit mit einem VW-Bus ins Auffanglager gefahren. Dort bezogen wir eine Zweiraumwohnung; die Küche, Dusche und Toilette musste man sich mit einer anderen Zweiraumwohnung auf der gleichen Etage teilen. Das war aber unproblematisch, denn die eigentlichen Wohnungen waren separat abschließbar. Das Lager selbst war nicht eingezäunt, sondern im Prinzip eine separate Siedlung mit mehreren dreigeschossigen Häusern mit jeweils zwei Wohnungen pro Etage, ausgelegt für ca. 4.000 Bewohner. Der Anteil an Übersiedlern aus der DDR betrug nur ca. 10 %, den größten Teil der Lagerinsassen bildeten Polen und Russen mit deutschstämmigem Hintergrund. Zum Lager gehörten vielfältige kulturelle und sonstige Einrichtungen, wie z.B. Einkaufsmöglichkeiten, Post, eine Schule für die vielen ausländischen Umsiedler, Bücherei, Krankenstation und Sportplatz. Der Unterschied zu Gießen bestand darin, dass man sich hier selbst verpflegen musste. Die erste Woche verging tagsüber wieder mit unzähligen Behördengängen, wobei es hier wesentlich ungeordneter als in Gießen zuging. Das lag zum größten Teil an den deutschstämmigen Polen und Russen, die sich in teilweise ruppiger Vorgehensweise immer bei den vielfältigen Behördengängen vordrängeln wollten. Dabei wurden wir speziell von den angeblich deutschstämmigen Polen mehr als einmal als Nazi beschimpft, wo ich mich immer sehr zurückhalten musste, um die Situation nicht eskalieren zu lassen. Seltsamerweise waren die Behördenstellen dort mehrheitlich von Mitarbeitern mit Migrationshintergrund besetzt, die teilweise unsere Sprache nur unzureichend beherrschten. Wenn man hier nicht höllisch aufpasste, wurde man hinsichtlich der Qualifikation total falsch eingestuft, was sich wiederum bei der Höhe des Arbeitslosengeldes, solange man kein Arbeitsverhältnis hatte, sehr negativ auswirken konnte. Bei meiner Frau z.B. wurde in einer Unterlage hinsichtlich ihrer vorhandenen Qualifikation einfach mal Sachbearbeiter statt Diplomingenieur eingetragen.

Zwischendurch wurde man sehr oft, wie auch in Gießen schon, von irgendwelchen ominösen Herren angesprochen, die ihre Hilfe bei den verschiedensten Angelegenheiten angeblich unentgeltlich anboten. Vor solchen Leuten hatte man uns aber schon vorher von offizieller Seite gewarnt, denn meistens verbarg sich hinter den angeblichen Hilfsangeboten ein betrügerischer Rattenschwanz.

Gegen Ende der ersten Woche bekamen wir auf einer Postkarte eine Benachrichtigung vom Kirchlich-Diakonischen Dienst, wobei es um einen nochmaligen Empfang von Kleidungsstücken ging. Unsere beiden Töchter bekamen je einen Pullover, meine Frau entschied sich für zwei paar Strumpfhosen. Für mich gab es nichts Passendes zum Anziehen, sondern ich musste mich mit ein paar Socken und einem Handtuch begnügen.

Während unseres 14-tägigen Aufenthaltes in Unna-Massen wurden wir zweimal übers Wochenende von meinem Schwager, der in Köln wohnt, abgeholt und konnten uns so ein wenig von dem allgemeinen Tohuwabohu erholen. Zwischenzeitlich machten wir immer nach Beendigung der Behördengänge zu Fuß Ausflüge in die nähere Umgebung.

Am 24.01.1989 endlich bekamen wir unseren Abmeldeschein und nach Begleichung der Unterkunftsgebühren für die Zeit in dem Lager in Höhe von 40,80 DM ging es dann am nächsten Tag mit zwei Bussen nach Köln. Unsere Koffer wurden schon zwei Tage vorher abgeholt, so dass wir jetzt nichts mehr schleppen mussten. Es war das erste Mal in unserem Leben, dass wir mit solch einem komfortablen Bus gefahren sind, er war vollklimatisiert, hatte unter der Decke zwei Fernseher und besaß sogar eine Toilette. Als wir in Köln ankamen, bog der Bus in das Gelände des Krankenhauses Köln-Merheim ab und ich sagte zu meiner Frau so aus Spaß, dass es jetzt erst mal zur Entlausungsstation geht, bevor wir irgendeine Unterkunft anfahren. Aber dem war natürlich nicht so, denn gleich am Anfang des Geländes befand sich ein total neu renoviertes Gebäude, das nur für die Unterkunft von Übersiedlern vorgesehen war. Wir bezogen hier ein 25 m² großes Zimmer mit zwei Doppelstockbetten, zwei zweitürigen Kleiderschränken, einem Kühlschrank, einem Schrank für Küchenutensilien, einer Spüle, einem Elektrokocher mit zwei Platten sowie einem Tisch mit vier Stühlen. Alles war ganz neu, denn wir waren der Erstbezug. Pro Gang gab es noch getrennte Duschräume für

Männer und Frauen sowie einen Waschraum mit Waschmaschinen und Trocknern.

Im Zimmer befand sich jedoch nur das Mobiliar. So war es günstig, dass der Bruder meiner Frau in der Nähe wohnte. Gleich am ersten Tag haben wir einen Fußmarsch dorthin unternommen (ca. 45 min.) und uns das Notwendigste an Küchenutensilien ausgeliehen. Am nächsten Wochenende schließlich haben wir dann den Hausrat, den wir schon aus der DDR an die Bekannten meiner Frau in Krefeld geschickt hatten, abgeholt. In der Beziehung war es also ganz gut, dass wir hier in NRW gelandet sind.

Für die Unterkunft haben wir für Miete und Nebenkoste insgesamt 308,00 DM gezahlt.

In diesem Objekt lernten wir übrigens auch ein Ehepaar aus Karl-Marx-Stadt, das heutige Chemnitz, kennen, das zusammen mit uns dort ankam. Er war Koch und fand sofort eine Anstellung in der Küche von der Motorenfabrik Klöckner Humboldt Deutz, KHD. Dort freundete er sich wiederum mit dem Küchenchef an, der auch ungefähr in seinem Alter und Mitglied in einem Kegelverein war. Nun ergab es sich, dass dieser Kegelverein noch Zuwachs suchte und der Bekannte aus Karl-Marx-Stadt sprach uns an, ob wir mit machen wollten. Wir sagten natürlich sofort zu, denn es war ja von vorn herein unser Anliegen, uns einen neuen Bekanntenkreis aufzubauen. Meine Frau und ich hatten vom Kegeln überhaupt keinen blassen

Schimmer und speziell ich krönte mich meistens mit dem Titel „Kallekönig", aber es war immer eine lustige Runde und wir unternahmen auch außerhalb der Kegelabende vieles gemeinsam. Nach ein paar Jahren löste sich der Verein leider auf, da ein Ehepaar, das fast profimäßig kegelte, den Einfall hatte, richtig an Vereinswettkämpfen teilzunehmen, was aber keiner von uns wollte.

Seit dieser Zeit aber hatte sich zwischen dem Küchenchef, dem Koch und mir eine wirklich tiefe Freundschaft entwickelt. Wir Männer treffen uns bis auf den heutigen Tag mindestens dreimal pro Jahr zu einem Bierabend und natürlich oftmals auch zusammen mit unseren Frauen. Der Bekannte aus Karl-Marx-Stadt fing übrigens nach einem Jahr als Küchenleiter in der über die Grenzen von Köln hinaus bekannten Gaststätte „Päffgen" in Brück an und zog danach mit zum späteren Standort dieses Restaurants nach Bensberg.

Unser anderer Freund aus Köln, der Küchenchef von KHD, besaß übrigens ein komfortabel eingerichtetes, großes Wohnmobil mit zwei Doppelbetten und wir beide verbrachten damit öfters mit unseren Frauen in der näheren Umgebung Kurzurlaube. Gerne denke ich auch im Zusammenhang mit dem Wohnmobil an die mehrtägigen Besuche des Cannstatter Wasen in Stuttgart, die wir mehrmals zusammen mit den Kindern seiner Frau aus erster Ehe und deren Freunden unternahmen. Wie man sich vorstellen kann, ging es dort immer sehr feucht-fröhlich zu. In der Eintrittskarte enthalten waren neben einem halben Brathähnchen auch zwei Maß Bier, ein Maß war die Menge von einem Liter, aber wir nahmen dort pro Abend mindestens vier bis fünf Maß zu uns. Meine Frau war dort aber nie mit dabei, denn der Lärm, verbunden mit dem übermäßigen Biergenuss, war nicht nach ihrem Geschmack.

Nach dieser kleinen Abschweifung weiter mit unserem Einzug in das Übergangswohnheim in Merheim.

Da es nach unserer Ankunft inzwischen schon nach 12:00 Uhr war, bekamen wir erst einmal vier Beutel mit Kaltverpflegung. Nachdem wir uns grob eingerichtet hatten, erfolgte eine erste Unterredung mit einem Sozialarbeiter, wo es vorrangig um die Einschulung unserer Kinder ging. Da unsere ältere Tochter durch den Besuch der Erweiterten Oberschule in Dresden bereits fortgeschrittene Kenntnisse in den Sprachen Russisch und Französisch nachweisen konnte, entschieden wir uns für eine Anmeldung in einem Gymnasium in Köln, wo auch die Sprache Russisch gelehrt wurde. Der Nachteil bei diesem Gymnasium war, dass es am anderen Ende von Köln lag und man mit der Straßenbahn mit einmal umsteigen ca. eine Stunde Wegzeit benötigte. Das Fahrgeld war für alle Schüler umsonst, ebenso wurden alle Schulbücher kostenfrei an die Schüler ausgeliehen. Sie fing dort in der 11. Klasse an und machte nach weiteren zwei Jahren ihr

Abitur mit der Note 1, benötigte also gegenüber ihrem möglichen Abschluss in der DDR zwei zusätzliche Schuljahre. Unsere jüngere Tochter meldeten wir auch mit im gleichen Gymnasium an. Sie begann dort mit der 5. Klasse und bekam lediglich im Fach Englisch einen gesondert geförderten Nachhilfeunterricht, da sie ja die erste Hälfte des Schuljahres versäumt hatte. Sie hat übrigens ihr Abitur ebenfalls mit einer sehr guten Note abgeschlossen. Laut Aussage unserer älteren Tochter waren die Anforderungen auf dem Gymnasium wesentlich geringer als in der DDR, das heißt, sie hatte gegenüber ihren Klassenkameraden einen erheblichen Wissensvorsprung. Dass das Schulsystem in der damaligen DDR tatsächlich vorbildlich war, kann ich nach Kenntnis der heutigen Situation nur bestätigen. Denn dieses Tohuwabohu, was heute auf diesem Gebiet herrscht, kann ein normal denkender Mensch kaum verstehen. Nicht nur, dass man es bis heute, wir schreiben jetzt das Jahr 2020, nicht fertiggebracht hat, ein bundesweit einheitliches Zentralabitur durchzuführen, sondern jedes Bundesland kocht in Bezug auf das Schulwesen sein eigenes Süppchen. Am unverständlichsten ist hierbei noch, dass sogar fast jede Schule in einer Stadt unterschiedliches Lehrmaterial hat, so dass überhaupt keine reelle Möglichkeit besteht, den Bildungsstand zwischen den einzelnen Schulen zu vergleichen. Ich möchte beileibe kein Lobgesang auf die DDR anstimmen, aber dort gab es ein einheitliches Zentralabitur, basierend auf in der gesamten DDR einheitlichem Lehrmaterial. Bei der Wiedervereinigung hätte man vieles aus diesem Schulsystem übernehmen können, aber das durfte wahrscheinlich aus Prinzip nicht sein, denn dann hätten die Verantwortlichen der BRD das bestehende Schulsystem total umkrempeln müssen. Da war es schon einfacher, dem DDR- Schulsystem einfach das schlechtere bundesdeutsche überzustülpen.

Nachdem wir jetzt das Schulproblem für unsere Kinder geregelt hatten, mussten wir uns erst einmal um unsere eigene Zukunft kümmern.

Aber ehe wir dazu kamen, war es notwendig, Anfang Februar eine Zwangspause von einer Woche einzulegen, denn da wurde in Köln Karneval gefeiert. Es war für uns unvorstellbar, was da so ablief. Es fing schon am Donnerstag, dem 02.02.1989, an, denn da wurde der offizielle Straßenkarneval pünktlich um 11:11 Uhr mit der sogenannten „Weiberfastnacht" eröffnet. Zu diesem Anlass treffen sich speziell die Frauen schon am Vormittag auf dem „Alter Markt". Der „Alter Markt" ist ein mitten in Köln gelegener großer Platz, auf dem zu diesem Anlass eine Bühne aufgebaut wurde, wo damals bekannte Kölner Bands Karnevalslieder bis in die Nacht erklingen ließen. Diese Bands trugen Namen, wie z.B. Bläck Fööss (Nackte Füße), Höhner (Hühner), Paveier (Pflasterer) und viele andere mehr. Die Bezeichnungen vor der Klammer sind in echter Kölner Mundart geschrieben und ich muss sagen, dass ich zwar viele in Deutschland gesprochene Dialekte gut nachmachen kann, aber mit dem Kölner Dialekt kann ich mich bis zum heutigen Tag nicht anfreunden. Nach der Eröffnung des Straßenkarnevals am Donnerstag ging es dann an den nächsten Tagen mit den sogenannten „Veedelszügen" weiter. Veedel steht hier für Stadtteil, das heißt, dass in jedem Stadtteil ein Umzug stadtfand, wo viele Gruppen, die nach einem selbst gewählten Motto kostümiert waren, begleitet von vielen Musikgruppen, durch ihr Viertel zogen. Den Höhepunkt bildete dann der Rosenmontagsumzug, wo unter anderen die von einer Jury ausgewählten besten Gruppen aus den Veedels mitliefen und der beginnend mit der ersten Gruppe bis zur letzten Gruppe eine Länge von ca. vier Stunden hatte. Dieser Zug lief dann auf einer vorher festgelegten Strecke bis in die Abendstunden durch Köln und das Bemerkenswerteste für uns war, dass bei allen Zügen Unmengen von Süßigkeiten in die Menge der am Straßenrand stehenden Zuschauer geworfen wurde. Abschließend zu diesem Thema muss erwähnt werden, dass man an diesen Karnevalstagen auffällt, wenn man selbst nicht kostümiert ist. In den ersten Jahren unseres BRD-Daseins mussten wir immer mit Freunden aus unserer alten Heimat, die aus diesem Anlass zu Besuch bei uns waren, in diese Karnevalswelt eintauchen, aber das hat sich jetzt Gott sei Dank gelegt. Speziell für mich muss ich sagen, dass aus mir nie ein richtiger Karnevalist werden wird, denn das laufende Jubeln und Absingen von karnevalistischem Liedgut ist irgendwie noch nie mein Fall gewesen.

Nun will ich diese zwischengefügten Begebenheiten verlassen und mich wieder den, für uns wichtigeren Problemen zuwenden.

Zuerst ging es als wichtigstes darum, eine bezahlbare Wohnung für uns zu finden, denn das Übergangsheim in dem Krankenhausgelände sollte ja kein Dauerzustand darstellen. Das erwies sich jedoch weitaus schwieriger, als wir es uns anfangs vorgestellt hatten. Immer, nachdem wir auf unzählige Vermietungsangebote aus dem Annoncenteil des Kölner Stadtanzeigers bei den Vermietern vorstellig wurden, bekamen wir Absagen, da wir nicht solvent genug wären, also nicht zur Gruppe der verlässlichen Mietzahler gehören würden. Das Wort „solvent" hatten wir vorher noch nie gehört, da wir als ehemalige DDR- Bürger mit solch einem Umstand noch nie zu tun hatten. Ich muss in dem Zusammenhang erwähnen, dass meine Frau und ich ja damals noch sozusagen arbeitslos waren und zusammen ein für unsere Begriffe sehr hohes Arbeitslosengeld erhielten, denn so viel hatten wir in der DDR noch nie in einem Monat zur Verfügung gehabt. Aber in unserem Fall war es eben Geld von der Behörde und kein selbstverdientes aus einem soliden Arbeitsverhältnis.

Nach vielen erfolglosen Versuchen, entdeckten wir eine Wohnungsannonce, auf die man sich nur schriftlich bewerben konnte. Die Wohnung lag am östlichen Stadtrand von Köln, nicht weit von unserem Übergangswohnheim in Merheim entfernt, und nachdem wir die Gegend inspiziert hatten, setzte meine Frau einen Brief auf, indem sie unsere Situation auf scheinbar solch eine eindrucksvolle Art und Weise schilderte, dass wir die Wohnung bekamen. Die Vermieterin erzählte uns später, dass sie fast 200 Anfragen erhalten und sich nur auf Grund des wahrscheinlich von meiner Frau in herzzerreißender Form aufgesetzten Briefes für uns entschieden hatte. Dem Vermieterehepaar gehörte ein Komplex von drei Wohngebäuden mit je sechs 3-Zimmerwohnungen. Die Gebäude bildeten in ihrer Anordnung ein Rechteck mit einem schönen großen Innenhof, der zur Straßenbahnlinie hin mit einem mit Büschen bewachsenen Zaun abgegrenzt wurde. In diesem Innenhof durften auch alle Kinder spielen, so dass sie nicht mit dem Verkehr auf der Straße in Berührung kamen. Wir bewohnten in einem Eckhaus die oberste Etage und der einzige Nachteil war, dass sie keinen Balkon besaß, was immer unser Wunschtraum war. Alle anderen Wohnungen hatten zu einer ruhigen Straße hin einen schönen Balkon. Die Warmmiete war auch sehr moderat, da die Häuser mit staatlicher Förderung gebaut worden sind und eine gewisse Zeit der Mietbindung unterlagen. Im Großen und Ganzen war die Wohnung einschließlich Wohngegend ein richtiger Glückstreffer. Die übrigen Hausbewohner waren alles sehr nette Leute, speziell das Hausmeisterehepaar des gesamten Komplexes hatte uns regelrecht in ihr Herz geschlossen. Besonders die Mieter der unter uns liegenden Wohnung, ein Ehepaar im mittleren

Alter, waren überglücklich über unseren Einzug. Das lag vor allem daran, dass die vorherigen Mieter ihre drei Kinder dermaßen lautstark in der Wohnung rumtrampeln ließen, dass das darunter wohnende Ehepaar keine ruhige Minute hatte. Die Ruhe, die sie nun durch unseren Einzug mitsamt unseren wohlerzogenen Kindern, was natürlich auch mein Verdienst war, genießen konnten, hatte bestimmt eine gewaltig lebensverlängernde Wirkung auf sie. Wie wir mit der Zeit mitbekamen, waren wir nicht die einzigen Mieter in den drei Blöcken, die aus der ehemaligen DDR kamen, sondern es gab noch viele andere, die aus Ostdeutschland sowie aus osteuropäischen Gebieten stammten.

Für die Ausstattung der Wohnung mit den notwendigsten Möbeln bekamen wir als Übersiedler übrigens einen staatlichen, zinsbegünstigten Einrichtungskredit in Höhe von 7.000 DM, wofür wir während der Tilgungszeit nur 3 % Zinsen bezahlen mussten. Mit diesem Geld statteten wir auf der Basis diverser Gebrauchtmöbelgeschäfte die Wohnung mit den wichtigsten Möbeln aus und hatten nun endlich wieder ein richtiges Zuhause.

In diesem Wohnkomplex herrschte im Übrigen ein Zusammengehörigkeitsgefühl untereinander, wie wir es als Neuankömmlinge in der BRD nicht erwartet hatten, denn uns wurde drüben immer eingetrichtert, dass hier jeder nur für sich lebt und das Wort Nachbarschaftshilfe für Bundesbürger ein Fremdwort wäre. Wir können dem bis auf die heutige Zeit in keiner Weise zustimmen, denn selbst dort, wo wir heute leben, sind wir fester Bestandteil eines Freundeskreises, der sehr viel miteinander unternimmt, aber darauf komme ich zu gegebener Zeit noch zu sprechen.

Hier jedenfalls fanden mindestens zweimal pro Jahr sogenannte Hausfeste statt, wo gemeinsam gegrillt und natürlich auch etwas getrunken wurde. Ein besonderer Höhepunkt war immer der Tag in der Karnevalszeit, an dem der Karnevalszug des Veedels direkt an unserem Häuserkomplex vorbeiführte. An diesen Tagen platzierten wir immer ein Fässchen Kölsch sowie einen Tisch mit belegten Brötchen und anderem Knabberzeug vor unseren Häusern und konnten so den Zug hautnah erleben. Ich kann mich noch erinnern, dass es einmal so warm war, dass wir alle regelrecht sommerlich bekleidet draußen standen. Im nächsten Jahr wiederum war genau das Gegenteil der Fall, denn da war es so eisig kalt, dass sich die Brötchen zu Eisklumpen verwandelten und der Bierhahn des Fasses zufror, so dass wir nicht mehr an diese für uns sehr wichtige Flüssigkeit gelangten.

Das nächste dringlichste Problem war für uns der Wiedereinstieg in das Arbeitsleben, denn ein Leben ausschließlich auf der Basis des Arbeitslosengeldes kam für uns nicht nur nicht in Frage, sondern es war uns sogar regelrecht peinlich, als Übersiedler ein Leben als „Schmarotzer" führen zu müssen.

Hinsichtlich meines Einstiegs in das Berufsleben bewarb ich mich bei vielen Firmen, die teilweise auch weit außerhalb von Köln lagen, und wurde auch einige Male zu Vorstellungsgesprächen eingeladen. Dabei wurde ich aber immer wieder mit der Tatsache konfrontiert, dass mein Abschluss als Ingenieurökonom für Datenverarbeitung hier überhaupt keine Anerkennung fand. Selbst meine zum Schluss in der DDR relativ hoch angesiedelte Leitungsfunktion fand keinerlei Beachtung. Erläuternd muss ich erwähnen, dass dieser DDR- Abschluss als Ingenieurökonom in etwa mit einem Abschluss zum Betriebswirt an der Fachhochschule in der BRD verglichen werden kann. Erst viel später, im September 1994, als ich mich schon selbstständig gemacht hatte, wurde mir auf meinen nochmaligen Antrag hin durch das Sächsische Staatsministerium der Titel „Diplom-Betriebswirt (Fachhochschule)" zuerkannt. Aber für meine damalige berufliche Entwicklung war das leider einige Jahre zu spät.

Da ich wöchentlich beim Arbeitsamt vorstellig wurde, um eine Lösung meines Problems herbeizuführen, wurde mir schließlich eine Weiterbildung zum „REFA-Techniker für Arbeitsstudium und Betriebsorganisation" an der Fachhochschule Köln-Deutz genehmigt. Unter „REFA" versteht man hierbei den Verband für Arbeitsgestaltung, Betriebsorganisation und Unternehmensentwicklung; also er behandelt letztendlich genau die betrieblichen Prozesse, die Inhalt meiner ingenieurökonomischen

Ausbildung in der DDR waren. Der Lehrgang dauerte ein halbes Jahr und ich schloss sie mit Erfolg im November 1989 ab.

In diesem Zusammenhang muss ich noch ein lustiges Ereignis erwähnen.

Anfang Juli musste für das Fach Wirtschaftsmathematik die Abschlussprüfung absolviert werden, die über vier Stunden von 8 Uhr bis 12 Uhr angesetzt war. Normalerweise fuhr ich immer mit meinem Auto auf den Parkplatz am Haupteingang der Fachhochschule. Nun hatte ich an dem Tag nicht daran gedacht, dass für die Direktstudenten in den Monaten Juli und August Semesterferien waren und der Haupteingang geschlossen war. Man musste also durch den Hintereingang das Gelände betreten, um in das Schulgebäude zu gelangen. Nun wollte ich geschickt die Fachhochschule umfahren, um mit dem Auto durch den Hintereingang auf das Gelände zu gelangen. Irgendwie hatte mir aber mein Orientierungssinn ein Schnippchen geschlagen, denn ehe ich mich versah, befand ich mich auf der Severinsbrücke und kurz darauf natürlich mitten in der Innenstadt von Köln. Nun lief mir langsam der Angstschweiß den Nacken herunter, denn die Zeit des Prüfungsbeginns rückte immer näher. Als ich dann endlich aus der Innenstadt herausgefunden und das Gelände der Fachhochschule wieder erreicht hatte, war mittlerweile schon knapp eine Stunde der angesetzten Prüfungszeit verflossen. Ich weiß noch, dass ich mich nach

Erreichen des Geländes erst mal auf einen Verkehrspoller gesetzt habe, um mich zu beruhigen. Dann bin ich in mein Klassenzimmer, habe mir die Prüfungsaufgaben aushändigen lassen und sogar eine halbe Stunde vor Ablauf der Prüfungszeit meine Arbeit abgegeben. Nebenbei gesagt habe ich auf diese Arbeit die Note „1" bekommen.

Weil ich im Zusammenhang mit der Prüfung die Fahrt mit meinem Auto aufführte, möchte ich über die mit unserem Autokauf verbundenen Ereignisse ein paar Worte verlieren.

Um als Neuankömmling in unserer neuen Heimat zur Bewältigung der umfangreichen Aufgaben möglichst mobil zu sein, hatte die kurzfristige Anschaffung eines preiswerten Autos oberste Priorität. Anfang Mai suchten wir in Köln-Höhenberg auf der Frankfurter Straße einen Gebrauchtwagenhändler auf, der sein Gelände mit vielen Fähnchen-Girlanden dekoriert hatte. Diese Dekoration war damals bei den meisten Gebrauchtwagenhändlern Usus. Er bot uns für 800 DM einen älteren Toyota-Corolla an, der durch einen Unfall einen defekten vorderen Scheinwerfer hatte. Wir zahlten 200 DM an und er versprach, bis zum Übergabetermin den Scheinwerfer in Ordnung bringen zu lassen. Im Gegenzug händigte er uns die Fahrzeugpapiere aus, damit wir schon die Anmeldeformalitäten erledigen konnten. Abends, als die Kinder im Bett waren, schaute sich meine Frau die Zulassung genauer an und stellte fest, dass das Auto am 19.12.1988 zugelassen und am 23.12.1988 schon wieder abgemeldet wurde. Da uns das sehr verdächtig vorkam, riefen wir den aus der Zulassung ersichtlichen Vorbesitzer noch am selben Abend um 22:00 Uhr an und fragten ihn, warum er das Auto nur vier Tage besessen hatte. Er war sehr erstaunt, dass uns das Auto verkauft wurde, denn er hatte es nach einem Totalunfall seines Sohnes auf einem Schrottplatz zum Verschrotten abgegeben. Der sogenannte Fähnchen-Händler, so nenne ich seit diesem Vorfall alle solcher Art erkenntlich gemachten Gebrauchtwagenhändler, hatte uns also in betrügerischer Absicht ein Schrottauto andrehen wollen. Ich sprach daraufhin meinen Schwager an und bat ihn, am nächsten Tag zu meiner Unterstützung mit zu dem Händler zu kommen, wo ich die Anzahlung von 200 DM zurückfordern wollte. Es kam, wie ich es erwartete, denn er verlangte die Papiere zurück, wollte mir jedoch meine Anzahlung nicht zurückgeben. Nach einem längeren Streitgespräch und wüsten Beschimpfungen seinerseits willigte er schließlich ein und ich erhielt mein Geld zurück, indem wir durch gleichzeitiges Festhalten von Fahrzeugpapieren einerseits sowie meiner Geldscheine andererseits den Wechsel vollzogen.

Kurz darauf suchten wir ein seriöses Toyota-Autohaus in Höhenberg auf, wo wir von einem Kundendienstmitarbeiter beraten wurden, der ehemals aus Sachsen stammte, aber schon in den 50-er Jahren die Republik verlassen hatte. Er verkaufte uns auf Kreditbasis einen sehr gepflegten Opel-Ascona für 3.200 DM, der fast wie neu aussah und auch sehr wenige km auf dem Tacho hatte. Zusätzlich bekamen wir noch ein Jahr Garantie auf das Fahrzeug. Da ich schon etliche Monate kein Auto mehr gefahren war und schon gar nicht solch ein großes bei einer für uns nicht gewohnten Verkehrsdichte, vereinbarten wir den Übergabetermin zum Geschäftsschluss des Autohauses gegen 18 Uhr, in der Annahme, dass der Verkehr zu diesem Zeitpunkt nicht mehr so stark ist. Als der Autohändler uns die Technik des Autos erläutert und uns die Schlüssel übergeben hatte, ging er in sein Büro zurück und schloss alles ab, da ja nun Geschäftsschluss war. Als wir schließlich losfahren wollten, suchten wir den gesamten Innenraum nach dem Benzinhahn ab, wie wir es vom Trabant gewohnt waren. Beim Trabant gab es einen Benzinhahn, der sich im Fußraum des Beifahrers befand. Er hatte drei Stellungen: offen, geschlossen, Reserve. Durch ein Ruckeln des Motors während der Fahrt wusste man, dass der Tank fast leer war und man auf Reserve umschalten musste. Damit hatte man nochmals ca. 5 l Sprit zur Verfügung und konnte zumindest die nächste Tankstelle erreichen. Da wir einen solchen Hahn in dem neu erworbenen Opel natürlich nicht fanden, klopften wir noch einmal an die geschlossene Eingangstür und als der Händler herauskam, schilderten wir ihm unser Problem. Da bekam er einen solchen Lachanfall, dass er sich kaum auf den Beinen halten konnte. Er erklärte uns in imitierter sächsischer Sprechart, dass wir es hier nicht mit einem Trabant, sondern mit einem richtigen Auto zu tun hätten, wo der Tankinhalt automatisch angezeigt wird. Solcherart belehrt konnten wir schließlich die Heimreise antreten.

Bevor ich mich nun unserer weiteren beruflichen Entwicklung zuwende, möchte ich aber noch kurz zwischenfügen, dass wir uns in der ersten Schulferienzeit unserer Kinder das erste Mal eine kleine Erholungszeit gönnten, denn wir machten einen viertägigen Kurzurlaub in einem kleinen Örtchen namens Dittishausen in der Nähe vom Titisee. Auf der Basis einer Zeitungsanzeige mieteten wir dort ein geräumiges Ferienhaus mit Wohnzimmer, Schlafzimmer, Kinderzimmer und einem großen Raum mit einer Tischtennisplatte. Man hätte dort also auch Tischtennis spielen können, aber leider gab es keine Schläger dazu. In einer so komfortablen Unterkunft, nur für uns allein, hatten wir noch nie einen Urlaub verbracht und das alles zu dem für uns sagenhaft niedrigem Preis von 40 DM pro Tag.

In den folgenden Jahren fuhren wir im Prinzip jedes Jahr ein- bis zweimal in den Urlaub, wobei ich sagen muss, dass ich immer, wenn wir einen umfangreichen und kostspieligen Urlaub in entferntere Länder machten, von irgendwelchen Krankheiten heimgesucht wurde, die teilweise sogar den Abbruch der Reise erforderlich machten.

Der erste große Urlaub z.B. führte uns zusammen mit einem Freund aus DDR-Zeiten nach Kuba.

Irgendwie holte ich mir dort beim Schwimmen im Hotelpool eine Ohrenentzündung, die mich sogar für drei Tage mit Fieber ans Bett fesselte. Kaum war diese Sache abgeklungen, bekam ich eine starke Augenentzündung, wahrscheinlich durch irgendwelche von mir nicht verkraftbaren Bakterien im Hotelpool, so dass ich sogar zur Behandlung in eine Art Poliklinik gefahren werden musste. In einer Hinsicht war dies trotzdem für mich sehr interessant, denn ich konnte dort erleben, mit welcher Medizintechnik die Kubaner damals arbeiten mussten, als Folge des von den USA praktizierten Embargos, denn, übertrieben gesagt, waren dort medizinische Geräte im Einsatz, die noch aus Vorkriegszeiten stammten. Der behandelnde Arzt, wir wurden übrigens an vielen, wahrscheinlich schon lange auf eine Behandlung wartenden Kubanern vorbeigeschleust, was mir sehr peinlich war, erörterte mir jedenfalls, dass ich für die nächsten Tage das Wasser sowie die Sonne meiden sollte. Da damit der Urlaub für uns keinen Sinn mehr machte, entschieden wir uns kurzfristig für einen Rückflug noch am selben Tag. Dabei hatten wir noch Glück, denn es flog nur ein Flugzeug pro Woche nach Deutschland und das war genau an diesem Tag. Wir mussten nun blitzschnell die Koffer packen und mit einem Taxi zum Flugplatz fahren, wobei der Taxifahrer unterwegs noch einen Abstecher zu seinem Schwager machte, um etwas abzuliefern, so dass wir schon Angst hatten, das Flugzeug nicht rechtzeitig zu erreichen. Aber der Fahrer hatte die Ruhe weg und lieferte uns tatsächlich pünktlich am Flugplatz ab. Dort bekamen wir sogar einen Vorzugsplatz in der vordersten Sitzreihe, wo man die Beine richtig lang ausstrecken konnte, weil man der Besatzung signalisiert hatte, dass ich krank wäre.

Ein weiterer, sehr teurer Urlaub, in dem ich ca. eine Woche lang stark gesundheitlich eingeschränkt war, betraf eine Hurtigruten-Reise mit dem Postschiff von Bergen nach Kirkenes und zurück mit anschließendem viertägigem Aufenthalt in Oslo. Dort erwischte es mich am Ende der Hin-Route anlässlich einer Bootstour zur russisch-norwegischen Grenze. Ich saß im Boot ganz vorn und wurde laufend von Wasserfontänen überschüttet, so dass ich trotz der wasserfesten Bekleidung, die wir vorher anziehen mussten, mit der Zeit total durchnässt war. Die Folge war ein einwöchiger grippaler Infekt, wodurch ich mir nicht mehr getraute, die Nase zu putzen, da sie so entzündet war, dass sie bei der geringsten Beanspruchung zu bluten anfing. Am Ende der Reise legte sich das wieder, aber dafür hatte ich jetzt meine Frau angesteckt, die nun zu kränkeln anfing.

Bei weiteren schönen Urlauben lernten wir noch viele interessante Orte im In- und Ausland kennen, aber meistens zog es uns in Urlaubsorte der Alpen, die so in 1.500 m Höhe lagen und für uns früher nicht erreichbar waren.

Was unseren weiteren beruflichen Werdegang betrifft, so hatte meine Frau im Gegensatz zu mir wesentlich bessere Möglichkeiten des beruflichen Einstiegs, da sie ja einen auch in der BRD anerkannten Abschluss an der TU Dresden als Diplomingenieur nachweisen konnte. Zuerst belegte sie die zweimonatige, vom Arbeitsamt vermittelte Fortbildungsmaßnahme „Technisches Management – Karriere- und Persönlichkeitstraining". Da sie bereits früher als EDV-Analytikerin gearbeitet und Kenntnisse in den in der DDR angewendeten Programmiersprachen hatte, war es natürlich ihr Ziel, wieder auf diesem Gebiet tätig zu werden. Ein früherer Kollege von ihr, der aber schon einige Jahre vor uns die DDR verlassen hatte, gab ihr den Tipp, über das Arbeitsamt eine Delegierung zu einer 14-monatigen Fortbildungsmaßnahme an der Siemens Schule für Daten- und Informationstechnik mit Abschluss als Kommunikationsorganisator zu erwirken. Da meine Frau schon das 40-zigste Lebensjahr überschritten hatte, war man auf dem Arbeitsamt der Meinung, dass sie zu alt für solch eine anspruchsvolle Ausbildung sei. Als sie aber auf der Grundlage ihrer Qualifikation darauf bestand, wurde sie schließlich zumindest für die Aufnahmeprüfung zugelassen, weil man sich wahrscheinlich dachte, dass sie diese Prüfung sowieso nicht bestehen würde. Am Tag der schriftlichen Aufnahmeprüfung kam sie abends total aufgelöst und niedergeschlagen nach Hause, weil sie etliche Aufgaben in der zur Verfügung stehenden Zeit nicht gelöst hatte und somit der Meinung war, die Prüfung nicht bestanden zu haben. Kurze Zeit später bekam sie jedoch vom Arbeitsamt die Mitteilung, dass sie zur Ausbildung an der Siemens Schule zugelassen wurde, da sie den Aufnahmetest bestanden hatte.

Nachdem sie nun 14 weitere Monate die Schulbank gedrückt und ihren Abschluss als Kommunikationsorganisator in der Tasche hatte, bewarb sie sich bei verschiedenen Firmen und bekam schließlich, nach einigen hartnäckigen Kämpfen, auf die ich hier nicht näher eingehen will, ab Februar 1991 in einem großen Unternehmen in Köln eine Anstellung als Organisations-Programmiererin mit einem Gehalt, von dem sie vorher noch nicht einmal geträumt hatte. Hier gefiel es ihr so sehr, dass sie dort bis zum Erreichen des Rentenalters blieb. Sie trifft sich bis heute noch vierteljährlich mit einigen Kollegen aus der damaligen Zeit und zwar jedes Mal in einer anderen Gaststätte von Köln und Umgebung. Ich selbst profitierte ebenfalls davon, denn immer, wenn sie dadurch in einer neuen Lokalität war, besuchten wir diese anschließend nochmals gemeinsam, und somit lernte ich auch sehr viele schöne Gaststätten kennen.

Was meine eigene weitere berufliche Entwicklung betrifft, so bekam ich, nach Vorlage des Abschlusses als REFA-Techniker beim Arbeitsamt, für mich völlig unerwartet von dieser Stelle eine Einladung zu einem Vorstellungsgespräch im Metallwerk Frese GmbH in dem kleinen Städtchen Leichlingen. Der Ort lag ungefähr 30 km von unserem Wohnort entfernt und war mit dem Auto in ca.

einer halben Stunde erreichbar. Das Unternehmen gehörte zur Automobilzulieferindustrie, stellte hauptsächlich kaltgeformte Blechteile sowie Innen- und Außenspiegel für PKWs der gehobenen Mittelklasse her und hatte zur damaligen Zeit ca. 400 Mitarbeiter. Das Vorstellungsgespräch verlief zu meiner völligen Zufriedenheit und ich bekam das Angebot, zum 01.01.1990 als Fertigungssteuerer im Bereich der Oberflächentechnik mit einem Anfangsgehalt von 4.405 DM brutto eine Anstellung zu erhalten. Da der Betrieb selbst sowie der mir vorgestellte Personenkreis, mit dem ich unmittelbar zu tun hätte, auf mich einen positiven Eindruck machten, sagte ich zu. In diesem Unternehmen blieb ich bis zum 28.02.1995 und steigerte in dieser Zeit mein Gehalt bis auf 7.600 DM. Eigentlich wollte ich dort bis zum Eintritt in die Rente bleiben, jedoch die Schließung des Betriebes machte mir einen Strich durch die Rechnung. Aber darauf gehe ich später noch detaillierter ein.

Gleich am ersten Arbeitstag fühlte sich mein Abteilungsleiter als unmittelbarer Vorgesetzter verpflichtet, mich in etliche technologischen Grundlagen einzuweihen, da er der Meinung war, dass ein ehemaliger DDR-Bürger damit nicht vertraut sein würde. Z.B. erläuterte er mir den Aufbau der sogenannten Erzeugnis-Pyramide und vieles andere mehr, obwohl ich ihm erklärte, dass wir in der DDR durchaus mit dieser Thematik vertraut waren. Letztendlich muss ich aber sagen, dass man mit ihm sehr gut auskam, obwohl er in vielen Dingen sehr pingelig war. Ich bekam in dieser Abteilung die völlig selbstständige Aufgabe der EDV-gestützten Fertigungssteuerung für den gesamten Oberflächenbereich, insbesondere Galvanik, Pulverbeschichtung und Farbspritzanlage übertragen. Das Aufgabengebiet war sehr anspruchsvoll und umfasste die termingerechte Belegung aller Anlagen, Terminüberwachung, kurzfristiges Reagieren auf personelle, anlagentechnische und materialbedingte Ausfälle, ständige Kapazitätsabgleiche und Überwachung der Fertigungskosten. Nun wurde ich das erste Mal mit dem Produktionsgeschehen in einem sogenannten marktwirtschaftlich orientierten Unternehmen konfrontiert und musste sogleich viele noch aus der DDR-Zeit vorhandenen Denkweisen revidieren. In der DDR dachte man meistens, dass man in den BRD-Betrieben immer aus dem Vollen schöpfen könnte, da es angeblich fast keine materialbedingten Engpässe gäbe. Dem war aber vielfach nicht so, man war hier lediglich in der Lage, kurzfristiger auf eventuelle Engpasssituationen zu reagieren. Einmal z.B. war die notwendige Vorratsmenge an einem bestimmten Außenspiegelrohling bedrohlich unterschritten worden, so dass es in der Folge zu erheblichen Lieferverzögerungen gekommen wäre. Nun wurde kurzerhand angeordnet, dass der Betriebsparkplatz, auf dem immer so in etwa 200 PKWs standen, zu räumen war. Der jetzt freie Platz diente als Hubschrauberlandeplatz, denn die fehlenden Teile wurden nun aus dem Herstellerbetrieb in

Saarlouis eingeflogen. Das war natürlich eine Ausnahmesituation, der Großteil von Engpasssituationen musste operativ vor Ort geklärt werden. Hierbei kamen mir als Fertigungssteuerer speziell die Erfahrungen aus meiner DDR-Zeit zu Gute, da wir ja damals laufend mit solchen Situationen zu tun hatten und zeitnah improvisieren mussten. Ich war solche Situationen also gewohnt und in der Lage, kurzfristig darauf zu reagieren, während sich viele meiner Kollegen damit sehr schwertaten. Nebenbei gesagt häuften sich diese Situationen nach der Wiedervereinigung immer mehr, da nun die Zeit des Überflusses vorbei und ein Umdenken in vielerlei Hinsicht notwendig war.

Obwohl wir dort im Angestelltenbereich nach dem Prinzip der Gleitzeit arbeiteten, d. h., bis spätestens 9 Uhr mussten alle anwesend sein, legte ich meinen Arbeitsbeginn auf 6 Uhr, da zu dieser Zeit die Frühschicht in den einzelnen Meisterbereichen begann. Bis zum Beginn der Frühstückspause hatte ich meinen Rundgang durch die von mir betreuten Produktionsabteilungen beendet, alle eventuellen Probleme einer Lösung zugeführt und fand mich wieder an meinem Arbeitsplatz ein. Dort saß dann schon meine Kollegin, die für die belegmäßige Bereitstellung der Auftragsunterlagen verantwortlich war, und rollte mir erst mal eine Flasche Bier über den Tisch. Natürlich nicht sofort an meinem ersten Arbeitstag, sondern erst, nachdem ich als würdiges Mitglied der Abteilung anerkannt wurde. Zu

Geburtstagen war es hier allgemein üblich, dass man frisches Mett vom Fleischer und frische Brötchen mitbrachte und in geselliger Runde, natürlich auch bei einer oder mehreren Flaschen Bier, die Frühstückspause verbrachte. Das Biertrinken war natürlich nicht erlaubt, sondern die Flaschen mussten sofort verschwinden, wenn sich irgendwelche Chefs näherten. Man kann sich spätestens jetzt vorstellen, weshalb ich eingangs erwähnte, dass ich hier gerne bis zum Erreichen des Rentenalters geblieben wäre.

Kurze Zeit nach dem Beginn meiner Tätigkeit im Metallwerk Frese GmbH wollte ich mir übrigens ein zweites finanzielles Standbein schaffen und begann durch Vermittlung eines Kollegen von mir eine nebenberufliche Ausbildung zum Vermögensberater bei der Deutschen Vermögensberatungsgesellschaft. Die Ausbildung fand ein halbes Jahr lang jeden Samstag in Kaarst statt und beinhaltete neben den Praktiken von gezielten Neukundenanwerbungen die Schulung zum Abschluss von Versicherungspaketen und Vermögensanlagen. Um es deutlich auszudrücken, man musste die Kunden zum Abschluss von größtenteils unnötigen Versicherungen sowie teilweise unseriösen Vermögensanlagen überzeugen und bekam dafür eine Provision und zwar solange, bis der Angeworbene seine Verträge kündigte. Da jeder Neukunde durch hartnäckige Überzeugungsarbeit, was speziell auf den Schulungen geübt wurde, dazu gebracht wurde, aus seinem

Bekanntenkreis mindestens sechs weitere Ansprechpartner für Abschlüsse zu gewinnen, führte das nach dem Prinzip des Schneeballsystems dazu, dass die Kette der Neukunden nie abriss. Wenn man einen gewissenlosen Charakter hatte, konnte man tatsächlich innerhalb kürzester Zeit sehr viel Geld verdienen und in der Hierarchie der Deutschen Vermögensberatung steil aufsteigen. Der Kollege von mir war so ein Typ, er verließ unseren Betrieb und verdiente fortan auf diese Art und Weise sehr erfolgreich sein Geld. Ich selbst machte nach dem halbjährigen Lehrgang meinen Abschluss als Vermögensberater und wurde nun auf die Menschheit losgelassen. Aber nach den ersten zwei bis drei Kundenbesuchen, die immer am späten Abend stattfanden, war mir klar, dass ich für dieses skrupellose Geschäft nicht geeignet war und gab diese Tätigkeit nach ein paar Wochen wieder auf.

Nach dieser kleinen Abschweifung nun aber wieder zurück zu meiner eigentlichen beruflichen Anstellung. Ich muss ehrlich gestehen, dass ich hier mit Gegebenheiten in Berührung kam, die ich mir in Verbindung mit einem bundesdeutschen Unternehmen vorher nie hätte vorstellen können.

In meinem Betrieb gab es im Prinzip zwei Orte, an denen man, wenn man zum würdigen Personenkreis gehörte, zwischendurch in den Genuss von einer oder mehreren Flaschen Bier kommen konnte. Der eine befand sich im abgeschlossenen Bereich des Galvaniklagers und der andere in dem separat abgetrennten Bereich der Betriebsschlosserei. In letzterem lernte ich auch einen Kollegen aus Leipzig kennen, der fast zur gleichen Zeit wie ich übergesiedelt war, in der Frese GmbH als Wartungstechniker begonnen hatte und mit dem ich mich heute noch ab und wann treffe.

Der Werkstattleiter der Betriebsschlosserei war ein ehemaliger Seemann mit Kapitänspatent, der in seiner Art rau aber herzlich war. Mit ihm unternahmen wir jedes Jahr eine Schiffstour von einem holländischen Yachthafen aus auf einem von uns angemieteten Motorschiff, in dem für bis zu acht Personen Schlafplätze vorhanden waren. Natürlich nahm hier nur ein ausgewählter männlicher Personenkreis teil, der zudem gewisse trinkfeste Eigenschaften aufweisen musste, denn Bier und andere alkoholische Getränke nahmen einen großen Teil unserer Nahrungskette ein. Die erste Reise fand auf dem Ijsselmeer statt und diese Reise hatte für mich sehr unangenehme Folgen, auf die ich später noch einmal zu sprechen komme. Die weiteren drei Reisen in den Folgejahren führten uns auf die Maas mit ihren angrenzenden Seenplatten. Am Ausgangsort der Reise wurden immer die erforderlichen Lebensmittel und vor allem Dosenbier gebunkert. Dosenbier deshalb, da es in Holland damals pfandfrei war und man die Dosen nach Gebrauch zusammengedrückt, platzsparend in einem Müllsack bis zur Entsorgung im nächsten Hafen zwischenlagern konnte. Einer von uns, der Verbindung zu einem

Fleischer hatte, der selbst schlachtete und hausgemachte Wurst herstellte, brachte immer ein riesiges Sortiment an Grillgut und Wurstwaren mit. Am Abend suchten wir uns ruhige Anlegeplätze, wo wir ganz allein ankern konnten. Dort wurde dann der Grill aufgestellt und Grillgut im Überfluss gebraten, so dass wir sogar bis zum nächsten Abend noch zwischendurch unseren Hunger stillen konnten. Also ich kann wirklich sagen, dass ich in meinem ganzen bisherigen Leben noch nie so viel Fleisch, wie anlässlich dieser Bootstouren, vertilgt habe. Für das Frühstück und ein kleines Mittagessen fand sich meistens einer, der gerne zubereitete und kochte, wobei manch einer von uns natürlich auch oft die Bierdose abstellte und bei der Zubereitung mithalf. Um noch einmal auf den wirklich sehr hohen Konsum an Fleisch und alkoholischen Getränken bei diesen Reisen zurückzukommen, muss ich eine Begebenheit schildern, die kurz nach der ersten Reise bei mir auftrat. Zwei bis drei Tage nach dem ich von dieser Reise zurück war, trat an meiner linken Zehe eine für mich zuerst unerklärbare Veränderung auf. Sie nahm eine satte rote Farbe an und schwoll an, so dass sie regelrecht unförmig aussah. Ich suchte natürlich meinen Hausarzt auf, um die Ursache dessen zu erfahren. Er erklärte mir, dass ich einen sogenannten Gichtanfall hätte, der in dem von mir geschilderten übermäßigen Genuss von Alkohol und Fleisch begründet war.

Aber irgendwie hatte sich mein Körper auf diese Belastungen eingestellt, denn bei den nächsten Reisen traten anschließend keinerlei Beschwerden in dieser Hinsicht auf, obwohl wir unsere Trink- und Essgewohnheiten nicht geändert hatten.

Nun möchte ich, wie eingangs erwähnt, noch einmal auf unsere erste Reise auf dem Ijsselmeer zu sprechen kommen und zwar auf den ersten Tag dieser Reise. Dieses Meer hatte zu dem Zeitpunkt einen ziemlich starken Wellengang, so dass uns sogar einiges Geschirr zu Bruch ging. Ich, der überhaupt keine Erfahrung mit solch einem Wellengang hatte, wollte vom Oberdeck runter in die Kajüte, um Nachschub an Getränken zu holen. Anstatt rückwärts die fünf bis sechs Stufen runterzugehen, was man bei solch einem Wellengang immer machen sollte, ging ich unbekümmert vorwärts runter. Dabei machte das Boot plötzlich eine solch heftige Schlingerbewegung, dass ich das Gleichgewicht verlor und kopfüber runterstürzte. Ich zog mir dabei mehrere Platzwunden am Kopf zu und war dermaßen blutüberströmt, dass es mich heute noch schüttelt, wenn ich mir die Bilder, die meine Freunde von mir machten, anschaue. Nachdem sie mich fachgerecht verarztet hatten und sich herausstellte, dass ein Arztbesuch nicht notwendig war, konnte die Reise fortgesetzt werden. Ich muss noch einmal betonen, dass meine Bewegungen zum Zeitpunkt des unglücklichen Geschehens nicht durch den übermäßigen Genuss von alkoholischen

Getränken beeinträchtigt waren, sondern dass diese Situation nur durch die unbändige Gewalt der Natur herrührte. Als ich wieder zu Hause eintraf, waren die Spuren des Sturzes natürlich noch zu sehen, jedoch war meine Frau der Überzeugung, dass der Alkohol die Ursache war.

Über eine andere Reise möchte ich noch kurz berichten, weil sie in einem totalen Fiasko endete. Zu dieser Reise brachte unser Käpt`n, also der Werkstattleiter, seinen ehemaligen Schulfreund mit. Ich muss bemerken, dass keiner von uns anderen Teilnehmern diesen Burschen leiden konnte, weil er in seiner Art irgendwie eigensinnig war. Am zweiten Tag unserer Reise, morgens früh fünf Uhr, wurden wir durch eigenartige Motorgeräusche unseres Bootes geweckt. Da stand der besagte Schulfreund am Steuer, hatte den Motor angelassen und versuchte, mit dem Boot unseren Ankerplatz zu verlassen. Von uns wäre niemand jemals auf die Idee gekommen, ohne Aufforderung und Beaufsichtigung unseres Käpt'n an dem Boot herumzuhantieren, aber wie ich schon erwähnte, dieser Bursche war im Kopf nicht ganz sauber. Das Schlimmste dabei war noch, dass zu dieser Zeit ein solch dichter Nebel herrschte, dass man keinen Meter weit sehen konnte. Ehe er sich versah, fuhr er auf eine Sandbank auf, das Boot lag regelrecht fest und aus eigener Kraft kam es nicht mehr los. Im Gegenteil, denn durch seine vieles Vor- und Rückwärtsschalten, wodurch wir letztendlich geweckt wurden, grub es sich immer tiefer in die Sandbank ein. Uns blieb schließlich nichts anderes übrig, als unseren Bootseigner von der Situation zu berichten, damit er die entsprechenden Schritte zur Wiederflottmachung des Bootes einleiten konnte. Er beauftragte daraufhin eine Bergefirma, die mit einem starken Motorschiff ankam und uns freischleppte. Da aber unsere Schiffsschraube auf der Sandbank beschädigt wurde, konnten wir nicht mehr allein weiterfahren und er schleppte uns zurück zu unserem Ausgangshafen. Damit war nach zwei Tagen unsere Reise beendet und zusätzlich zu unseren normalen Kosten pro Kopf in Höhe von 400 € mussten wir zusammen noch ca. 400 € für den Abschleppdienst und die Reparatur der Schiffsschraube bezahlen.

Als ich dann am Abend wieder bei mir zu Hause eintraf, war meine Frau natürlich sehr überrascht, denn sie dachte, dass sie ohne meine Anwesenheit mal so richtig in den Tag hineinleben konnte. Hierzu muss ich erläuternd bemerken, dass wir beide, von unseren Schlafgewohnheiten aus betrachtet, völlig unterschiedlich Typen sind. Ich bin eher der Lerchentyp, stehe also meistens früh auf und gehe dafür abends eher zu Bett. Bei meiner Frau liegt die Sache völlig umgekehrt, denn sie schläft morgens lieber länger und geht abends dafür sehr spät ins Bett. Wenn sie könnte, würde sie am liebsten immer bis ca. 9 Uhr schlafen, aber ich reiße sie immer schon kurz vor 8 Uhr aus ihrem Tiefschlaf. Dafür kann sie sich dann aber an den von mir schon gedeckten Frühstückstisch setzen und mit frisch aufgebrühtem Kaffee den Tag sorgenfrei beginnen. Ich will mich hier beileibe nicht selbst loben, aber ich glaube, dass viele Frauen von solch einem Beginn des Tages nur träumen können.

Ja, da ich nun aber so unverhofft wieder zu Hause eintraf, war es natürlich wieder mit der verheißungsvollen Aussicht auf langes Ausschlafen am Morgen vorbei.

Nach diesem kleinen Abstecher nun wieder zurück zu unseren Bootstouren.

Es wird jeder verstehen, dass wir anlässlich weitere Schiffstouren diesen unangenehmen Menschen nicht mehr mitnahmen. Eines Tages überraschte uns unser Werkstattleiter mit der Mitteilung, dass er sich in Roermond für ca. 40.000 € ein eigenes Boot zugelegt hatte, das in etwa die gleiche Ausstattung wie unsere bisher ausgeliehenen besaß. Wir vereinbarten sogleich einen Termin für eine einwöchige Tour im September desselben Jahres, aber leider kam es nicht mehr dazu. Unser Werkstattleiter erlitt kurz davor einen Schlaganfall und verstarb innerhalb weniger Tage an den Folgen. Ich kann sagen, dass ich mit ihm einen meiner besten Freunde aus der bisherigen Zeit in der BRD verloren habe und wenn ich an seine Beerdigung denke, rollen mir heute noch die Tränen an den Wangen herunter. Obwohl ich mit drei Freunden, die immer bei den Bootstouren dabei waren, schon lange geplant hatte, noch einmal eine solche Tour zu unternehmen, ist es leider bis jetzt noch nicht dazu gekommen.

Dafür haben meine Frau und ich zusammen mit dem vormals erwähnten Ehepaar, das ich durch den von der Stasi beschlagnahmten Briefverkehr erst nach Einsichtnahme in die Akten wiederentdeckt hatte, eine einwöchige Tour mit einem Hausboot auf der Saône in Frankreich unternommen. Wie es dazu kam, bedarf aber vorab erst noch einiger Erläuterungen. Der Freund von mir und seine Frau waren, von der Lebenseinstellung aus betrachtet, der französischen Lebensart sehr zugetan und deshalb zogen sie auch nach Saarbrücken, wo sie, wenn sie dazu Lust verspürten, in wenigen Minuten die französische Grenze passieren und die dortige Lebensart genießen konnten. Seine Frau kann man als Sprachgenie bezeichnen, denn sie beherrscht nicht nur die französische Sprache in Wort und Schrift, sondern außerdem noch Englisch, Russisch, Italienisch und Spanisch. Als wir sie die ersten Male in Saarbrücken besuchten und auf der französischen Seite einkehrten, machten wir zwangsläufig Bekanntschaft mit dieser dortigen Lebensart. Hier nahm man das Abendessen nicht wie bei uns schon am zeitigen Abend ein, sondern bis gegen 20 Uhr passierte in dieser Hinsicht gar nichts, lediglich Getränke konnte man vorher zu sich nehmen. Erst danach wurde dann das Abendessen in mehreren Gängen serviert und es schloss immer mit einer Auswahl verschiedenster Käsesorten ab.

Meine Frau war von dieser Lebensweise nicht sehr angetan, sie hätte lieber schon 18 Uhr gegessen, aber es war hier nun mal nicht anders möglich. Ich dagegen hatte keine Schwierigkeiten damit, im Gegenteil, den Abschluss eines Abendessens mit einer Käseauswahl gönne ich mir seitdem immer, falls es die betreffende Gaststätte möglich macht.

So nun aber weiter mit der Hausbootfahrt.

Wir übernahmen also in Gray, einem kleinen Örtchen in der Region Burgund, unser Boot und schipperten nach der üblichen Einweisung durch den Eigner los, zuerst Flussaufwärts Richtung Corre. Die Strecke hin und zurück betrug ca. 200 km, wobei die reine Fahrtzeit etwa 40 Stunden ausmachte. Gleich zu Beginn unserer Reise lernten wir in Gray einen älteren Franzosen kennen, der in einem kleinen Ort, der auf unserer Fahrtroute lag, eine Gaststätte betrieb und uns bat, ihn dort zu besuchen, da er uns mit einer ganz landestypischen französischen Spezialität bekannt machen wollte. Bei unserer Fahrt hatten wir insgesamt 30 Schleusen zu überwinden, wir waren also manchmal ganz schön beschäftigt. Bei jeder Schleuse wurde so eine Art Angelrute zu uns runtergelassen und man musste ein geringes Entgelt für die Durchfahrt in ein daran befestigtes Säckchen werfen, das heißt, wir mussten immer darauf achten, dass wir genügend Hartgeld dafür vorrätig hatten. Auf dem Boot wurde durch unsere Bekannte der Versuch gemacht, meiner Frau und mir die Grundlagen der französischen Sprache näherzubringen, aber so richtig war es nicht von Erfolg gekrönt. Zumindest war ich in der Lage, diese kargen Kenntnisse bei meinen allmorgendlichen Einkäufen anzuwenden, denn ich war verantwortlich für unsere Grundversorgung zum Frühstück, das heißt, ich musste immer das Brot und die Croissants besorgen. Am Abend legten wir meistens in einem Hafen an und suchten uns in dem Ort eine Gaststätte, was aber manchmal nicht gelang. Dann nahmen wir das Abendbrot auf dem Boot ein und köpften ein paar Flaschen Wein. Insgesamt kann man sagen, dass die Tour ohne irgendwelche widrigen Zwischenfälle verlief und bei mir und meiner Frau die Idee reifen ließ, eventuell mit unseren Kindern und Enkelkindern einmal so ein Projekt in Angriff zu nehmen.

Über einen Zwischenfall möchte ich aber noch berichten, denn der hätte sehr brenzlig ausgehen können. An einem Abend wollten wir in der Nähe eines Dorfes ankern, aber es gab keinen Hafen. Wir mussten uns also außerhalb des Dorfes einen Liegeplatz in der freien Natur an einer Böschung suchen. Ich bugsierte dazu ein langes Brett, das sich auf dem Boot befand, bis auf den oberen Rand der Böschung, balancierte hinüber und machte das Boot mit einem Tau fest. Über diesen provisorischen Steg verließen wir am Abend das Boot, um in einer Gaststätte essen zu gehen. Bei unserer Rückkehr mussten wir natürlich wieder über den Steg balancieren. Dabei rutschte die Frau meines Freundes ab und stürzte zwischen Boot und Uferböschung ins Wasser. Sie hätte dabei auch unter das Boot geraten können, aber wir konnten sie, bevor Schlimmeres passierte, aus ihrer misslichen Situation befreien, so dass sie lediglich die nasse Kleidung wechseln musste.

Abschließend möchte ich noch über den Gaststättenbesuch bei dem französischen Herrn berichten, den wir am Anfang der Tour kennengelernt hatten. Die besondere landestypische Speise, mit der er uns anfreunden wollte, entpuppte sich in meinen Augen als eine der ekelhaftesten Speisen, die ich jemals zu mir genommen hatte. Es nannte sich Andouillette und wurde aus Stücken des Darms und Magens von Schweinen hergestellt, die, nur ganz schwach gewürzt, einige Tage an der Luft abgehangen wurde. Diese Stücke wurden zusammen mit etwas Undefinierbarem, was aber nicht verraten wurde, in einen vorbereiteten anderen Darm gefüllt, in einer Brühe gegart und mit Weißbrot serviert. Es gab mehrere Varianten davon und mein Freund bestellte für uns beide nur jeweils eine dieser Varianten. Diese angebliche französische Spezialität, die es in Frankreich in vielen Gourmetrestaurants gibt, hat tatsächlich, so wird sie auch beschrieben, einen Geruch und Geschmack, der sehr stark an Exkremente erinnert. Unsere Frauen haben sich aus gutem Grund nicht an dieser „Delikatesse" beteiligt und ich würde sie auch keinem weiterempfehlen.

Nun aber zurück zu meiner weiteren beruflichen Laufbahn.

Wie ich vormals schon erwähnte, hatte ich mir vorgestellt, in meinem letztgenannten Betrieb bis zum Erreichen des Rentenalters arbeiten zu können. Aber es kam anders als gedacht, denn der Betrieb schloss am 28.02.1995 seine Pforten und ich stand mit nunmehr knapp 52 Jahren wieder ohne Arbeitsstelle da. Verursacht wurde diese Situation durch das Ableben des ehemaligen Betriebsbesitzers und die Übernahme des Betriebes durch seinen noch sehr jungen Sohn. Dieser ging eine vertragliche Bindung mit einem französisch-englischem Konsortium ein, das ebenfalls in der Autospiegelherstellung tätig war, um damit angeblich den Betrieb leistungsfähiger zu machen. Dieses Unternehmen war jedoch wesentlich breiter aufgestellt als unser relativ kleiner Betrieb. Es kam schließlich ganz anders, als es sich wahrscheinlich unser neuer Chef vorgestellt hatte, denn man übernahm einfach von uns die lukrativsten Produkte, überführte sie in die eigenen Betriebe und löste unsere Firma auf. So wurde es uns jedenfalls mitgeteilt, aber ich glaube schon, dass der neue Chef den Betrieb für eine gehörige Summe Geld regelrecht an die neuen Besitzer verschachert hat, ohne Rücksicht auf die 400 Angestellten, die damit ihre Arbeit verloren. Ich bekam zumindest noch eine Abfindung in Höhe von rund 30.000 DM und musste mich um eine neue Arbeitsstelle kümmern. Das war natürlich mit einem

Alter von inzwischen 52 Jahren kein leichtes Unter-
fangen. Normalerweise hätte ich auf Grund meines
relativ guten Verdienstes fast zwei Jahre lang eine
Arbeitslosenunterstützung in Höhe von knapp
3.000 DM pro Monate erhalten und mich in Ruhe
nach einer eventuellen neuen Stelle umschauen
können. Aber irgendwie glaubte ich nach meinen
Erfahrungen zu Beginn meiner Arbeitssuche vor
fünf Jahren nicht mehr daran, dass ich mit meinem
relativ hohen Alter noch eine lukrative Anstellung
erhalten würde. So beschloss ich schließlich, den
Schritt in die Selbstständigkeit zu wagen. Nach umfangreichen Recherchen fand ich im nahen Umfeld
unseres Wohnortes ein Ladenlokal mit Tabakwa-
ren- und Zeitschriftenvertrieb, das auf Pachtbasis
angeboten wurde. Es befand sich in einer damals
neu geschaffenen, optisch ansprechenden Ge-
schäftsstraße, die von einer Hauptgeschäftsstraße
abzweigte und in der viele kleine Geschäfte beheimatet waren. Der bisherige Pächter des Ladenloka-
les machte auf mich und meine Frau einen seriösen
Eindruck, so dass wir, nach Einsicht in die Ge-
schäftsunterlagen der letzten Jahre, die wir ehrlich
gesagt, gar nicht so richtig deuten konnten, die
Übernahme des Geschäftes zum 01.03.1995 gegen
Zahlung von 80.000 DM für Kundenstamm, Inventar und vorhandenem Warenbestand vertraglich
vereinbarten. An und für sich wollten wir uns für
dieses Geld einen Lebenstraum erfüllen, nämlich in
der näheren Umgebung von Köln auf Kreditbasis
ein eigenes Haus anschaffen, aber dieses Vorhaben

verschoben wir erst einmal auf einen späteren Zeitpunkt. Im Nachhinein muss ich natürlich sagen, dass wir bei der ganzen Angelegenheit ziemlich blauäugig vorgegangen sind und gewaltig übers Ohr gehauen wurden, aber darauf komme ich später noch einmal zurück.

Da ich von Tabakwaren, außer, dass ich zu dem Zeitpunkt selbst täglich eine Schachtel Zigaretten rauchte, überhaupt keine Ahnung hatte, vereinbarten wir, dass er mich vor der Geschäftsübernahme noch einen Monat lang anlernt und mich in alle Zusammenhänge des Geschäftsbetriebes einweiht. Dazu wurde ich kulanterweise von meinem Betrieb für den letzten Monat der Betriebszugehörigkeit freigestellt.

Das Warensortiment des Geschäfts bestand außer Zigaretten, Zeitschriften, Ansichts- und Glückwunschkarten noch aus einem umfangreichen Sortiment an Tabakspfeifen und dazugehörigen Tabaken, Zigarren und Zigarillos, Feuerzeugen, speziellen Raucherbedarfszubehörartikeln, wie z.B. Pfeifentaschen, Aschenbecher, Humidore, und vielem anderen mehr. Weiterhin stand noch eine hohe Glasvitrine am Anfang der Ladentheke, die mit Nippes-Artikeln gefüllt war.

Über die Einarbeitungsbetreuung des Vorpächters kann ich mich nicht beschweren, denn er weihte mich sehr intensiv in alle mit dem Geschäftsbetrieb verbundenen Abläufe ein, vermittelte mir ein Grundwissen über die einzelnen

Tabakerzeugnisse und die damit verbundenen Handhabungen. Kurz vor Ende der Einarbeitungszeit stand ich das erste Mal allein im Geschäft und erlebte eine böse Überraschung. Am Vormittag betrat ein großer und kräftig gebauter Mann das Geschäft, der auf mich den Eindruck eines Zuhälters machte und bis an die Halskrause tätowiert war. Er fragte mich, wo der Besitzer des Ladens wäre und als ich ihm erläuterte, dass ich das wäre, machte er mich darauf aufmerksam, dass ich mich irrte, da er der rechtmäßige Besitzer wäre. Er hielt mir einen Vertrag unter die Nase, worauf, unterschrieben vom Vorpächter, vermerkt war, dass dieser ihm das Geschäft verpfändet hatte bis zur Begleichung einer an ihn zu zahlender Schuld in Höhe von 100.000 DM. Jeder kann sich nun vorstellen, wie mir in diesem Moment zumute war, mir lief es jedenfalls eiskalt den Rücken hinunter. Ich dachte sofort daran, dass ich mit dem Vorpächter einem Betrüger aufgesessen war, da man uns als gelernte DDR-Bürger drüben immer eingeimpft hatte, dass das Kapitalistische Wirtschaftssystem nur auf der Basis von Betrug und Korruption existierte. Dieser Kerl jedenfalls verlangte von mir die Auszahlung des Geldes in Höhe des vereinbarten Kaufpreises in bar an ihn, was ich natürlich ablehnte. In diesem Zusammenhang muss ich erwähnen, dass ich das Geld für den Kauf des Geschäftes noch nicht überwiesen hatte. Er rief daraufhin den Vorpächter an und zitierte ihn ins Geschäft, wo wir dann zu dritt vereinbarten, dass ich den Kauf, wie vorgesehen, mit einem von mir ausgestellten Scheck am Geschäftsübergabetermin abschließe. Mit diesem Scheck ist mein Vorpächter dann mit seinem zwielichtigen Bekannten zur Bank gegangen, um ihm den Gegenwert des Schecks auszuzahlen. Wie ich später erfuhr, lag die Begründung der hohen Schulden meines Vorpächters an einer krankhaften Spielsucht, wobei er immer tiefer in die Schuldenfalle geriet, in der Hoffnung, dass ihm eines Tages der ganz große Wurf gelingen würde.

Aber das war beileibe nicht die einzige böse Überraschung, die ich in den ersten Tagen erlebte, sondern es folgten noch viele weitere.

Als im Laufe der nächsten Tage die ersten Vertreter der Lieferbetriebe der im Geschäft gehandelten Waren eintrafen, um mit mir zusammen die Artikelbestände der sie betreffenden Warengruppen zu inspizieren, stellte sich heraus, dass viele Artikel bei der Übergabe viel zu hoch im Preis angesetzt wurden und demzufolge der im Kaufpreis des Geschäftes ausgewiesene Warenwert total überhöht war. Des Weiteren war bei vielen Warengruppen, wie z.B. Feinschnitttabake, Pfeifentabake, Zigarren und Zigarillos, die zulässige Lagerzeit so weit überschritten, dass sie unbrauchbar waren und damit entsorgt werden mussten. Schon beim ersten Betreten des Geschäftes war mir aufgefallen, dass in vielen Regalen gähnende Leere herrschte. Auf meine Befragung dahingehend, erklärte mir der Pächter, dass er aus Gründen der Kaufpreisminimierung des Geschäftes keine Neuware mehr geordert hatte, was mir damals glaubwürdig erschien. Nun belehrten mich aber die Vertreter, die in der Folgezeit bei mir aufkreuzten, eines Besseren, denn sie erklärten mir, dass er seitens der Bank total kreditunwürdig war und aus dem Grund keine Neuware mehr einkaufen konnte. Die Folge davon war, dass fast die gesamte Stammkundschaft wegbrach und damit natürlich auch Umsatz und Gewinn. An und für sich hätte mir das im Einarbeitungsmonat auffallen müssen, aber ich war mit der Verarbeitung der vielen neuen Eindrücke wahrscheinlich so überlastet, dass ich diesen Aspekt gar nicht wahrgenommen hatte.

So stand ich dann die folgenden Wochen und Monate jeden Tag von 7:30 Uhr bis 18:30 Uhr in meinem nun wieder mit vollem Warenbestand bestückten Geschäft und wartete auf Kunden, die sehr schleppend nach und nach wieder in das Geschäft fanden und sich wunderten, dass im Gegensatz zu früher nun wieder alle gewünschten Waren vorhanden waren. Ich muss hier noch erwähnen, dass ich schon eine halbe Stunde vor Geschäftsbeginn anwesend sein musste, da täglich vor der Öffnungszeit die neu angelieferten Zeitungen und Zeitschriften einsortiert und die damit nicht mehr aktuellen zur Remission aussortiert werden mussten.

Am schlimmsten aber waren für mich in der ersten Zeit die Samstage, wo ich von 7:30 bis 14:00 Uhr geöffnet hatte und oftmals vor dem Geschäft stand und sehnsüchtig auf lukrative Kunden wartete. Ich betone diesen Kundenstamm deswegen so, da die normalen Kunden, die meistens nur Zigaretten und einfache Zeitungen kauften, nur unerheblich zur Gewinnerwirtschaftung beitrugen, da die Gewinnmargen hier bei maximal 9 % lagen. Ich vergaß zu erwähnen, dass meine anfängliche Pacht bei 1.900 DM monatlich lag und man kann sich vorstellen, dass bei einem Preis von 3,20 DM für eine Schachtel Zigaretten, verbunden mit der Gewinnmarge von 9 %, allein mit dem Verkauf von Zigaretten die Miete nicht zu erwirtschaften war. Lukrativer war dagegen der Verkauf von Pfeifentabaken, Zigarillos und Zigarren, wobei die Gewinnmargen schon bei ca. 28 % lagen. Am lukrativsten jedoch war der Verkauf von hochwertigen Feuerzeugen und Tabakspfeifen sowie sonstigen Raucherbedarfszubehörartikeln, die sich mindestens für das Doppelte des Einkaufspreises verkaufen ließen. Aber, wie gesagt, die besten Gewinnmargen nützen nichts, wenn die kauffreudige Kundschaft ausbleibt. Die ersten drei Jahre, solange habe ich gebraucht, um das Geschäft lukrativ zum Laufen zu bringen, befand ich mich immer am Abgrund zum Konkurs. Meine von der Bank genehmigte Kreditlinie in Höhe von monatlich 20.000 DM hatte ich regelmäßig restlos ausgeschöpft und Zinsen in nicht unerheblicher Höhe zahlen müssen, ob wohl ich sie mir eigentlich gar nicht leisten konnte. Wie ich schon sagte, hätte ich in den ersten Jahren allein von dem Geschäft nicht leben können, wenn nicht meine Frau für unseren

Lebensunterhalt gesorgt hätte, da sie in ihrer Firma als Informatikerin ein ansehnliches Einkommen hatte. Erst nachdem ich das Geschäft im Laufe der Zeit total umstrukturiert und mich außerdem von nicht lukrativen Warengruppen getrennt hatte, nahm der Kundenstamm immer weiter zu, so dass ich allmählich einen annehmbaren Gewinn erwirtschaftete. Auf jeden Fall begriff ich, wie schwer es ist, ohne finanzielle Unterstützung in der Anfangszeit ein Geschäft am Leben zu halten und gewinnbringend auszubauen. Im Zusammenhang mit der anfänglich erwähnten hohen Miete möchte ich ergänzend noch anmerken, dass ich sie im Verlauf meiner Geschäftszeit bis auf 420 € drücken konnte.

Kurz nach der Übernahme trennte ich mich als Erstes von den kitschigen und im Prinzip unverkäuflichen Nippes-Gegenständen, die in der Glasvitrine lagerten. An ihre Stelle platzierte ich ausgesuchte Raucherbedarfszubehörartikel, so dass sie dem Kunden bei Betreten des Geschäftes sofort ins Blickfeld fielen. Die zweite Warengruppe, von der ich mich verabschiedete, waren die Ansichts- und Glückwunschkarten in zwei mannshohen, drehbaren Kartenständern, die ich jeden Morgen aus dem Geschäft rausrollerte und sie auf dem Gehsteig platzierte. Dafür musste ich an die Stadt pro Jahr und Ständer 100 DM bezahlen als Gebühr für die geschäftliche Nutzung des Bürgersteigs. Hinzu kam noch, dass viele Kunden nicht gerade pfleglich mit den Karten umgingen, sie mehrfach herauszogen, anschauten und wieder zurücksteckten, ohne einen Kauf zu tätigen. Dadurch wurde immer wieder ein Großteil der Karten so in Mitleidenschaft gezogen, dass man sie schließlich nicht mehr verkaufen konnte. In dem Zusammenhang möchte ich noch erwähnen, dass ich mehrfach mit den zuständigen Behörden der Stadt verhandelt hatte, mich von den Bürgersteignutzungsgebühren zu befreien, da dies in anderen Städten nachweisbar nicht so gehandhabt wurde. Obwohl ich den Behörden vorrechnete, dass ich mich bei Nichterlass der Nutzungsgebühren von dem Kartenverkauf trennen würde und sie damit nicht nur eine Einbuße von 200 DM in der Gemeindekasse hätten, sondern zusätzlich noch den mit dem Kartenverkauf verbundenen Ausfall der Mehrwertabführung verkraften müssten, war mir kein Erfolg beschieden.

Ich betrieb das Geschäft bis zum Erreichen meines Rentenalters mit 65 Jahren und selbst heute noch, 12 Jahre später, sprechen mich ehemalige Kunden an und bedauern es, dass es dieses Geschäft nicht mehr gibt. Ich kann ohne zu prahlen von mir behaupten, dass ich im weiten Umkreis das einzige Tabakwarenfachgeschäft betrieb, wo wirklich auserlesene Tabakwaren und Zubehörartikel erhältlich waren. Allein an Pfeifentabaken führte ich rund 120 verschiedene Sorten einschließlich 10 verschiedener Eigenmarken, die es nur bei mir zu kaufen gab. Obwohl ich kein Pfeifenraucher war und auch nie werden wollte, habe ich jede Sorte selbst probiert und konnte somit die Kunden immer glaubwürdig beraten, was den Geschmack und vieles mehr betraf. Durch eine relativ teure Investition in einen sehr großen, automatisch klimatisierten Zigarren-Humidor, den ich von der Straße her einsehbar in Schaufensternähe platziert hatte, konnte ich auch auf diesem Gebiet eine finanziell gut situierte Kundschaft an mich binden. Die sehr hochwertigen Zigarren, die ich im Angebot hatte, waren im weitläufigen Umfeld nirgendwo erhältlich, außer nur bei ausgewählten Händlern in der Innenstadt von Köln. Die teuerste Zigarre, die man bei mir kaufen konnte, war die Cohiba Esplendidos zum Stückpreis von 95 DM, und dafür hatte ich Kunden, die pro Woche mehrere davon rauchten. Obwohl ich während dieser Zeit auch einige Zigarren ausprobierte, aber die war mir dann doch zum Probieren zu kostbar. Heute rauche ich auch ab und wann eine gute Zigarre, aber nur im Sommer nach dem Grillen im Garten, so dass mein Jahresbedarf nie die Anzahl von 6 bis 8 Zigarren übersteigt.

Was das Rauchen von normalen Zigaretten betrifft, muss ich noch kurz eine im Prinzip lustige Geschichte loswerden. Ich selbst bin mit gewissen Unterbrechungen seit meinem 21. Lebensjahr auch diesem Laster verfallen gewesen, habe aber nie mehr als eine Schachtel pro Tag geraucht. Mindestens sechs Mal hatte ich mich gegenüber meinen Freunden verpflichtet, das Rauchen aufzugeben und im Fall des Rückfalls als Strafe einen Kasten Bier zu spendieren. Mir ist es trotz allem nie gelungen, mit dem Rauchen aufzuhören. Einmal, in Dresden, hatte ich es schon auf eine Enthaltungszeit von einem halben Jahr gebracht, das war bis dahin gewissermaßen mein Abstinenzrekord. Nun ergab es sich, dass ich ein Klassentreffen im Fischhaus in der Dresdner Heide organisieren musste, das 17:00 Uhr beginnen sollte. Um vorher noch einmal alle organisatorischen Punkte mit dem Gastwirt durchzugehen, fand ich mich schon eine Dreiviertelstunde vor Beginn des Treffens dort ein. Nachdem alles abgeklärt war, saß ich nun so allein in der Gaststätte und sinnierte vor mich hin. Es kam dann so, dass ich mit Eintreffen der ersten Schulkameraden schon wieder eine Schachtel F6 vor mir zu liegen hatte und ich somit wieder dem Laster verfallen war. Eine ähnliche Situation gab es viele Jahre später noch einmal, nämlich als ich mit meiner Familie in die BRD übergesiedelt bin. In der ersten Zeit, bevor ich eine feste berufliche Anstellung erhielt, verzichtete ich auch einige Monate auf den Rauchgenuss, da ja schließlich unser, zu dieser Zeit knappes, finanzielles Budget für wichtigere Sachen benötigt wurde. Später, als es uns finanziell schon wieder besser ging, stellten sich bei mir erneut regelrechte Entzugserscheinungen ein, die dazu führten, dass ich mir ein kleines Zigarettendrehmaschinchen zulegte, um preisgünstigere Zigaretten herstellen zu können. Das Drehen von Zigaretten in der Hand mittels Zigarettenpapiers wäre zwar günstiger gewesen, aber dazu war ich irgendwie zu ungeschickt. Kurz darauf, als das Geld bei uns nicht mehr so knapp war, legte ich die Zigarettendrehmaschine auch beiseite und war wieder bei ganz normalen Zigaretten angelangt.

Nun kommt die vorhin angedeutete lustige Geschichte.

Bevor ich das Tabakwarengeschäft kaufte, hatte ich, trotzdem ich rauchte, mindestens dreimal pro Woche Langstreckenläufe im Königsforst, in dessen Nähe ich zu der Zeit wohnte, absolviert. Die Streckenlänge betrug 10,5 km und ich benötigte dafür immer rund eine gute Stunde. Da ich außerdem zweimal pro Woche ein Fitnessstudio aufsuchte, konnte ich durchaus von mir behaupten, dass ich fit und durchtrainiert war. Mit Beginn meiner Geschäftstätigkeit hatte ich die Zeit für die Waldläufe nicht mehr, weil ich ja selbst am Samstag noch im Laden sein musste. Da ich umgeben von Zigaretten nun wahrscheinlich aus Langeweile mehr als eine Schachtel am Tag rauchte, spürte ich eines Tages ein muskelkaterähnliches Ziehen in der Wadengegend. Muskelkater konnte es aber nicht sein, denn ich hatte in der ersten Zeit keine Waldläufe mehr gemacht. Es konnte sich demzufolge meiner Meinung nach nur um Durchblutungsstörungen handeln, verursacht durch den neuerdings erhöhten Tabakkonsum. Als mir das einigermaßen bewusst war, habe ich sofort das Rauchen eingestellt, was mir früher nie gelungen war, und das, mitten im Tabakwarengeschäft. Selbst viele Monate später sind bei mir nie wieder irgendwelche Entzugserscheinungen, wie ich sie von früher her kannte, aufgetreten.

Als ich das Tabakwarengeschäft übernahm, befand sich direkt neben mir noch ein ebenso großes Ladenlokal, das in den ersten Wochen unbelegt war. Nach einer kurzzeitigen Belegung durch einen anderen Händler, zog eine freundliche, junge Frau dort ein, die hier ein Tattoo- und Piercingstudio eröffnete. Sie war in etwa 15 Jahre jünger als ich, eine sehr lustige und attraktive Erscheinung und mit ihr trat eine regelrechte Wende in meinem bisherigen tristen Arbeitsdasein ein. Wir beide verstanden uns von Beginn an sehr gut und heckten allerlei Sachen aus, zu unserer eigenen Belustigung sowie zur Erheiterung unseres Umfeldes. Eine Begebenheit möchte ich in dem Zusammenhang einmal kurz zum Besten geben. In unserer unmittelbaren Nachbarschaft befand sich eine Kaffeestube mit Außenbewirtschaftung und bei gutem Wetter saßen immer so ca. 15 bis 20 Gäste draußen an den Tischen. Eines Tages hatten wir beide die Idee, einen lautstarken Streit vorzutäuschen, um den Gästen des Cafés einen gehörigen Schreck einzujagen. Wir gingen also beide vor die Tür, fingen an, uns laut anzubrüllen, meine Nachbarin warf ihren Schlüsselbund aus vorgetäuschter Wut auf die Erde und ich selbst gebärdete mich wie ein Verrückter. Den Leuten im Außenbereich des Cafés fielen vor Schreck fast die Tassen aus der Hand. Als wir dann urplötzlich unseren Streit beendeten, beide einen Lachkrampf bekamen und alle begriffen, dass wir sie nur veralbern wollten, freute sich jeder über unsere abwechslungsreiche Darbietung. Ja, wie ich schon erwähnte, denke ich an diese Zeit, als sie meine Nachbarin war, sehr gern zurück. Nach drei Jahren verließ sie mich leider, denn sie bezog in unserer Straße ein größeres Geschäft, aber unser freundschaftliches Verhältnis besteht bis in die heutige Zeit, obwohl ich mich mittlerweile schon 12 Jahre im Ruhestand befinde. Nach ihr zog in das Geschäft ein türkischstämmiger junger Mann ein, der mit gebrauchten Elektronikgeräten handelte. Mit ihm kam ich auch gut aus, aber das Verhältnis war natürlich nicht zu vergleichen mit dem meiner ehemaligen Nachbarin.

Nach einem Jahr, als ich das Geschäft langsam so halbwegs wieder zum Laufen gebracht hatte, weihte ich meine ältere Tochter, die damals noch studierte, in die wichtigsten Abläufe ein, damit sie mich ab und zu vertreten und mir damit ein wenig Freizeit verschaffen konnte. Das war z. B. jeden Mittwoch ab 13:00 Uhr und speziell in ihren Semesterferien im Sommer sogar für zwei zusammenhängende Wochen der Fall, so dass ich nicht bei dringenden privaten Angelegenheiten oder im Urlaub schließen musste, denn dies wäre bei den Kunden, die gerade wieder zum Geschäft zurückgefunden hatten, nicht sehr gut angekommen. Natürlich musste sie das nicht umsonst machen, sondern sie wurde von mir auf der Basis der damals geltenden gesetzlichen Grundlagen für geringfügige Beschäftigungen entlohnt. Das war zu dieser Zeit ein Stundenlohn von 8,50 DM. Ich hätte ihr natürlich gern mehr zukommen lassen, aber bei meiner damaligen geschäftlichen Situation war damit schon fast meine Belastungsgrenze erreicht. In den späteren Jahren, als ihr Studium beendet war und sie demzufolge nicht mehr bei mir einspringen konnte, hatte ich das große Glück, dass diese Lücke durch eine Bekannte eines Tabakwarenvertreters geschlossen werden konnte, die bis zu meinem Eintritt in das Rentnerdasein für mich tätig war.

Mit Eintritt in den Ruhestand war ich schließlich gezwungen, das Geschäft endgültig zu schließen, da sich trotz intensiver Bemühungen kein Nachfolgepächter finden ließ. Das lag zum größten Teil auch daran, dass die Geschäftsaufgabe im Prinzip in eine Zeit fiel, die dafür äußerst ungünstig war, denn zu dieser Zeit etablierte sich eine Antiraucherbewegung, die, heraufbeschworen von einer Gruppe fast fanatisch besessener Gegner des Tabakgenusses, jeden Raucher fast asozial erscheinen ließ. Und diese, für mich denkbar nachteiligen Umstände, wirkten sich natürlich nicht gerade positiv auf die Suche nach einem Nachfolger aus. Obwohl ich meinen Warenbestand, der im Normalfall immerhin wertmäßig bei ca. 120.000 € zu Einkaufspreisen lag, schon im Vorfeld der Geschäftsaufgabe beträchtlich dezimiert hatte, war ich gezwungen, den Rest total preisgemindert zu verhökern, damit pünktlich zum Geschäftsschließungstermin alles raus war. Artikel, die z.B. vormals für einen Preis von 50 € zu haben waren, verschleuderte ich nun für ein Zehntel des ehemaligen Preises, und diese Verfahrensweise zog sich über das gesamte noch vorhandene Sortiment hin. Man kann sich vorstellen, dass ich darüber nicht gerade glücklich war, aber mir blieb in dieser Situation nichts anderes übrig. Ende 2008 schloss ich endgültig das Geschäft und es begann mein wohlverdienter Ruhestand als Rentner. Meine monatliche Rente kann man allerdings nicht als besonders berauschend bezeichnen, denn mit Eintritt in die Selbstständigkeit war ich aus finanziellen Gründen gezwungen, aus der gesetzlichen Rentenversicherung auszutreten. Während bei versicherungspflichtigen Beschäftigten die Beiträge je zur Hälfte von Arbeitnehmer und Arbeitgeber getragen werden, so tragen freiwillig Versicherte den vollen Betrag allein. Demzufolge hätte der Mindestbeitrag für mich 2 x 600 DM pro Monat betragen, aber das konnte ich mir beileibe nicht leisten, wo ich in den ersten Jahren jeden Monat sowieso schon am Rand des finanziellen Ruins stand. Das geht übrigens den meisten Kleingewerbetreibenden so, die aus diesem Grund mit dem Erreichen des Rentenalters fast keine Rente erhalten und somit nur von der Sozialhilfe leben müssen, da sie nie in der Lage waren, finanzielle Rücklagen zu bilden, wie von den gutbetuchten Politprofis immer angeraten wird.

Bevor ich mich nun aber wieder angenehmeren Dingen zuwende, möchte ich noch eine amüsante Begebenheit aus meiner Geschäftszeit schildern. Zu Beginn meiner sogenannten Händlerkarriere wohnten wir noch in Köln zur Miete, ich berichtete bereits vormals darüber. Später verwirklichten wir einen Lebenstraum von uns und kauften eine Doppelhaushälfte in einem kleinen Örtchen im Bergischen Land. Von dort aus fuhren meine Frau und ich früh gemeinsam in den Ort, wo mein Geschäft lag, hier stieg ich aus, um in mein Geschäft zu laufen und meine Frau fuhr allein weiter zu ihrer Arbeitsstelle in Köln. Abends 19:00 Uhr, nachdem ich das Geschäft geschlossen hatte, stellte ich mich immer an eine bestimmte Stelle unweit meines Geschäftes, wo ich dann von meiner Frau auf ihrem Heimweg von Köln aufgelesen wurde. Eines Abends wartete ich, wie immer, auf meine Frau, die aber nicht zur gewohnten Zeit erschien. Zuerst machte ich mir keine großen Gedanken, denn es kam schon öfter mal vor, dass sie sich verspätete, weil sie in einen Stau geraten war. Nach einer halben Stunde schließlich wurde ich langsam ungeduldig und entschloss mich, mit dem Handy in der Firma bei ihr anzurufen, um nachzufragen, wie lange sie noch braucht, um mich abzuholen. Ich zückte also mein Handy und musste feststellen, dass ich vergessen hatte, es aufzuladen. Nun war ich gezwungen, eine ganz in der Nähe liegende Gaststätte aufzusuchen, um von dort aus anzurufen. Dort kannte man mich schon, denn es kam oft vor, dass meine Frau mich vom

Betrieb aus informierte, dass sie sich um eine gewisse Zeit verspätete, wenn sie noch bestimmte Sachen zum Abschluss bringen musste und diese Zeit überbrückte ich meistens, indem ich mir dort bis zu ihrem Erscheinen ein paar Bierchen genehmigte. Aber weder in ihrem Betrieb noch bei uns zu Hause, wo ich anschließend anrief, ging jemand ans Telefon. Als ich dann ca. nach über zwei Stunden und etlichen Gläsern Bier fast mit dem letzten Bus nach Hause fuhr und unser Haus nach einem weiteren viertelstündigen Fußweg erreichte, sah ich sie quietschvergnügt am Bügelbrett im Kellergeschoss stehen, von wo aus sie das Klingeln des Telefons natürlich nicht hörte. Sie hatte sich einen Tag im Betrieb freigenommen und mich schlicht und einfach nicht informiert. Es erübrigt sich, in diesem Zusammenhang zu erwähnen, dass sie behauptete, mich natürlich davon informiert zu haben und ich es bloß vergessen hätte.

Im Zusammenhang mit dem Kauf des Ladenlokals erwähnte ich bereits, dass wir eigentlich dieses dafür verwendete Geld als Eigenkapitalanzahlung für den Erwerb eines Eigenheimes verwenden wollten. Dass dieses Geld nun, infolge der mit dem Verlust meines Arbeitsverhältnisses bei der Frese GmbH bedingten neuen Situation, anderweitig verwendet wurde, bedeutete aber nicht, dass wir unseren Traum vom Eigenheim aufgegeben haben. Wir hatten für uns festgelegt, dass wir mindestens 10 Jahre vor meinem Eintritt ins Rentnerdasein, also bis spätestens 1998, ein entsprechendes Objekt gefunden haben müssen, damit wir die damit verbundenen Raten für Kredittilgung und Zinsen noch in dieser Zeit realisieren konnten. Wir einigten uns auf einen maximalen Kaufpreis von 350.000 DM. Außerdem sollte sich das Grundstück in der unmittelbaren Umgebung von Köln befinden, da meine Frau und ich dort unseren Arbeitsplatz hatten.

Ausgehend von Verkaufsangeboten aus dem Annoncenteil der verschiedensten Tageszeitungen im Kölner Raum, besichtigten wir nun mindestens 30 bis 40 Grundstücke, aber die Suche gestaltete sich wesentlich schwieriger als gedacht. Entweder lagen die Grundstücke, die unseren Preisvorstellungen entsprachen zu weit weg, oder sie waren in einem dermaßen desolaten Zustand, dass man noch viel Geld und Arbeitszeit investieren müsste, um sie in einen bewohnfähigen Zustand zu versetzen. Ein sehr günstiges Angebot erhielten wir z.B. einmal in Waldbröl, aber erstens lag das wieder zu weit weg und zweitens erfuhren wir, dass ein Stadtteil dort „Klein-Sibirien" genannt wurde, da 84% der Einwohner sogenannte „Fremde mit deutschem Pass" waren, schwerpunktmäßig aus der ehemaligen Sowjetunion. Was die Sprachbarrieren betrifft, so hätte das uns keine großen Schwierigkeiten gemacht, da wir ja in der DDR ab der 5. Klasse Russischunterricht hatten und einschließlich Lehre und Studium somit auf ca. 10 Jahre in diesem Fach kamen. Das Entscheidendste für die Ablehnung dieses Angebots unsererseits war jedoch, dass wir erfuhren, dass dort eine sehr hohe Kriminalität, verbunden mit Integrationsproblemen herrschte.

Aber nach einigen Monaten ergebnisloser Suche, als wir schon langsam fast nicht mehr an die Verwirklichung unseres Traumes glaubten, war uns wieder einmal das Glück hold. Wir stießen im Immobilienteil des Kölner Stadtanzeigers auf ein Angebot im Bergischen Land, und da auch die genaue Adresse angegeben war, was im Allgemeinen sonst nicht erfolgte, fuhren wir gleich am nächsten Tag hin und inspizierten das Objekt erst einmal allgemein äußerlich. Als wir das Grundstück sahen, hatten wir das erste Mal ein Gefühl, das sich bei den vielen vergangenen Objektbesichtigungen nie einstellte, nämlich, dass hier alles, sowohl Wohngebäude als auch der dazugehörige Garten, entsprechend unseren Vorstellungen passte. Es handelte sich hier um eine zweigeschossige Doppelhaushälfte mit einer angesetzten Fertigteilgarage auf einem Eckgrundstück. Vor der Garage befand sich ein kleiner Vorplatz, auf dem man ein Auto abstellen konnte und von dem man auch in den Garten gelangte. Das Betreten des Gartens war übrigens auch vom Wohngebäude aus möglich. Außerdem lag das Grundstück hinsichtlich der vorhandenen Infrastruktur auch so, wie wir es uns gewünscht hatten, denn ein großer Supermarkt mit Bäckerei und Poststelle waren sogar fußläufig in 10 Minuten erreichbar. Also, um es kurz zu sagen, es war für uns ein Traumgrundstück. Damit es nicht nur bei einem Traum blieb, setzten wir uns sofort am frühen Morgen des nächsten Tages mit dem betreffenden Immobilienmakler in Verbindung und vereinbarten einen Besichtigungstermin. Hier war uns wiederum das Glück äußerst zugetan, denn wir standen in der Reihenfolge der Interessenten an der allerersten Stelle. Der Immobilienmakler war ein sehr seriöser Herr, so ungefähr in meinem Alter, und wohnte, wie sich später herausstellte, genau gegenüber von dem angebotenen Grundstück. Die Besichtigung bestätigte den positiven Eindruck, den wir von dieser Immobilie hatten; wir gaben ihm die Zusage zum Kauf und baten ihn um einen Vorverkaufsvertrages aus. Der Preis für das Grundstück bewegte sich einschließlich Makler- und sonstiger Gebühren in etwa in dem von uns gestellten Rahmen.

In diesem Zusammenhang muss ich noch einmal auf die Seriosität des Maklers zurückkommen. Wie er uns später erzählte, kam am selben Tag nach uns noch ein weiteres Ehepaar, dass sich auch für den Kauf interessierte und die geforderte Anzahlung sofort hinterlegen wollte. Aber da wir die ersten Bewerber waren, ließ er sich davon nicht beeinflussen und gab uns den Zuschlag, und damit ging unser Lebenstraum von einem eigenen Grundstück in Erfüllung.

Beim Aufsetzen des Kaufvertrages trat noch eine Kuriosität auf, von der ich unbedingt berichten muss. Es stellte sich heraus, dass seine und meine Frau genau das gleiche Geburtsdatum und der Makler und ich den gleichen Vornamen hatten. Im Laufe der Zeit freundeten wir uns regelrecht an und wir unternehmen seitdem vieles gemeinsam. Wir gehen öfters zusammen wandern, obwohl seine Frau nicht der größte Fan davon ist, zum Geburtstag unserer Frauen machen wir jedes Jahr eine Dampferfahrt auf dem Rhein und ich gehe mit ihm regelmäßig mindestens alle zwei Wochen ein oder auch mehrere Biere in einer nahe gelegenen Gaststätte trinken. Zu bemerken ist noch, dass wir auch zur unmittelbaren Nachbarschaft ein sehr gutes und freundschaftliches Verhältnis haben, was ja gerade, wenn man sich als Neuling irgendwo niederlässt, sehr wichtig ist. Ich organisiere z.B. jedes Jahr in einer Gaststätte unseres Wohngebietes am Jahresende ein „Haxenessen", an dem so ca. sechs bis sieben Ehepaare aus unserer unmittelbaren Nachbarschaft teilnehmen und wo es immer sehr lustig zugeht. Im selben Personenkreis finden wir uns auch ein- bis zweimal im Sommer zu Grillabenden zusammen. Man sieht also, besser hätten wir es gar nicht treffen können.

Abschließend möchte ich noch ein paar Bemerkungen bezüglich unserer beiden Töchter machen, denn die weigerten sich vehement, mit „aufs Land" zu ziehen, wie sie sich so ausdrückten. Sie blieben in unserer alten Wohnung in Köln und wir unterstützten sie, solange sie noch kein eigenes Einkommen hatten, die erste Zeit finanziell.

Die Ältere wollte nach Absolvierung eines Betriebswirtschaftsstudiums eine Stelle in einer Unternehmensberatung antreten, erfuhr jedoch, dass sehr gute Englischkenntnisse vorausgesetzt wurden. Sie hatte zwar in der Schule die Sprachen Russisch, Französisch und Spanisch gelernt, Englischkenntnisse hatte sie sich aber nur auf der Volkshochschule angeeignet, die jedoch für diese Tätigkeit nicht ausreichend waren. So entschied sie sich kurzerhand für einen sechswöchigen Australienurlaub, um dabei die Sprache zu vertiefen. In diesem Zusammenhang muss erwähnt werden, dass mein ältester Bruder, der zu Zeiten, als es noch keine Trennungsmauer zwischen Ost- und Westberlin gab, die DDR verlassen hatte, nach zweijährigem Aufenthalt in der BRD mit seiner Frau nach Australien ausgewandert war und sich dort mit einer kleinen Elektromotoren-Reparaturwerkstatt eine selbstständige Existenz aufgebaut hatte.

Nun hatte meine Tochter aber nicht vor, die gesamte Zeit bei ihm zu verbringen, denn sie wollte ja im Umgang mit möglichst vielen Leuten die Sprache erlernen. Also benutzte sie sozusagen den Wohnort meines Bruders als eine Art Basislager, durchkreuzte den Kontinent per Anhalter und lernte dabei viele Jugendliche aus aller Herren Länder kennen. Dabei führte sie akribisch täglich in englischer Sprache Tagebuch, um sich auch die Grundlagen der englischen Rechtschreibung und Grammatik anzueignen.

Solcherart perfekt gerüstet, bewarb sie sich nach ihrer Heimkehr bei einem Wirtschaftsprüfungs- und Beratungsunternehmen, das weit über die Grenzen Deutschlands tätig war. Dort erhielt sie eine Anstellung als Unternehmensberater. Einer ihrer Aufträge führte sie für drei Jahre nach Zürich, wo sie in einer großen Schweizer Bank interne Abläufe optimieren sollte. Da die Arbeitsaufgabe einen dauerhaften Aufenthalt vor Ort erforderte, bekam sie dort eine hübsche, kleine Wohnung, die sogar einen Kamin hatte, direkt im Zentrum kostenfrei gestellt. Nach Hause fuhr sie nun höchstens alle zwei bis drei Wochen, so dass unsere jüngere Tochter die Wohnung in Köln größtenteils allein bewohnte. Das war auch in gewisser Hinsicht zufälligerweise sehr optimal, denn wenn die beiden sich täglich sozusagen auf den Geist gegangen wären, wäre das auf längere Dauer nicht gut gegangen, denn beide sind vom Charakter her völlig unterschiedliche Typen.

Für meine Frau und mich war die Zeit unserer Tochter in Zürich ein richtiger Glückstreffer, denn wir konnten nun öfters in Zürich bei unserer Tochter übernachten und Zürich kennenlernen. Diese Zeit ist für uns mit vielen lustigen Erlebnissen verbunden, an die wir uns immer wieder gern erinnern.

Da wir ja tagsüber immer auf uns allein gestellt waren, erkundeten wir die Stadt und Umgebung nicht nur zu Fuß und mit den öffentlichen Verkehrsmitteln, sondern einmal auch mit dem Rad, denn unsere Tochter sagte uns, dass man in Zürich die Räder kostenlos ausleihen könnte. Nun begaben wir uns eines Tages an die von unserer Tochter genannte Stelle, wo die Fahrräder auszuleihen waren. Dort stand so etwas, wie ein luftbereifter Baukarren auf zwei Rädern, worin sich die Fahrräder befanden. Davor stand ein Schwarzafrikaner, der uns in perfekter Schweizer Mundart bat, ihm unsere Ausweispapiere während der Nutzungszeit der Räder als Pfand auszuhändigen. Nun kann man sich vorstellen, wie verdutzt wir aus der Wäsche geschaut haben, denn wir dachten sofort, dass er sich auf diese Art und Weise unsere Ausweise aneignen und damit verschwinden wollte. Hinter uns jedoch stand zum Glück eine Frau, die sich auch ein Rad ausleihen wollte und uns erklärte, dass das normal wäre und wir die Papiere abends wieder zurückerhalten würden. Ohne diese Frau wären wir wahrscheinlich unverrichteter Dinge wieder gegangen. Wir liehen uns nun die Räder aus und nahmen uns vor, entlang des Nordufers des Zürichsees erst einmal bis Rapperswil zu fahren. Vorab muss ich noch erwähnen, dass wir uns am Abend 17:00 Uhr mit unserer Tochter verabredet hatten, denn sie hatte für uns drei in einer Gaststätte, die auf einer Insel lag und nur mit dem Dampfer zu erreichen war, drei Plätze reserviert. Da wir Rapperswil problemlos bis zum Mittag erreicht hatten, dachten wir uns, dass wir nun auf der anderen Seite des Sees zurückfahren könnten. Dabei hatten wir aber nicht in Betracht gezogen, dass die andere Seite wesentlich länger war. Nun rannte uns langsam die Zeit davon, denn wir mussten ja bis 17:00 Uhr geschniegelt und gebügelt am vereinbarten Treffpunkt sein. Wir traten also wie die Wilden in die Pedale, sehr oft fuhren wir im Stehen, da unser Hintern langsam regelrecht wundgescheuert war, und erreichten fast auf die letzte Minute die Dampferanlegestelle.

An einem anderen Tag regnete es in Strömen und laut Wetterbericht sollte es auch den ganzen Tag über so bleiben. Unsere Tochter schlug uns vor, mit dem Auto durch den Gotthard-Straßentunnel die Schweizer Alpen zu durchqueren, da sie meinte, dass auf der anderen Seite der Alpen immer schönes Wetter wäre. Zur Erläuterung: Der Gotthard-Straßentunnel ist mit 16,9 km der längste Straßentunnel der Alpen. Wir nahmen ihren Rat an und tatsächlich strahlte auf der anderen Seite den ganzen Tag die Sonne, es war für unsere Begriffe sogar fast unerträglich heiß. Nebenbeigesagt regnete es abends bei unserer Rückkehr auf der anderen Seite immer noch, wir hatten also alles richtig gemacht. Nun fuhren wir weiter bis nach Locarno am Nordufer des Lago Maggiore und parkten dort unser Auto, um ein wenig den Ort zu erkunden. Nach einer gewissen Weile ergab es sich, dass ich mal ganz dringend eine Toilette benötigte, um einen Teil meines Darminhaltes nach außen zu befördern. Da wir deswegen nicht extra ein Lokal aufsuchen wollten, denn es gab in der Innenstadt nur ziemlich mondäne Lokalitäten, suchten wir ein öffentliches Toilettenhäuschen. Wir fanden auch einige, aber das waren alles nur solche, wo sich in der Mitte des Fußbodens eine große Öffnung befand, über die man sich stellen musste, um mit heruntergelassener Hose sein Geschäft erledigen zu können. Man konnte die Hose also nicht ausziehen und irgendwo an einen Haken hängen, sondern musste alles in voll bekleidetem Zustand erledigen. Also wenn ich das, als nicht mit dieser Verrichtungsart vertrauter Anfänger, versucht hätte, wäre anschließend meine Hose mit 100-prozentiger Sicherheit nicht mehr zu gebrauchen gewesen. Uns blieb letztendlich nichts anderes übrig, als ein Restaurant aufzusuchen, dort etwas zu uns zu nehmen und den Toilettengang relativ teuer zu erkaufen.

An einem anderen Tag, als wir wieder einmal in Zürich weilten, eröffnete sie uns, dass sie schon seit längerer Zeit mit einem festen Freund liiert ist, den sie uns nun anlässlich eines gemeinsamen Ausfluges mit ihm, endlich einmal vorstellen wollte. Sie hatte ihn während eines Winterurlaubes, den sie mit ihren Freundinnen verbrachte, in einer Baude kennengelernt, in der er auch mit seinen Freunden übernachtete. Er arbeitete bei einem großen Konzern in Stuttgart als Elektroniker, machte auf uns einen ganz passablen Eindruck und wir freuten uns für sie, dass sie endlich in einer festen Beziehung war, denn sie hatte vorher schon einige

Enttäuschungen erlebt. Am besagten Tag zogen wir unsere schweren Bergwanderschuhe an und machten zusammen einen Ausflug nach Luzern. Wir begaben uns zum Hausberg von Luzern, dem Pilatus mit einer Höhe von 2.128,5 m, den wir nun erklimmen wollten. Unser Ziel war zunächst die Mittelstation der Pilatusbahn, eine Zahnradbahn, mit der wir dann weiter bis zur Spitze fahren wollten. Sie war aber leider an diesem Tag nicht in Betrieb, sodass wir zu Fuß wieder den Rückweg antreten mussten. Auf der Rückfahrt kehrten wir in Luzern in einem sehr teuren Lokal ein, wo ich mich allein mit meiner Frau in unserer Wanderkluft nicht hineingetraut hätte, denn fast alle Gäste waren dort piekfein bekleidet. Unsere Tochter machte uns aber klar, dass wir uns beileibe nicht zu schämen brauchten, da solch teure Schuhe, wie wir sie anhatten, keiner von den Gästen aufzuweisen hätte. Sie ging zum Kellner und bat um einen Tisch, man merkte diesem an, dass er uns abschätzig musterte, aber er wies uns letztendlich einen wirklich schönen Tisch zu. Als er dann mit der Zeit merkte, dass wir ausgiebig speisten und tranken, wurde er mit jeder Bestellung freundlicher.

Als nach drei Jahren der Auftrag in Zürich für meine Tochter beendet war, ließ sie sich in eine Zweigniederlassung ihrer Firma nach Stuttgart versetzen und war in dieser Zeit für die Konzerne BMW und Daimler tätig. Warum sie sich nach Stuttgart versetzen ließ, kann sich wohl jeder vorstellen.

Zwischenzeitlich wurde sie schon in Zürich von einem Kollegen angesprochen, ob sie nicht Lust hätte, mit ihm zusammen nach Bad Saulgau zum Fallschirmspringen zu fahren. Dort absolvierte sie einen Tandemsprung, der zeitgleich von einem professionellen Springer gefilmt wurde. Diesen Film spielte sie, als sie einmal bei uns zu Besuch war, über unseren Fernsehapparat ab. Ich sagte danach mehr so für mich hin, dass ich das auch gerne mal machen würde. Im nächsten Jahr, zu meinem Geburtstag, traute ich kaum meinen Augen, denn da lag ein Gutschein für einen Tandemsprung in Bad Saulgau von meinen beiden Töchtern als Geschenk auf dem Tisch. Das war immerhin keine Kleinigkeit, denn dafür hatten sie für mich 190 DM investiert. Nun konnte ich mich nicht mehr herausreden, denn ein bisschen mulmig war mir schon zu Mute, wenn ich mir vorstellte, dass ich mich aus 4.000 Meter Höhe aus dem Flugzeug stürzen sollte.

Mitte Juni 2000 war es dann soweit, denn meine Tochter hatte für uns und ihren Freund dort eine Übernachtung gebucht und mich für einen Tandemsprung angemeldet, der zusätzlich von einem zweiten Springer mit Kamera aufgezeichnet werden sollte. Alle, die an diesem Tag für einen Tandemsprung eingeteilt waren, bekamen zuerst eine allgemeine Einweisung über den Ablauf des Sprunges. Anschließend ging es in Gruppen zu je sechs Tandempaaren zu einem einmotorigen Propellerflugzeug. Nachdem alle eingestiegen waren, schnallten sich alle vor ihrem Partner an und nahmen auf dem Fußboden der Maschine Platz. Dann ging es in knapp 15 Minuten bis auf 4.000 Meter Höhe. Nun rutschte man paarweise auf dem Boden bis zum jetzt geöffneten seitlichen Ausgang, ließ die Beine rausbaumeln, währen der Tandempartner sich an einem Griff festhielt. Es war schon ein ganz schön mulmiges Gefühl, wenn man da so von 4.000 Meter Höhe in die Tiefe schaute. Auf ein vereinbartes Handzeichen hin stürzte man sich dann hinunter und fiel so ca. eine Minute im freien Fall, wobei man die Arme weit seitlich wie ein Segelflieger ausbreitete. Nach dieser Phase verschränkte man auf ein vorher vereinbartes Handzeichen hin die Arme vor der Brust, es gab einen kräftigen Ruck und man wurde durch das Öffnen des Fallschirmes kopfüber rumgewirbelt. Danach schwebte man der Erde entgegen, wobei noch einige einfache Kunstfiguren geflogen wurden, die man teilweise auch, unter Anleitung, selbst machen durfte. Nach ca. acht Minuten erfolgte die Landung auf einer Wiese, wobei mit beiden Händen die Beine ein wenig angehoben werden mussten, damit man sie sich nicht an den Grasstoppeln verstauchte. Als ich mit meinem Partner jedoch im Flugzeug saß, stellte er fest, dass sich bei unseren Gurtzeugen, mit denen wir verbunden waren, irgendetwas verheddert hatte. Wir konnten also nicht springen und mussten erst noch einmal mit dem Flugzeug runter, um den Fehler zu beheben. Unten stand nun meine ganze Familie und suchte mich vergeblich in der Luft, wo ich aber

nicht zu entdecken war. Als ich dann aus dem inzwischen wieder gelandeten Flugzeug zu Fuß aus-
stieg, dachten sie natürlich, dass ich mich vor dem
Sprung gedrückt hätte. Aber dem war ja nicht so.
Noch am selben Nachmittag starteten wir einen
zweiten Versuch, der dann auch klappte. Für mich
war das eines der schönsten Erlebnisse, das mich so
fasziniert hatte, dass ich im Jahr darauf noch einmal
einen Tandemsprung auf eigene Kosten machte;
diesmal sprangen sogar meine jüngere Tochter und
mein Schwiegersohn mit. Meine Frau zog es vor,
von der sicheren Erde aus, die Angelegenheit zu be-
obachten. Anmerken möchte ich nebenbei noch,
dass bei beiden Sprüngen strahlend blauer Himmel
war, so dass ich während der Flugphase Blick auf
die Alpen und den Bodensee hatte.

Obwohl es mein größter Wunsch wäre, vor meinem Ableben noch einmal solch einen Sprung erleben zu dürfen, wird sich dieser jedoch nie mehr erfüllen lassen, denn seit meinem 69. Lebensjahr bin
ich der Besitzer einer künstlichen Hüfte, mit der ich
zwar wieder Wanderungen bis teilweise 20 km absolvieren kann, die aber für solche ausgefallenen
Belastungen nicht geeignet ist.

Inzwischen haben wir drei Enkelkinder; ein
Mädchen von 12 Jahren und zwei Jungen im Alter
von 2 und 15 Jahren. Unsere ältere Tochter, sie ist
inzwischen fast 50 Jahre alt, zog mit ihrer Familie
ins Schwabenländle in die Nähe von Stuttgart und
die jüngere, die nun auch schon 42 Lenze hinter sich

hat und alleinerziehende Mutter von unserem zweijährigen Enkelsohn ist, hat sich als Wohngegend den Kölner Westen ausgesucht. Vor der Geburt ihres Sohnes kam ich durch sie öfters in den Genuss eines Besuches von bekannten Tapas-Restaurants, die wir aber immer ohne meine Frau besuchten. Weil es in diesen Gaststätten immer heftig nach Knoblauch roch, wogegen sie eine starke Abneigung hegt, durfte sie dafür an diesen Abenden unseren Enkelsohn beaufsichtigen.

Da wir den Kleinen sehr oft bei uns haben, ist auch, von der Seite aus betrachtet, immer für Abwechslung in unserem Leben gesorgt, so dass wir uns über Langeweile nicht beklagen können.

So, nun habe ich meiner Meinung nach einen hinreichenden Einblick in mein sehr abwechslungsreiches Leben gegeben und kann nur hoffen, dass ich den Leser an der einen und anderen Stelle entweder zum Schmunzeln oder aber auch zum Nachdenken gebracht habe.

Bei all denen, die es geschafft haben, das Büchlein ohne größere Ermüdungserscheinungen zu lesen, möchte ich mich für die damit verbundene Energieleistung bedanken.